Delly

Le sphinx d'émeraude

Roman

 Le code de la propriété intellectuelle du 1er juillet 1992 interdit en effet expressément la photocopie à usage collectif sans autorisation des ayants droit. Or, cette pratique s'est généralisée dans les établissements d'enseignement supérieur, provoquant une baisse brutale des achats de livres et de revues, au point que la possibilité même pour les auteurs de créer des œuvres nouvelles et de les faire éditer correctement est aujourd'hui menacée. En application de la loi du 11 mars 1957, il est interdit de reproduire intégralement ou partiellement le présent ouvrage, sur quelque support que ce soit, sans autorisation de l'Éditeur ou du Centre Français d'Exploitation du Droit de Copie, 20, rue Grands Augustins, 75006 Paris.

ISBN : 978-3-96787-532-4

10 9 8 7 6 5 4 3 2 1

Delly

Le sphinx d'émeraude

Roman

Table de Matières

Chapitre 1	7
Chapitre 2	16
Chapitre 3	22
Chapitre 4	29
Chapitre 5	39
Chapitre 6	47
Chapitre 7	56
Chapitre 8	62
Chapitre 9	68
Chapitre 10	75
Chapitre 11	84
Chapitre 12	94
Chapitre 13	99
Chapitre 14	107
Chapitre 15	116
Chapitre 16	129
Chapitre 17	135
Chapitre 18	139
Chapitre 19	149
Chapitre 20	154
Chapitre 21	162
Chapitre 22	168
Chapitre 23	173
Chapitre 24	177

Chapitre 1

Dans le jour terne tombant des hautes fenêtres étroites, la grande chambre paraissait infiniment austère et triste, avec ses murs couverts d'une tapisserie usée, ses meubles massifs en bois sombre, le lit à colonnes drapé de lourdes tentures foncées, la cheminée de pierre noircie où brûlait un maigre feu totalement insuffisant pour réchauffer, en cette aigre journée d'octobre, la malade grelottante dans son fauteuil à haut dossier sculpté.

Le baron de Pelveden, de plus en plus dominé par le démon de l'avarice, surveillait jalousement la provision de bois rentrée à l'automne et comptait chaque bûche apportée dans l'appartement de sa femme.

Mme de Pelveden serrait autour d'elle un vieux manteau doublé de fourrure datant de l'époque où, jeune encore, avide d'hommages et de plaisirs, elle était une des beautés en renom de la cour. Un fichu de laine noire couvrait en partie ses cheveux gris, cachait les oreilles et s'attachait sous le menton par une agrafe d'or ornée d'améthystes. Le visage, frais et vermeil qu'avait jadis chanté Pierre de Ronsard, n'était plus qu'un visage de vieille femme malade, blafard, creusé de rides, avec des yeux pleins de sombres pensées qui rêvaient dans l'ombre des paupières mi-baissées.

Aux pieds de la baronne, sur un vieux coussin de velours, se tenait assise une fillette occupée à filer diligemment.

Elle paraissait tout au plus quatorze ans. Sa robe de grossière étoffe flottait autour d'un corps délicat, visiblement amaigri. La petite tête fine semblait se courber sous le poids d'une chevelure d'un chaud brun doré, qui tombait en deux nattes de chaque côté d'un visage menu et charmant, très blanc, trop blanc même, un visage d'enfant qui souffre, qui s'attriste, avec ce pli aux coins de la petite bouche pourprée et cette ombre d'inquiétude dans les yeux d'un ardent bleu violet, sur lesquels frémissaient des cils presque noirs.

Mme de Pelveden, tout à coup, parla :

– Bérengère, y a-t-il encore une bûche dans le coffre ?

– Non, madame, il n'y en a plus.

Une lueur, où la colère et la souffrance se mélangeaient, passa dans le regard de la baronne.

Bérengère ajouta :

– Corentine pourra peut-être m'en donner une. Je vais aller voir...

Mais une main jaunie, ridée, arrêta le mouvement que la fillette esquissait pour se lever.

– Non, c'est inutile. M. de Pelveden va venir et je lui demanderai de m'en faire apporter... Sais-tu, enfant, si M. de Sorigan est revenu ?

– Il n'était pas encore là à midi, madame.

La baronne dit d'un air soucieux :

– Tout cela finira mal. M. de Pelveden et Mme de Kériouët sauront un jour ou l'autre que Gaspard et Françoise se rencontrent ainsi... Mais ce Gaspard, sous ses airs de douceur, est un grand entêté ; quant à Françoise, elle est coquette, adroite... Et, vraiment, ce n'est pas la femme que je voudrais pour mon neveu !

– Elle est très belle, dit pensivement Bérengère.

Une sorte de sourire entrouvrit les lèvres de la baronne. Celle-ci songeait : « Belle, tu le seras bien autrement qu'elle, enfant, et tu auras un charme incomparable qu'elle ne possédera jamais. »

– Oui, on ne peut contester sa beauté. Mais je crois que les qualités de l'âme sont à peu près inexistantes. Françoise d'Erbannes n'a pas de cœur et rendrait fort malheureux ce bon Gaspard, s'il réussissait à l'épouser, en dépit de son oncle et de Mme de Kériouët.

– Vous croyez, madame ?

– J'en suis sûre. Cette jeune fille n'aspire qu'au plaisir, qu'à une existence de luxe et d'orgueil. M. de Sorigan n'a, il est vrai, que peu de fortune ; mais son cousin de Lorgils est l'intime du duc de Joyeuse, le beau-frère de la reine et l'un des favoris du roi. Ainsi, l'ambitieuse fille espère-t-elle probablement arriver de ce côté à la situation désirée... Oh ! oui, oui, j'ai deviné tout cela ! Mon expérience est grande, Bérengère, car ce n'est pas pour rien que j'ai vécu plus de vingt-cinq années dans cet enfer de la cour !

La fillette leva sur son interlocutrice un regard pensif.

– Comme vous semblez en avoir conservé un mauvais souvenir, madame ! C'était donc un lieu bien terrible ?

Un frisson agita les épaules de Mme de Pelveden, une ombre douloureuse couvrit les yeux couleur de noisette, qui avaient été si rieurs, si tendrement provocants.

– Oui, mon enfant, un lieu terrible pour les âmes, qui, à chaque instant, y trouvent la tentation : tentation de l'orgueil, tentation du plaisir, tentation du mensonge, de l'hypocrisie... Car l'on veut plaire aux souverains, on veut gagner leur faveur et avoir part aux honneurs ou aux biens dont ils disposent. Oui, vraiment, c'est une triste chose... une triste chose !

Des soupirs gonflaient la poitrine de la baronne ; une larme glissa le long de sa joue flétrie.

Bérengère prit sa main et y appuya ses lèvres.

– Vous en avez bien souffert, madame ?

Mme de Pelveden eut un amer sourire en murmurant :

– J'en ai souffert, oui... plus tard ; j'en souffre toujours, et seule la miséricorde de Dieu pourra me donner le repos de l'âme.

À ce moment, la porte s'ouvrit, livrant passage à un homme d'assez petite taille, maigre, à la tête chauve entourée d'une étroite couronne de cheveux gris. Le visage osseux, jauni, se terminait par une petite barbe en pointe restée presque complètement noire, comme les sourcils broussailleux surmontant des yeux verdâtres au regard dur et méfiant. Ce personnage était vêtu d'un pourpoint râpé, de hauts-de-chausses défraîchis, de chaussures usées ; néanmoins, dans cet accoutrement, il conservait un certain air qui empêchait d'oublier que ce minable gentilhomme avait été un brillant seigneur de la cour d'Henri II et, sous les rois François et Charles, ses fils, une sorte de confident, de favori occulte de la reine Catherine.

Bérengère se leva aussitôt. Emportant sa quenouille, elle quitta la pièce après avoir salué le baron, qui affecta de ne pas s'en apercevoir.

– Comment allez-vous, ma mie ?

M. de Pelveden s'approchait de sa femme en attachant sur elle un regard scrutateur.

Laconiquement, elle répondit :

– Très mal.

– Heu ! c'est vite dit !... Mais enfin, je crois que vous exagérez...

Il attirait un siège, s'asseyait près de la malade. Celle-ci dit du même ton bref :

– Vous seriez aimable de me faire envoyer du bois. Je grelotte avec ce triste feu !

M. de Pelveden jeta vers le foyer un coup d'œil inquisiteur.

– Il me paraît cependant que la température est bonne, ici !

Un sourire d'ironie méprisante vint aux lèvres de sa femme.

– En vérité, monsieur, je n'aurais jamais supposé que votre amour de l'argent aboutît à cette abominable lésinerie ! Autrefois, vous saviez dépenser à propos et la baronne de Pelveden avait dans ses coffres tout le bois nécessaire !

M. de Pelveden eut une grimace de colère.

– La jeunesse est folle, madame... La jeunesse est folle ! J'ai commis des sottises comme les autres ; mais l'âge mûr m'a rendu prudent.

– Et à qui donc profiteront les biens que vous entassez ?... Tenez, je vous conseille de les faire enfouir avec vous dans votre tombeau. De cette façon, au moins, vous serez logique.

Le baron leva les épaules.

– Oui, oui, vous seriez fort aise que je vous permisse de gaspiller cet argent... pour le donner à votre hérétique de neveu par exemple, où gâter ridiculement cette petite Bérengère !

– Gâter Bérengère !... Pauvre enfant !... Si je pouvais seulement lui procurer la nourriture nécessaire à son âge, des vêtements plus conformes à sa position...

– Qu'avez-vous à me parler de sa position ? Vous savez fort bien que j'ai ramassé cette enfant sur une route, à quelques lieues d'ici, et que nous ignorons tout d'elle !

– Moi, oui, je l'ignore... Mais vous, non. Vous, François, vous savez qui est cette petite fille. Vous l'avez ramenée lors de ce voyage à Paris que vous fîtes il y a treize ans, sous un prétexte qui ne me trompa point... Car je suis sûre, moi, que vous avez été appelé par la reine mère.

– Ah ! vraiment, vous êtes sûre, madame ? Eh bien ! je serais désolé de vous enlever cette idée qui doit amuser votre imagination... Or, donc, qui pensez-vous que puisse être la jeune personne ?

L'accent du baron était railleur ; ses lèvres minces, pâles, se plissaient en un rictus sarcastique. Mais dans son regard venait de luire une lueur d'inquiétude.

– Ce qu'elle est, je n'en sais rien. Mais je la soupçonne fille de grande race, car elle porte en toute sa personne la distinction la plus raffinée... Et quand on connaît Madame Catherine... quand on sait de quoi elle est capable, dès qu'il se trouve un être gênant son intérêt, son ambition... ou simplement dès qu'elle souhaite se venger...

M. de Pelveden interrompit sa femme, d'un ton bref et dur :

– Madame Catherine n'a rien à voir là-dedans. Elle ignore l'existence de cette petite fille que j'ai trouvée, comme je vous l'ai dit, sur une route des environs de Nantes. Par pitié, je l'ai recueillie, je l'ai conduite ici dans l'intention qu'elle fût élevée pour en faire une servante. Mais vous vous êtes prise d'engouement pour elle et, si je n'y avais point mis bon ordre, vous auriez donné à cette enfant trouvée une éducation de grande dame...

Mme de Pelveden se redressa en un mouvement d'indignation.

– Je ne lui aurais pas, du moins, mesuré la nourriture de telle sorte que la malheureuse enfant, depuis quelque temps surtout, a juste ce qu'il faut pour ne pas mourir tout à fait de faim !... Si bien que je me demande parfois, monsieur, quelle est votre intention à son sujet ?

Devant le regard accusateur de sa femme, M. de Pelveden ne baissa pas les yeux. Il ricana de nouveau :

– Vous voulez sans doute insinuer que je songe à la tuer peu à peu ?... Décidément, Anne, je le répète, vous avez une riche imagination, devant laquelle reste désarmé un homme aussi peu inventif que je le suis ! Mais rassurez-vous, Bérengère ne me gêne pas du tout et continuera de vivre paisiblement ici, sous votre bonne protection.

M. de Pelveden ne répondit pas. Il dirigeait son regard vers l'âtre et fit observer, en désignant un tison qui s'enflammait :

– Tenez, voilà votre feu qui reprend, ma mie !

Mais Mme de Pelveden se souleva un peu dans son fauteuil et appuya sur la main du baron des doigts tremblants.

– François, écoutez-moi !... Je suis une femme qui va mourir et qui voit son existence passée, ainsi que la vôtre, à la lumière de l'éternité toute proche. Or, c'est une chose terrible à contempler... car nous avons été de grands coupables. Nous avons transgressé la plupart des lois divines... et je sais que vous, François, avez commis des actes qui auraient dû vous faire livrer au bourreau, si vous n'aviez été protégé, puissamment protégé !

M. de Pelveden fit entendre une sorte de gloussement sardonique.

– Charmante appréciation sur votre époux, madame ! Oui, j'étais fort protégé. Vous vous souvenez sans doute que, sous le règne du roi François II, la reine Catherine, mise à l'écart par messieurs de Guise, se trouva impuissante à m'assurer cette protection, si bien que je voyais ma précieuse vie fort en danger quand, sur votre prière, monseigneur François de Guise voulut bien étouffer l'affaire.

Le blême visage devint plus pâle encore. La main crispée se retira, froissa nerveusement le drap du manteau. Un regard douloureux se leva sur la figure ironique et mauvaise, tandis que la voix oppressée disait avec un frémissement de souffrance :

– Vous auriez pu épargner ce souvenir à votre femme mourante, qui s'est repentie, qui expie... oh ! qui expie durement, je vous l'affirme ! Pourtant, qui donc m'a sournoisement poussée à oublier tous mes devoirs, à céder aux attraits du plaisir, de la coquetterie ? Vous, monsieur, vous, mon mari, qui deviez guider, conseiller la toute jeune femme que j'étais, quand nous parûmes à la cour après notre mariage. J'avais été bien élevée, par une mère bonne et vertueuse. J'étais prête à subir l'influence d'un mari que j'aimais, qui, tout d'abord, me parut plein de nobles qualités... Hélas ! cette influence fut ma perte ! Oh ! vous avez agi de façon magistrale ! Graduellement, vous avez introduit en moi le goût du mal, d'abord en m'apprenant à devenir vaine de ma beauté, à prendre plaisir aux compliments, aux hommages qu'elle m'attirait et dont je m'effarouchais au début. Quand la tentation se présenta pour moi, j'étais prête à y succomber... Et dans cette voie, vous avez continué de m'encourager, non ouvertement, – ce n'est pas dans votre manière – mais en dessous, d'après les procédés chers à la reine Catherine, près de qui vous alliez chercher vos directives.

Le baron s'était renversé contre le dossier de son siège et continuait de considérer sa femme avec un air de raillerie mauvaise.

– Quel réquisitoire, madame ! Convenez que je suis un époux bénévole de vous laisser rejeter sur moi vos torts, que je ne vous ai jamais reprochés, d'ailleurs !

Chapitre 1

Comme si elle ne l'entendait pas, Mme de Pelveden reprenait :

– Depuis dix ans, depuis que je sens les atteintes de la maladie qui va m'emporter, le repentir est venu pour moi, peu à peu. J'ai eu des heures terribles, François, des heures où j'ai désespéré de la miséricorde divine. Puis je me suis humiliée, j'ai imploré le pardon de Celui qui a eu pitié d'autres coupables comme moi. Et ce pardon, je l'ai reçu. Je suis prête à quitter ce monde. Mais vous... Vous ! Oh ! François, dites-le-moi sincèrement : n'éprouvez-vous pas quelquefois des remords ?

M. de Pelveden, les jambes croisées, tenait maintenant son genou entre ses mains sèches. Il fit entendre un petit ricanement avant de riposter :

– Non, pas du tout de remords, ma chère Anne... pas le moindre. C'est une faiblesse qui m'est inconnue.

La malade joignit les mains dans un geste de pathétique indignation.

– Quelle terrible destinée ! Ah ! malheureux, malheureux ! Ainsi, tout ce que vous avez fait... vos crimes, vos mensonges, vos pires fautes contre les lois divines et humaines... vous ne regrettez rien ?

– Rien, madame, je le répète. Ma conscience est fort large et ce que vous appelez mes crimes, mes fautes, s'y trouvent parfaitement à l'aise.

Mme de Pelveden ferma les yeux, en portant les mains à sa poitrine haletante. Ses lèvres remuèrent, comme si elle murmurait une prière. Puis elle releva les paupières et, de nouveau, regarda le visage sardonique.

– Au moins, François, voulez-vous me promettre que, après ma mort, vous confierez Bérengère à ma nièce de Fauchennes qui ne refusera pas de l'accueillir dans le couvent dont elle est prieure ?

– Ne vous occupez pas du sort de Bérengère, Anne ! Cette enfant n'est rien pour vous...

– Rien pour moi ! Mais je l'aime comme une fille ! Elle est si attachante ! On ne peut rêver nature plus charmeuse, si délicate, si aimante, d'une droiture admirable, d'une intelligence vraiment exceptionnelle. Si vous n'aviez pas un cœur insensible, vous-même auriez éprouvé l'attrait de tant de qualités ravissantes... Et cette beauté qui s'annonce en elle... cette beauté qui m'épouvante, pour une enfant isolée, sans famille, sans affection, quand je n'y serai plus ! Ah ! promettez-moi... promettez-moi ce que je vous ai demandé !

Elle joignait les mains en regardant son mari avec supplication.

M. de Pelveden décroisa ses jambes et se leva, avec la lenteur qu'exigeaient ses rhumatismes.

– Vous m'avez rebattu les oreilles avec vos lamentations au sujet de cette petite, madame. Fort heureusement, je suis bon homme et sais qu'il faut passer bien des lubies à une malade. Je pourrais aussi, pour vous contenter, vous faire une promesse que je n'aurais pas l'intention de tenir. Mais je ne le veux point. Si j'ai le déplaisir de vous perdre, Bérengère continuera d'habiter Rosmadec... et maintenant, trêve sur ce sujet. Dites-moi plutôt ce que peut bien faire votre neveu, pendant ces absences qui se multiplient un peu trop depuis quelque temps, à mon avis ?

Mme de Pelveden appuya sa main contre son cœur, comme pour essayer d'en comprimer les battements tumultueux. Une rougeur de fièvre, depuis un instant, montait à ses joues creusées. Elle répondit avec effort :

– Il chasse dans les marais de Saint-Guénolé, vous le savez bien.

– Ouais ! Je sais surtout que Saint-Guénolé est bien près de Kériouët.

Comme Mme de Pelveden gardait le silence, en fermant les paupières avec lassitude, le baron reprit :

– Gaspard est un garçon fort en dessous ; et bien qu'il ait eu l'air d'accepter sans trop de révolte ma décision et celle de Mme de Kériouët, je le soupçonne de chercher à revoir la belle Françoise. Vous êtes d'ailleurs bien capable de l'y encourager, car vous lui avez toujours témoigné une indulgence ridicule.

En soulevant à peine les paupières, la baronne répondit sèchement :

– Je me garderais de le faire, Mlle d'Erbannes, à mon avis, n'étant pas la femme qu'il lui faudrait.

– Heu ! Oui, vous n'avez jamais eu pour elle beaucoup de sympathie... pour Mme de Kériouët non plus. Celle-ci n'est cependant pas mauvaise femme, en dépit de ses cancans... À propos, il faudra que je m'informe si elle a vendu sa terre de la Croix-Noire au duc de Rochelyse, dont l'intendant lui offrait un prix avantageux... Voilà un homme près duquel, dit-on, le roi et les plus riches seigneurs sont pauvres !

M. de Pelveden fit quelques pas à travers la pièce, puis se détourna brusquement :

– Vous souvenez-vous, Anne, d'Alain de Trégunc ?

Mme de Pelveden tressaillit et, de nouveau, un peu de sang monta à son visage.

– Comment ne m'en souviendrais-je pas ? Il était de ceux qui ne peuvent passer inaperçus !

Un sourire de raillerie glissa entre les lèvres du baron.

– Oui, oui, c'était un homme fort agréable... non pas beau, mais mieux que cela. Il aurait pu faire bien des conquêtes et les dédaigna cependant, ce qui fut un tort, du moins pour l'une d'elles.

La baronne se redressa en attachant sur son mari un regard investigateur.

– C'est de la reine que vous voulez parler ?... Oui, j'ai toujours pensé que l'assassinat du marquis de Trégunc était dû à une vengeance de femme, de femme puissante et sans scrupules.

– Eh bien ! madame, peut-être y eut-il autre chose que cela. Mais ce n'est pas mon affaire de vous éclairer là-dessus. Du reste, Alain de Trégunc était un être assez étrange, craint de bien des gens et qu'on soupçonnait de sorcellerie.

Dédaigneusement, la baronne leva les épaules.

– Ce sont là racontars d'envieux. La vérité, c'est que la supériorité morale de Trégunc, la valeur de son intelligence et une trop grande clairvoyance, touchant parfois à la divination, portaient ombrage aux âmes tortueuses, aux âmes fourbes et perverties.

– Eh ! que vous êtes ardente à sa défense, ma mie ! Je vois en effet que vous ne l'avez pas oublié... pas plus que je n'ai oublié comme vous perdîtes connaissance quand, le soir du 24 août 1572, je vins vous dire : « Le marquis de Trégunc a été assassiné dans son hôtel, par erreur, car il était bon catholique. »

La pâleur, de nouveau, s'étendit sur le visage de la malade. Elle riposta d'une voix étouffée :

– Oui, je l'aimais, je l'admirais. Oh ! je ne vous l'ai pas caché ! Mais lui demeurait inaccessible, dans son étrange froideur, dans son dédain presque insultant... Ah ! celui-là n'avait pas une âme de courtisan, une de ces âmes veules, plates, misérables, ou bien cyniques, fourbes, prêtes à toutes les compromissions.

– Comme la mienne ! interrompit sardoniquement M. de Pelveden. Décidément, ce Trégunc était un homme bien dangereux... Et j'ai ouï-dire que son neveu bien-aimé, M. de Rochelyse, l'est encore beaucoup plus. Ah ! madame, je déplore que les infirmités me retiennent éloigné de la cour, car j'aurais plaisir à y faire quelques séjours et à vous en rapporter des nouvelles ! Ici, nous vivons dans un désert où n'arrivent que de lointains échos du monde civilisé.

– Civilisé ! répéta Mme de Pelveden avec un accent d'amère ironie.

Le baron se rapprocha d'elle, prit une main qu'on ne lui offrait pas et l'effleura de ses lèvres.

– Bonsoir, ma chère Anne. Vous serez certainement mieux demain. Tout à l'heure, Corentine vous apportera une bûche ; mais ménagez-la, car le gaspillage est chose infiniment répréhensible et que je ne souffrirai jamais sous mon toit.

Quand il eut quitté la chambre, Mme de Pelveden demeura longuement immobile. De continuels frémissements agitaient son visage, une angoisse profonde troublait les yeux las. Tout à coup, les mains jaunies se tordirent en un geste de détresse, et la malade murmura désespérément :

« Bérengère... pauvre petite Bérengère, que deviendras-tu quand je ne serai plus là ? »

Chapitre 2

Le domaine de Rosmadec, propriété du baron de Pelveden, était situé dans le pays de Cornouaille, à une demi-lieue de la mer sauvage qui battait les côtes granitiques creusées de grottes profondes, de gouffres insondables où, les jours de tempête, se précipitaient avec furie les flots démontés.

Les terres de Kériouët lui faisaient suite, dans la direction des montagnes Noires. Elles étaient de peu d'étendue et assez pauvres. Mais Mme de Kériouët veillait elle-même à leur culture et en tirait un revenu suffisant pour ses besoins, limités à une nourriture frugale, à des vêtements datant de vingt ans et à un train de maison très simplifié.

Elle passait pour une bonne femme, assez serviable. Mais il n'y avait pas de pire langue à dix lieues à la ronde. Elle recueillait avidement tous les racontars et les transformait, les déformait de telle sorte que la meilleure réputation sortait de là déchirée, méconnaissable.

Depuis trois ans, elle avait pris chez elle une nièce devenue orpheline. Françoise d'Erbannes était la filleule du baron de Pelveden, ami de son père où tous deux vivaient à la cour. Élevée en province par une aïeule austère, elle n'avait jamais connu le monde, son luxe et ses plaisirs. Mais depuis l'adolescence, elle aspirait secrètement vers lui avec une ardeur qui devenait fiévreuse, à mesure que les années passaient. Maintenant, elle atteignait vingt ans et se demandait avec désespoir quel époux elle trouverait, dans cette solitude, pour l'enlever à une existence abhorrée et lui donner ce qu'elle rêvait.

Les plus proches logis nobles étaient le château de Rosmadec et celui de Ménez-Run, appartenant au duc de Rochelyse, marquis de Trégunc, qui n'y résidait jamais. À Rosmadec, il y avait bien Gaspard de Sorignan, neveu de la baronne et pupille de son mari. Mais ce jeune homme de dix-neuf ans n'avait qu'une petite fortune et, de plus, semblait peu ambitieux. Néanmoins, Mlle d'Erbannes s'était appliquée à lui tourner la tête, à chaque occasion où ils s'étaient trouvés en présence. Elle y avait bien vite réussi. Gaspard était un excellent garçon, franc et quelque peu naïf encore, et ce n'avait été qu'un jeu pour Françoise de le prendre au piège d'un savant mélange de coquetterie et d'ingénuité.

Mais quand Gaspard, sans vouloir écouter les observations de sa tante, avait avoué à M. de Pelveden son désir d'épouser Mlle d'Erbannes, il s'était heurté à une opposition formelle. Le baron n'entendait pas que son pupille prît pour compagne une fille pauvre qui, en outre, affectait de mépriser les occupations ménagères et ne songeait qu'à s'admirer elle-même... En quoi, d'ailleurs, le tuteur n'avait pas tort. Mais sa manière tranchante et sardonique irrita secrètement le jeune homme et fit germer en son âme la révolte.

De son côté, Mme de Kériouët, avertie par son voisin et ami, avait déclaré à sa nièce que jamais elle n'autoriserait un mariage de ce genre, en premier lieu parce que M. de Sorignan était huguenot et, ensuite, à cause de sa maigre fortune.

Françoise feignit de se ranger aux raisons de sa tante. Il existait en elle un grand pouvoir de dissimulation et un esprit d'intrigue déjà développé. En outre, les scrupules l'embarrassaient peu. Au fond, elle ne tenait pas du tout à épouser Sorignan et n'avait vu dans ce mariage que le moyen d'échapper à ce qu'elle appelait « ce sépulcre de Kériouët »... Mais une autre idée se formait en son esprit et, quand elle l'eut mûrie, elle en fit part à son soupirant, qui l'adopta avec enthousiasme.

Le projet était celui-ci : ils fuiraient tous deux, gagneraient Paris et iraient demander l'hospitalité au comte de Lorgils, cousin de Gaspard. Là, ils ne se marieraient... du moins, Françoise le disait. Mais elle pensait : « Nous verrons, une fois là-bas... Sortons d'abord d'ici. »

Le plan n'était pas sans péril. Si les jeunes gens étaient rattrapés, ils pourraient s'attendre à un sévère traitement. Mais une fois à Paris, le danger, pensaient-ils, serait conjuré, M. de Lorgils devant facilement obtenir la protection du roi au cas où M. de Pelveden chercherait à les poursuivre de sa colère.

Cet après-midi d'octobre, à l'heure même où le baron entrait dans la chambre de sa femme, Mlle d'Erbannes sortait du manoir de Kériouët, d'un pas flâneur qui devait faire supposer à sa tante, au cas où celle-ci l'apercevrait, qu'elle allait faire une simple promenade.

Elle prit la route qui conduisait aux marais de Saint-Guénolé. Mais elle n'alla pas jusque-là Bientôt, elle s'engagea dans un chemin creux et arriva à un menhir que couvraient de leur ombre deux vieux noyers. Un jeune homme était là, assis à terre près d'un cheval qui broutait. Il se leva d'un bond et accourut vers Françoise.

– Enfin !... Comme vous avez tardé !

Une légère moue de dégoût souleva la lèvre fine et rose de la jeune fille.

– Figurez-vous, Gaspard, que ma tante a exigé que j'assistasse à la confection d'un certain pâté de lapin dont, en mourant, elle me fera la très grande faveur de me léguer la recette !... Pouah ! je déteste ces sortes de besognes !

Gaspard jeta un regard de compassion sur la main longue et blanche qu'il venait de baiser avec ferveur.

– Vous n'êtes pas faite pour elles, ma belle Françoise ! Ah ! J'espère que bien vite je pourrai vous donner la position brillante pour laquelle vous êtes née !

– Je l'espère aussi. Mais nous avons des moments difficiles à passer, avant d'en arriver là.

Elle fit quelques pas et s'assit sur un tronc d'arbre couché à terre, en invitant Sorignan à prendre place près d'elle. Le jeune homme obéit avec empressement et lui saisit de nouveau la main, en attachant un regard de tendre admiration sur le visage au teint clair, aux traits irréprochables, dont les yeux d'un gris bleuté lui souriaient câlinement.

– Voyons, Gaspard, qu'avez-vous décidé pour notre départ ? Comment vous procurerez-vous un cheval pour moi ?

– Je le prendrai dans les écuries de Rosmadec. Comme mon oncle a la disposition de mon revenu, il se payera là-dessus, ainsi que je le lui écrirai d'ailleurs, quand je serai à Paris. Il a du reste assez rogné sur mon entretien pour que je n'aie pas de scrupules à agir de cette façon... Quant à l'argent pour le voyage, je le demanderai à ma tante, qui m'a dit un jour : « Si tu te trouvais dans un grand embarras pécuniaire, préviens-moi, car je conserve de côté une petite somme que j'ai pu soustraire à la rapacité du baron. »

– Mais quelle raison donnerez-vous à Mme de Pelveden ?

– Eh bien ! comme je ne puis lui apprendre que je vais m'enfuir avec vous, – car, cela, elle ne l'accepterait pas – je ne lui parlerai que de moi, de ma résolution d'échapper à la tyrannie que fait peser sur moi M. de Pelveden. C'est une chose qu'elle comprendra et approuvera. Depuis longtemps, elle déplore l'inaction que m'impose mon oncle, sous prétexte que, si j'entre à l'armée, ce sera dans le parti protestant, pour combattre le roi. En réalité, ce despote veut continuer de me tenir sous sa férule. En outre, il serait probablement bien fâché d'avoir à me servir les revenus de ma terre de Monterneau.

– Évidemment. Il juge que ses mains crochues n'ont jamais assez raflé... Est-il vrai qu'il a été autrefois en grande faveur près de la reine mère ?

– Je l'ignore. Il ne parle jamais du passé, pas plus que ma tante.

Une lueur mauvaise brilla dans le regard de la jeune fille.

– Oh ! Mme de Pelveden !... Si l'on en croit ma respectable tante, elle n'a pas été précisément un modèle à proposer aux jeunes personnes.

La tête blonde de Gaspard se redressa, en un mouvement d'indignation.

– Quoi ! cette vieille pie au bec empoisonné oserait s'attaquer à la réputation de ma noble, de mon excellente tante ?

– Allons, allons, ne vous emportez pas ! dit Françoise d'un ton conciliant. Vous savez bien qu'il ne faut guère croire aux racontars de Mme de Kériouët.

D'un geste caressant, elle posait sa main gauche sur celle de Sorignan qui tenait toujours la droite. Nulle, comme elle, ne savait allier la réserve à la coquetterie, pour le plus grand malheur du pauvre Gaspard, complètement dominé par cette habile créature.

– ... Dites-moi, maintenant, à quel jour nous fixerons notre départ ?

Gaspard hocha la tête, en prenant une mine embarrassée.

– C'est que... je ne sais trop encore... Ma tante paraît de plus en plus malade et il serait malséant de la quitter en cet état.

Les fins sourcils blonds de la belle Françoise se rapprochèrent, et la voix tout à l'heure caressante prit une intonation sèche pour riposter :

– En ce cas, nous pourrons peut-être attendre longtemps ! Mme de Pelveden est malade depuis des années et il n'est pas impossible qu'elle en vive plusieurs autres...

– Oh ! non. Pauvre tante, elle est très mal, je vous assure... et je ne voudrais pas que mon départ fût pour elle une cause d'émotion ou d'ennuis avec son mari.

– Vous venez de dire tout à l'heure qu'elle approuverait ce départ.

– Oui, mais elle tremblera pour moi, tant qu'elle saura que je n'ai pas échappé à la poursuite des gens que le baron ne manquera pas de lancer contre moi.

Françoise se leva lentement, comme pour mieux faire remarquer la souplesse, l'élégance de sa taille mince et bien prise.

– À votre aise ! Mais prenez garde, monsieur de Sorignan, que vos tergiversations n'aboutissent à faire manquer tout notre plan.

Or, vous savez ce que nous risquons : moi, l'internement dans un couvent et, vous, la peine capitale, ou tout au moins de longues années de geôle pour l'enlèvement d'une fille mineure. En outre, je ne vous cache pas que cette attente, cette incertitude ont le plus douloureux effet sur mes nerfs. Je ne mange plus, je perds le sommeil et, en vérité, peut-être n'aurai-je plus dans quelque temps la force d'accomplir un tel voyage !

Le frais visage de Gaspard frémit un peu, ses yeux bleus s'emplirent d'une émotion inquiète.

– Serait-ce possible, ma chère mie ?... En ce cas, il faut en effet partir le plus tôt possible ! Je rentre ce soir à Rosmadec et, dès demain matin, je parlerai à ma tante.

Sans quitter la physionomie dolente qu'elle venait de prendre, Mlle d'Erbannes recommanda :

– Surtout, ayez soin de ne pas lui laisser deviner que je pars avec vous ! Comme vous le disiez tout à l'heure, elle ne voudrait pas entendre parler de cela... d'autant plus que je la soupçonne de ne pas m'avoir en grande sympathie.

Gaspard baissa les yeux d'un air gêné, en répliquant :

– Mais non, vous vous trompez... Je vous assure que...

Françoise l'interrompit, avec un léger haussement d'épaules :

– Allez, je sais à quoi m'en tenir, mon pauvre Gaspard. Je devine qu'elle a essayé de vous détourner de moi. Fort heureusement, elle n'a pas réussi, car vous m'êtes toujours très attaché... n'est-ce pas, mon ami ?

Un caressant regard s'attachait sur Sorignan. Celui-ci mit un genou en terre et couvrit de baisers la main que lui abandonnait la belle Françoise.

– Vous savez bien que je suis à vous ! Que je suis votre dévoué et amoureux serviteur.

Une lueur où l'ironie se mêlait à la satisfaction glissa entre les cils blonds demi-baissés.

– Oui, je le sais, cher Gaspard, dit une voix douce et tendre. Aussi vous ai-je donné toute ma confiance et tout mon cœur. Allons, relevez-vous et convenons des derniers arrangements pour ce départ.

– Il vous suffira de vous tenir prête, à partir de demain, et de venir chaque jour voir ici, dans la cachette du menhir, si j'y ai déposé un mot vous donnant le jour du départ et les indications nécessaires... Car il est plus prudent que nous ne nous revoyions pas. M. de Pelveden est méfiant et pourrait me chercher noise si je faisais encore une absence comme celle-ci.

– Où pensez-vous me donner rendez-vous ?

– J'aimerais que ce fût au bois de Trelgoat, si vous ne trouvez pas la distance trop longue ? Je serais là avec les chevaux, dès minuit, afin que nous ayons déjà fait du chemin quand, au jour, on s'apercevra de notre disparition.

– Très bien... Et maintenant, vous retournez à Rosmadec ?

– Je vais d'abord passer chez le vieux Covarec, pour y prendre les canards que je devrai présenter à mon oncle, comme preuve que j'ai bien fréquenté les marais de Saint-Guénolé. Puis je m'en irai tout droit sur Rosmadec, pour y arriver avant la nuit noire.

– Eh bien ! au revoir, mon ami.

Elle lui tendit de nouveau sa main, puis s'éloigna... Au bout de quelques pas, elle se détourna et envoya un baiser au jeune homme qui la suivait d'un regard extasié.

– À bientôt, ma bien-aimée ! cria Gaspard.

Et il demeura immobile jusqu'à ce que la forme svelte, la tête fine coiffée de cheveux blonds eussent disparu à un tournant du sentier.

Alors, il sauta sur son cheval et s'éloigna dans la direction opposée à celle qu'avait prise Mlle d'Erbannes.

Chapitre 3

Dans la matinée du lendemain, Gaspard, en remontant de la salle où la vieille Corentine venait de lui servir une tasse de lait, croisa Bérengère dans l'escalier.

– Bonjour, petite ! dit-il amicalement, en lui caressant la joue du bout des doigts. Tu vas me donner des nouvelles de ma tante, ma mignonne Bérengère ?

Les beaux yeux couleur de violette se couvrirent d'une ombre d'angoisse, la voix au timbre pur et doux trembla en répondant :

– Mme la baronne n'est pas bien du tout... Et elle a l'air si triste, si préoccupé ! Tout à l'heure, elle m'a dit : « Quand tu verras M. de Sorignan, préviens-le qu'il vienne près de moi, car j'ai à lui parler le plus tôt possible. »

D'une main nerveuse, Gaspard se mit à tirer sa petite barbe blonde, taillée en pointe, selon la mode de l'époque.

– Ma pauvre tante !... Quel malheur ce sera pour nous, Bérengère, quand elle nous aura quittés !

Un frisson agita les épaules amaigries de la fillette. Très bas, elle répéta :

– Oh ! oui, quel malheur !... Pour moi surtout !

– Oui, que deviendras-tu, ma pauvre petite, avec ce grigou de baron qui est toujours si dur pour toi ?

Une sincère compassion apparaissait dans le regard de Gaspard. Le neveu de la baronne s'était toujours montré bon et affectueux pour l'enfant charmante que Mme de Pelveden avait, autant que possible, protégée contre l'inexplicable animosité de son mari. Il la traitait en petite sœur et, plus d'une fois, lui avait procuré un léger supplément de nourriture pris sur sa propre part, cependant peu copieuse elle-même.

Un sanglot s'étouffa dans la gorge de Bérengère.

– Je ne sais pas... Dieu aura pitié de moi et me défendra contre lui... Allez vite, monsieur, près de Mme de Pelveden. J'ai compris qu'elle vous attendait avec impatience.

La baronne reposait dans son grand lit à colonnes drapé de violet foncé. Gaspard, qui ne l'avait pas vue depuis deux jours, fut douloureusement frappé du changement qui s'était fait en ce visage pourtant déjà si altéré auparavant par les lents ravages de la maladie.

– Vous voilà, mon enfant !... Bérengère m'a appris hier que vous étiez rentré à la nuit.

– Oui, madame, en rapportant trois belles paires de canards sauvages.

Le jeune homme s'approchait du lit et baisait respectueusement la main qui se tendait vers lui.

– J'espère que Corentine vous les accommodera mieux que la

dernière fois... Asseyez-vous, Gaspard, et causons un peu.

Elle se tut un moment, les yeux mi-clos ; puis, quand le jeune homme eut pris place sur un siège, elle reprit de sa voix toujours haletante :

– La mort est proche pour moi... Non, n'essayez pas de protester. Je la sens prête à me saisir, un jour ou l'autre, soudainement... et j'en remercierais Dieu si, après moi, je ne laissais Bérengère et vous... Parlons de vous d'abord, Gaspard. Vous savez que j'ai toujours souhaité vous voir embrasser l'état militaire, qui convenait à vos goûts et vous aurait préservé de la pénible oisiveté où vous languissez dans ce triste Rosmadec. Mais, pas plus aujourd'hui qu'auparavant, M. de Pelveden n'en veut entendre parler.

– Je le sais bien ! Aussi ai-je résolu de passer outre... et de m'enfuir.

Mme de Pelveden eut un long tressaillement.

– Vous enfuir ! Où ?

– Je gagnerai Paris, j'irai demander l'aide de mon cousin de Lorgils. Par M. de Joyeuse, j'obtiendrai la protection du roi contre M. de Pelveden...

– La protection du roi ? Pensez-vous qu'il l'accordera à un huguenot, mon enfant ?

– Eh bien ! s'il me la refuse, je me réfugierai près du roi de Navarre, avec l'appui de M. d'Aubigné, que connut et estima mon père.

– Je n'ose essayer de vous dissuader... L'existence, ici, deviendrait intenable pour vous. Mieux vaut donc courir les risques de ce départ... Mais, pour cela, il vous faut de l'argent...

Elle s'interrompit un moment, étouffée par l'oppression. Puis elle étendit la main vers une armoire de chêne décorée de fort belles sculptures et de ferrures ciselées.

– Ouvrez-la... Dans le bas, il y a un petit coffre... Apportez-le-moi.

Gaspard obéit. La malade prit un trousseau de clefs sous son oreiller et ouvrit le coffre de bois précieux, dans lequel se trouvaient de riches bijoux et un petit sac de soie rouge. Mme de Pelveden, dénouant la cordelière qui le fermait, montra à son neveu qu'il était plein de pièces d'or.

– Prenez-le. C'est tout ce que vous aurez pour le moment de mon héritage, car M. de Pelveden va tâcher de retenir autant que possible les biens qui m'appartiennent et qui doivent légitimement revenir au fils de mon frère... Avez-vous idée de partir bientôt ?

– J'aurais voulu que ce fût le plus tôt possible... Mais il m'en coûterait beaucoup de vous quitter en cet état de santé...

– Ne vous occupez pas de moi, mon pauvre enfant. Déjà, j'ai un pied dans la tombe... Oui, puisque vous y êtes décidé, partez bientôt... Maintenant, cachez cet argent et remettez ce coffre à sa place.

Gaspard fit glisser le sac dans une poche de son pourpoint et alla reporter le coffre dans l'armoire... Mme de Pelveden, tout à coup, paraissait comme saisie d'une absorbante pensée. Elle ne répondit pas d'abord quand Gaspard, revenant près du lit, lui baisa la main en disant avec émotion :

– Ah ! madame, comme je voudrais pouvoir vous prouver mon ardente reconnaissance !...

Puis, après cette longue réflexion, elle dit soudainement :

– Et si je vous demandais de me la prouver ?

– Combien vous me rendriez heureux ! s'écria Gaspard avec élan. Dites, madame ! dites vite de quelle manière cela me serait possible ?

– Approchez-vous davantage... Ma voix est faible... et d'ailleurs je me méfie de Corentine, qui rôde toujours pour tâcher de rapporter à son maître ce que les uns et les autres disent et font... Gaspard, vous savez avec quel mépris, quelle dureté le baron traite cette chère petite Bérengère ? Vous êtes-vous demandé ce qu'elle deviendrait quand je n'y serai plus ?

– Ah ! certes oui ! Pauvre enfant, je crains qu'elle ne vous survive pas longtemps !... Hélas ! je ne puis lui être utile...

– Voilà qui vous trompe. Vous le pouvez peut-être.

M. de Sorignan regarda sa tante avec une vive surprise.

– De quelle manière ?

– En l'emmenant dans votre fuite.

Gaspard ne put contenir un sursaut de stupéfaction.

– En l'emmenant dans ma fuite ?... Et qu'en ferais-je ?

– Le couvent des Bénédictines d'Auvalles, dont ma cousine de Fauchennes est prieure, se trouve sur votre passage, à quelques kilomètres de Blois. Vous la confierez en passant à notre parente, pour qui je vous donnerai une lettre.

– Mais... mais je ne vois pas la possibilité.

Mme de Pelveden se méprit sur la cause de cette perplexité si visible sur la physionomie du jeune homme, car, en ce moment, Gaspard songeait à l'autre voyageuse qui devait l'accompagner. Elle dit vivement :

– Je sais bien que ce serait une difficulté de plus pour vous. Mais vous avez de l'affection pour la pauvre petite et je songeais que peut-être...

Il protesta :

– Je ne pense pas à moi, croyez-le, madame, et un peu plus de danger en perspective ne serait pas pour m'arrêter. Mais un tel voyage, pour cette enfant assez délicate...

– Elle a une grande force morale... et d'ailleurs, ici, elle ne tarderait pas à périr de privations. Mieux vaut donc lui faire courir le risque de cette fuite... Vous pourriez la prendre en croupe. Pour moins attirer l'attention, elle se vêtirait en jeune garçon. Il y a les vêtements du petit Loquidec, qui était à peu près de la même taille qu'elle...

Puis, tout à coup, une idée lui venant, elle murmura :

– Il est vrai que si le baron vous fait poursuivre, et si l'on vous rejoint, vous serez accusé de l'avoir enlevée... On en profitera pour vous châtier rudement.

– Oh ! madame, peu importe ! Je ne regarderai pas à cela pour essayer de sauver cette pauvre petite Bérengère !

Il songeait en même temps : « Ce sera alors de deux enlèvements qu'on pourra m'accuser... Et pendant que j'y suis, tant pis, je peux bien courir ce nouveau risque pour complaire à ma tante et tenter de mettre Bérengère en sûreté. »

Il reprit, continuant de s'adresser à la malade qui attachait sur lui un regard plein d'angoisse :

– Ainsi donc, c'est entendu, j'emmènerai cette mignonne et je vous promets de faire tout mon possible pour qu'elle arrive saine et sauve au couvent de Mme de Fauchennes.

La main de la baronne s'étendit et saisit celle de Gaspard.

– Merci, mon bien cher enfant ! Que Dieu vous récompense de

votre bon cœur !... Tout à l'heure, je vais donner mes instructions à Bérengère. Puis, dès que vous aurez fixé le jour de votre départ, dites-le-moi.

– Mais Bérengère ne peut quitter Rosmadec tant que vous êtes si malade ?

– Il le faudra pourtant. Oh ! ce sera dur, car elle m'est très attachée, pauvre petite. Mais je lui ferai comprendre qu'il vaut mieux ne pas attendre... Et d'ailleurs, d'un moment à l'autre, Dieu peut me retirer de ce monde.

Elle garda un moment le silence, puis demanda :

– Avez-vous fait vos adieux à Mlle d'Erbannes ?

Une vive rougeur monta au teint clair de Sorignan.

Heureusement pour lui, il se trouvait placé à contre-jour et, d'ailleurs, la vue de la malade n'avait plus l'acuité habituelle.

– Mais oui, madame, je les ai faits hier.

– Et j'espère que vous partez libre de tout engagement à son égard.

– Certes.

L'affirmation mensongère passa difficilement entre les lèvres du jeune homme. Gaspard éprouvait de la honte et de la souffrance à tromper cette mourante qui l'avait en affection. Mais le beau visage de Françoise, ses regards caressants s'imposaient à sa pensée, en étouffant le remords.

Mme de Pelveden dit avec effort, car la respiration devenait pour elle de plus en plus difficile :

– Mieux vaut l'oublier, Gaspard. Ainsi que je vous l'ai déjà dit, cette jeune fille est une coquette ambitieuse et sans cœur... Maintenant, laissez-moi, mon enfant. Mais revenez ce soir vers cinq heures. J'aurai d'ici là parlé à Bérengère et nous pourrons alors convenir de tout.

En quittant sa tante, Gaspard, très ému et préoccupé, se heurta au bas de l'escalier à M. de Pelveden qui revenait d'une tournée dans ses terres.

– Eh ! attention donc, sot garçon que vous êtes ! grommela-t-il. Votre cervelle se trouve-t-elle dans la lune, que vous ne pouvez m'apercevoir en plein jour ?

Gaspard riposta :

— Je songeais à ma tante que je viens de voir et qui m'a paru très mal.

— Depuis le temps qu'elle est très mal, nous avons vu couler bien de l'eau dans la rivière... Il paraît que vous avez rapporté d'assez beaux canards ? m'a dit Corentine. Sont-ils nombreux dans les marais ?

— Très nombreux.

— Eh bien ! vous y retournerez ces jours-ci. Voilà une nourriture économique, dont il faut profiter... Mais ayez soin de ne pas pousser plus loin, de ne pas chercher à revoir cette petite Françoise qui ne peut faire une femme pour vous.

— Je n'en aurais garde, monsieur, puisque Mme de Kériouët et vous tenez à nous empêcher d'être heureux.

M. de Pelveden ricana :

— Heureux !... Ah ! oui, vous le seriez, avec la belle Françoise ! Dans peu de temps, vous m'en diriez des nouvelles ! Ah ! ah ! heureux, avec une coquette de cette espèce ! Vous n'êtes qu'un sot, monsieur de Sorignan, de ne pas vous en apercevoir.

Là-dessus, le baron tourna le dos à son neveu et commença de monter pesamment l'escalier.

Gaspard, secrètement furieux, se dirigea vers la porte qui menait aux communs. Ah çà ! qu'avaient-ils donc tous contre sa bien-aimée Françoise ? Sa tante elle-même, si indulgente pour lui, témoignait à l'égard de Mlle d'Erbannes d'une singulière prévention... Mais, en vérité, ils avaient tous beau faire, jamais ils n'arriveraient à le détacher d'elle !

Dans un coin de la cour, Bérengère était assise, occupée à plumer des canards. Gaspard s'approcha et, remarqua aussitôt qu'elle grelottait, dans cette fraîche matinée, sous sa robe usée, élimée jusqu'à la trame.

— Pourquoi fais-tu cette besogne dehors, petite Bérengère ? demanda-t-il.

— Corentine m'a défendu de rentrer, répondit la fillette d'une voix un peu enrouée.

Gaspard murmura avec compassion :

— Pauvre petite !

Il considérait le charmant visage qui, à la grise lueur du jour, semblait plus pâle, plus émacié encore... Puis il se prit à regarder les mains qui enlevaient diligemment la plume, ces petites mains dont, plus d'une fois il avait remarqué la rare finesse, le délicat modelé. Qui donc pouvait être cette enfant que le baron prétendait avoir trouvée sur la grand-route ? Quelle était l'origine de cette fillette en qui tout trahissait la race, l'affinement, une nature de patricienne ? D'où tenait-elle cette beauté qui s'annonçait rare et délicieuse, cette grâce naturelle dans le moindre geste, dans chacune de ses attitudes ?

Plus d'une fois déjà, Gaspard s'était posé ces questions. Mais il ne s'attardait pas à en chercher la réponse, car il était de caractère très jeune, assez peu observateur et d'esprit quelque peu indolent. Aujourd'hui encore, cette impression s'échappa vite de son cerveau tandis que, monté sur son cheval Galaor, il galopait à travers les landes qui entouraient le château de Rosmadec, tout en pensant à la blonde Françoise d'Erbannes.

Chapitre 4

À la clarté d'une lune brouillée, Mlle d'Erbannes avançait rapidement le long du chemin creux qui menait directement au bois de Trelgoat. Elle était sortie sans encombre du manoir où dormaient paisiblement Mme de Kériouët et ses deux servantes ; mais ce n'était là que le plus facile de l'aventure, surtout quand, la veille, on avait pris soin de huiler serrures et verrous. La difficulté commencerait le lendemain, lorsqu'on s'apercevrait du départ des fugitifs. Fort heureusement, avant que Kériouët et Rosmadec se fussent avertis, puis concertés, il se passerait quelque temps... À vrai dire, M. de Pelveden seul était à craindre. Mme de Kériouët crierait beaucoup, se lamenterait, menacerait, ferait prévenir le tuteur de Françoise, un vieil oncle qui vivait en son hôtel de Quimper. Mais Mlle d'Erbannes se disait que ce marquis de Kerbily, aimable épicurien et autrefois grand coureur d'aventures, se montrerait indulgent et assurerait à la tante furieuse qu'il n'y avait pas en tout cela de quoi fouetter un chat, puisque ces enfants étaient décidés à se marier. Malheureusement, M. de Pelveden gâterait tout. Françoise et Gaspard ne doutaient pas un instant que, dès le premier moment de stupéfaction et de colère passé, il mettrait des hommes aux trousses des fugitifs, à défaut de lui-même, que les infirmités retenaient au logis.

« Et voilà que cet imbécile de Sorignan, pour mieux encore compliquer les choses, s'embarrasse de cette Bérengère ! » songeait Mlle d'Erbannes avec irritation.

Car, dans la lettre qui apprenait à sa fiancée la mort de la baronne, trouvée sans vie au matin, et lui indiquait le jour et l'heure du rendez-vous au bois de Trelgoat, Gaspard lui disait aussi qu'obéissant au désir de sa tante et à sa propre compassion pour l'enfant sans appui, il emmenait celle-ci avec eux, afin de la remettre au passage entre les mains de la prieure des Bénédictines, d'Auvalles.

Or, la bonté, la simple pitié même n'existaient guère dans le cœur froidement égoïste de Françoise. En outre, et elle éprouvait, depuis quelque temps surtout, une singulière antipathie à l'égard de cette petite Bérengère, « misérable épave du vice recueillie par la charité du baron de Pelveden », déclarait emphatiquement Mme de Kériouët, qui, elle non plus, n'aimait pas l'enfant charmante protégée par Mme de Pelveden et affirmait à qui voulait l'entendre qu'elle avait été abandonnée par une mère indigne... Françoise, quand elle venait avec sa tante visiter Mme de Pelveden, n'adressait presque jamais la parole à la fillette et l'aurait volontiers traitée avec la plus méprisante hauteur, sans la crainte de déplaire à la châtelaine de Rosmadec, qu'elle soupçonnait depuis longtemps de se montrer plus favorable aux projets matrimoniaux de son neveu.

Aussi la nouvelle que lui annonçait Gaspard l'avait-elle à la fois stupéfaite et fort irritée. Oh ! s'il la lui avait communiquée de vive voix, elle aurait bien su l'obliger de renoncer à une idée aussi stupide !... Et maintenant encore, il leur serait bien facile de laisser l'enfant sur la route, d'où elle gagnerait à pied Rosmadec. Là, si le baron s'était aperçu déjà de sa fuite, elle recevrait une correction méritée, après tout, puisque M. de Pelveden était son bienfaiteur, son maître.

En ruminant ces pensées, Mlle d'Erbannes avait atteint le bois de Trelgoat, à l'endroit désigné par M. de Sorignan. Elle vit aussitôt qu'il était là, debout près des deux chevaux. Sur l'herbe du fossé se trouvait assise Bérengère, vêtue d'un costume de page très rapiécé.

Chapitre 4

Gaspard accourut vers sa fiancée, les mains tendues.

– Enfin !... Les minutes me semblaient interminables !

– Je me suis hâtée, cependant... Mais dites-moi, mon ami...

Elle baissait la voix et faisait un geste discret vers Bérengère, qui se levait lentement.

– ... Ce n'est pas possible que vous vous embarrassiez de cette enfant ! Songez aux difficultés que nous aurons nous-mêmes, aux dangers que nous courons...

– Je le sais. Mais j'ai promis à ma tante de la mettre en sûreté chez la prieure d'Auvalles. D'ailleurs, elle ne sera guère une gêne pour nous, pauvre petite. Son poids est un supplément insignifiant pour Galaor et, si nous sommes pris, c'est moi qui porterai la responsabilité de ce second enlèvement.

– Mais c'est que je ne le veux pas ! Vous risquez déjà assez à cause de moi !... Gaspard, il faut la laisser ici ! Elle regagnera Rosmadec, elle...

M. de Sorignan l'interrompit vivement.

– C'est impossible ! J'ai promis à ma tante qui, à cause de cela, est morte certainement un peu plus en paix. D'ailleurs, moi-même, je ne voudrais pas qu'elle retournât à Rosmadec ! Maintenant que sa femme est morte, M. de Pelveden serait plus mauvais encore pour cette malheureuse enfant. Hier, Corentine, son âme damnée, l'a battue comme elle n'avait encore jamais osé le faire jusqu'à ce jour.

– Eh ! que vous importe ! Cette petite ne vous est rien. Laissez-la s'arranger avec votre oncle qui a bien le droit, après tout, de la traiter comme il l'entend.

Gaspard eut un haut-le-corps d'indignation.

– Quoi ! c'est vous qui parlez ainsi d'une pauvre petite créature si digne de pitié, de sympathie ?... d'une enfant que M. de Pelveden traite, comme vous le savez bien, avec la dernière dureté ? Mais, Françoise, n'auriez-vous donc pas de cœur ?

Instantanément, Mlle d'Erbannes comprit qu'elle venait de commettre un impair. Ce n'était cependant pas le moment de décevoir l'aveugle amoureux ! Aussi, tout aussitôt reprit-elle avec cette astucieuse habileté qui la rendait si dangereuse :

– Oh ! mon ami, que dites-vous là ? répliqua-t-elle d'un ton de doux reproche. Vous ne le croyez pas, j'espère ?... Mais ma pauvre tête est infiniment lasse, mes nerfs tendus et surexcités, si bien que je me sens dans un singulier état d'esprit tout à fait contraire à mon caractère habituel... Oui, emmenons-la, cette pauvre petite Bérengère ! Accomplissons le vœu de Mme de Pelveden... Et, cher Gaspard, ne soyez pas fâché contre moi, je vous en prie !

Elle levait sur lui des yeux tendres et suppliants, elle lui tendait une main qu'il prit et serra longuement, déjà rassuré, le pauvre garçon, par les paroles et le regard de la belle créature.

– Je vous crois, ma bien-aimée. Je sais que vous êtes bonne et charmante... Partons vite maintenant. Il faut qu'à l'aube nous soyons loin d'ici.

Ils vinrent aux deux chevaux, près desquels se tenait debout Bérengère, toute menue, toute pâle, et dont le délicat visage s'encadrait de cheveux courts. Car il avait fallu couper l'admirable chevelure, sacrifice qui avait peu coûté à la fillette encore ignorante de sa beauté, en outre absorbée dans son profond chagrin et dans la préoccupation de ce départ, de cet avenir qu'elle envisageait avec angoisse, maintenant que sa chère protectrice n'était plus.

Presque gracieusement, Françoise répondit à son salut. Puis elle s'installa sur sa monture avec l'aide de Gaspard, qui se mit ensuite à cheval et prit Bérengère en croupe. Alors, sur le chemin éclairé par la diffuse lueur de la lune, les fugitifs partirent, se jetant en pleine aventure.

Quinze jours plus tard, au matin, ils quittaient l'auberge d'un petit village situé à une vingtaine de kilomètres de Blois.

Jusqu'alors, le voyage s'était accompli fort tranquillement. Gaspard, au lieu de prendre la route directe, avait eu soin de descendre plus au sud. Les chevaux étaient robustes, M. de Sorignan excellent cavalier et Mlle d'Erbannes bonne écuyère. Aussi, chaque jour avaient-ils pu faire un trajet raisonnable, sans fatiguer leurs montures ni eux-mêmes. Ils se trouvaient donc, après ces deux semaines, en état de continuer leur voyage jusqu'à Paris. Mais Bérengère, par contre, n'était pas en aussi bonnes dispositions. Affaiblie par le régime alimentaire auquel, en ces dernières années surtout, l'avait soumise M. de Pelveden, luttant de plus avec peine contre une accablante lassitude morale, la fillette, ce matin-là, avait dû faire un violent effort sur elle-même pour se lever, pour avaler un bol de lait et ensuite remonter sur Galaor derrière M. de Sorignan.

Gaspard, en remarquant sa mine défaite, sa démarche un peu chancelante, avait fait observer avec compassion :

– Ma pauvre petite, heureusement que nous allons arriver au couvent car tu ne pourrais plus continuer jusqu'à Paris si tu étais obligée de nous y accompagner.

Ils quittèrent donc l'auberge, un peu inquiets, l'hôte leur ayant dit :

– Méfiez-vous ! Il y a en ce moment, dans la région, un parti de protestants qui pille, attaque les maisons isolées et les voyageurs sur les routes. Monseigneur le duc de Rochelyse, sur les terres duquel nous sommes, a envoyé une troupe contre eux. Mais je ne sais encore ce qu'il en est advenu.

« Allons, cela allait trop bien jusqu'ici ! pensait Gaspard tout en chevauchant. Ces gens ont beau être mes coreligionnaires, je ne me soucierais pas de les rencontrer car, d'après ce que dit cet homme, ce sont probablement des partisans qui ne reconnaissent pas la discipline d'une armée régulière et, sous couleur de servir l'un des chefs de notre religion, pratiquent surtout le brigandage. »

Mlle d'Erbannes ne se trouvait pas fort rassurée non plus. En jetant un coup d'œil sans bienveillance vers Bérengère, elle faisait observer :

– Si nous n'avions dû nous rendre à ce couvent, nous ne serions point passés par ici... Et nous aurions déjà gagné une bonne distance sur la route de Paris.

– Savons-nous si d'autres périls ne nous y auraient pas guettés ?... Au reste, peut-être ces gens sont-ils déjà pris par les soldats de M. de Rochelyse.

– M. de Rochelyse ?... Serait-ce le même que le seigneur de Menez-Run ?

– Très probablement. C'est un fort puissant personnage, paraît-il, et d'une fabuleuse richesse.

– On prétend que ses paysans, autour de Menez-Run, ont de lui une crainte mystérieuse... Il apparaît, dit-on, subitement, monté sur un cheval noir qui court comme le vent, passe un jour dans son château et repart, en traversant ses villages au galop, si bien qu'on aperçoit à peine son visage, caché sous un large chapeau. On le dit jeune, beau et d'humeur fort altière. Son intendant, à Menez-Run, est un vieil homme taciturne et dur, qu'on n'aime pas mais qu'on craint beaucoup, car il paraît avoir toute la confiance de son maître.

– Oui, j'ai entendu dire tout cela... Son oncle, le marquis de Trégunc, a, paraît-il, été assassiné lors du massacre de la Saint-Barthélemy.

– Était-il donc huguenot ?

– Non pas. Ce fut une erreur... ou peut-être une vengeance.

Bérengère écoutait vaguement cet échange de paroles. La fatigue, de plus en plus, s'emparait de tout son être. Il lui restait tout juste la force de maintenir son bras autour de la ceinture de Gaspard, pour ne pas choir du cheval... Et tandis que ses compagnons jetaient une exclamation d'effroi, elle eut à peine un tressaillement quand, à un détour du chemin, apparut à courte distance une troupe de cavaliers armés.

Il était impossible de fuir. Mieux valait aller bravement au-devant du danger, en essayant de tirer de la situation le meilleur parti possible.

Ces hommes d'armes, montés sur de fort beaux chevaux, paraissaient admirablement équipés. En se rapprochant d'eux, Gaspard et Françoise virent qu'ils encadraient une trentaine d'hommes à pied, dont quelques-uns étaient blessés et qui tous avaient les mains liées.

Un officier à la barbe grise et au sévère visage strié de rides s'approcha et, s'adressant à Gaspard, demanda :

– Veuillez, monsieur, me dire votre nom et le motif de votre présence sur les terres de M. le duc de Rochelyse ?

– Je me nomme le vicomte de Sorignan et je me rends avec Mlle d'Erbannes, ma fiancée, au couvent des Bénédictines d'Auvalles dont ma cousine, Mme de Fauchennes, est la prieure.

Une lueur passa dans les yeux froids de l'officier.

– Au couvent des Bénédictines ?... Eh bien ! monsieur, il est inutile de pousser plus loin, car il n'existe plus.

Gaspard sursauta.

– Comment, il n'existe plus ?

L'officier étendit la main vers les prisonniers.

– Hier soir, ces bandits ont attaqué le couvent, massacré les religieuses, pillé partout, puis mis le feu. Nous les avons capturés tout à l'heure et en avons tué une cinquantaine.

– Les religieuses massacrées !... Le couvent brûlé ! répéta Gaspard. Que vais-je faire maintenant ?

– Que vous avais-je dit ? murmura Françoise dont la main tourmentait nerveusement la bride de sa monture.

L'officier considérait attentivement Gaspard. Il fit observer :

– Votre nom, monsieur, me rappelle quelque chose... Il y avait un vicomte de Sorignan qui fut aide de camp de M. l'amiral de Coligny...

– C'était mon père...

– J'ai donc lieu de supposer que vous appartenez à la même religion que lui ?

Sans hésitation, bien qu'il eût envisagé aussitôt les conséquences que pouvait avoir sa franchise, le jeune homme répondit :

– C'est exact, monsieur.

– Je me vois en ce cas obligé de vous emmener à Rochelyse. Depuis quelque temps, ceux de votre parti sont fort agissants dans le pays et monseigneur m'a donné l'ordre d'arrêter quiconque me paraîtrait suspect à ce sujet.

– Quoi donc ! ai-je l'air d'un homme dangereux ?... Avec cette femme et cette enfant, quel mal pourrai-je bien faire au parti catholique ?

– Monsieur, j'ai ma consigne, et je dois l'accomplir. C'est devant monseigneur le duc que vous vous expliquerez.

Il n'y avait qu'à obéir. La troupe se remit en marche, emmenant ces trois nouveaux prisonniers... Bérengère, désespérément, murmurait :

– Plus de couvent !... Que vais-je devenir ?

– Nous vous emmènerons à Paris, ma pauvre petite... car je ne suppose pas que le duc nous retienne prisonniers !

– Oh ! je ne pourrai jamais aller jusque-là ! dit faiblement Bérengère.

Françoise, intérieurement furieuse, affectait un maintien impassible. Du bout des lèvres, elle s'informa près de l'officier :

– Est-ce loin, ce château de Rochelyse ?

– Nous y serons dans un quart d'heure environ.

À ce moment, au loin, apparut un groupe de cavaliers. Ils semblaient une dizaine, solidement montés... Quand ils furent un peu rapprochés, Gaspard étouffa une exclamation d'effroi. Il venait de reconnaître en l'un d'eux, qui se tenait un peu en avant, Barnabé Cabioche, l'écuyer du baron de Pelveden, son homme de confiance, une brute mauvaise et rusée dont M. de Sorignan s'était toujours senti détesté.

Françoise pâlit, en entendant son fiancé lui murmurer la terrible nouvelle.

– Qu'allons-nous faire ? balbutia-t-elle. Croyez-vous que cet officier va nous livrer à eux ?

– Je ne sais... j'espère que non...

Les hommes du baron approchaient. Sous les paupières bouffies, les petits yeux mauvais de Cabioche brillaient de joie sauvage et sa bouche se tordait en un sourire de triomphe qui découvrait une mâchoire édentée.

Sur un commandement de leur chef, les soldats du duc de Rochelyse s'arrêtèrent, dès que la petite troupe fut tout proche. L'officier, s'adressant à Cabioche, demanda :

– Votre nom et le motif de votre présence ici ?

– Barnabé Cabioche, écuyer de M. le baron de Pelveden, qui m'envoie à la poursuite d'un sien neveu et pupille, M. de Sorignan, parti en enlevant un demoiselle noble et une jeune servante de M. le baron... Les voici précisément, tous trois, et avec votre permission, monsieur, je vais les emmener au château de Rosmadec, en Cornouaille, où les attend M. le baron.

L'officier se tourna vers Gaspard qui se redressait, prêt à faire face au péril.

– Que répondez-vous à cela, monsieur ?

– Cet homme dit vrai en ce sens que je me suis bien enfui de Rosmadec, mais pour échapper à l'injuste tyrannie de M. de Pelveden. Mlle d'Erbannes, dont la tante s'opposait à notre mariage, a accepté de me suivre comme ma fiancée, pour demander protection à un mien cousin et à sa femme, le comte et la comtesse de Lorgils. Quant à cette enfant, laquelle est sans famille, j'ai obéi en l'emmenant au désir de Mme de Pelveden, ma défunte tante, qui voulait la soustraire aux durs traitements que lui infligeait le baron.

Cabioche ricana :

– Tout ça ne signifie rien ! M. le baron est le maître de traiter comme il l'entend son neveu et cette fille qui lui doit tout, car il l'a ramassée un jour au bord d'un chemin, où sans lui elle serait morte de faim. Quant à la demoiselle d'Erbannes, c'est sa tante qui la réclame. Aussi vous demandé-je, monsieur, de remettre entre nos mains ces trois personnes que vous semblez avoir faites prisonnières ?

L'officier riposta sèchement :

– Il m'est impossible d'accéder à votre requête. M. le duc de Rochelyse, mécontent des dégâts et des crimes que commettent en ce moment sur ses terres les huguenots, m'a donné l'ordre d'arrêter et de lui amener tous ceux de cette religion que je trouverais dans le pays. Voilà pourquoi je conduis M. de Sorignan à Rochelyse. Mais vous pouvez y venir vous-même et demander à vous expliquer devant monseigneur, qui décidera du bien-fondé de votre demande.

Cabioche dit avec un essai d'arrogance :

– Cependant, monsieur, j'ai le droit...

L'officier l'interrompit rudement :

– Personne n'a de droits, ici, en dehors de M. le duc. Allons, en route. Nous n'avons déjà que trop perdu de temps.

L'écuyer, dissimulant sa rage, se vit contraint d'obéir. Mais son regard mauvais, dirigé vers Gaspard et les deux jeunes filles, disait clairement : « Ah ! quand je vous tiendrai, je vous ferai payer tout cela ! »

La pauvre petite Bérengère, cramponnée à M. de Sorignan pour ne pas céder à la faiblesse qui l'envahissait, se prenait à désirer de mourir. L'odieuse figure de Cabioche, toujours si brutal pour elle, l'avait fait frissonner de terreur... Ah ! oui, plutôt la mort que de retomber entre les mains du baron et de ses deux âmes damnées, Cabioche et la vieille Corentine.

Cette matinée d'octobre était admirable. Un air frais, embaumé d'arômes sylvestres, agitait légèrement les feuillages roux et dorés, que caressait une lumière légère. Des bois s'étendaient, couvrant les coteaux mollement inclinés. Dans les prés ensoleillés paissait le bétail et, sur les terres de labour, les paysans commençaient le travail d'automne. La vigne, garnie de grappes lourdes, prenait des tons de pourpre et de rouille... Sous un pont que franchirent les cavaliers, une rivière claire et lente coulait entre des berges couvertes d'ombre par les arbustes et les arbres dont les feuillages jaunissants commençaient de s'en aller au fil de l'eau. Et, quelques pas plus loin, au-dessus du village qui semblait gracieux et riant avec ses maisons claires et ses vergers, apparut le château de Rochelyse, dressé à mi-coteau, baignant dans la lumière ses vieilles tours féodales, ses remparts, ses corps de logis dont certains avaient été rebâtis dans le goût de la Renaissance, par les soins des ducs Alain et Jean, grand-père et père de l'actuel seigneur de Rochelyse.

C'était là une superbe et fière demeure, dont la vue fit venir aux lèvres de Mlle d'Erbannes une exclamation admirative. Mais Gaspard ne lui accorda qu'un regard d'inquiétude. Là allait se décider son sort et celui de ses compagnes... Or, il ne doutait guère du jugement que rendrait M. de Rochelyse. Un pupille rebelle, fuyant le logis de son tuteur et entraînant dans cette fuite deux jeunes personnes encore mineures, c'était là un cas grave qui justifiait amplement la requête de Cabioche, parlant au nom du baron de Pelveden... Et, circonstance aggravante, M. de Sorignan avait contre lui sa religion, qui ne disposait pas le duc en sa faveur.

« Ah ! si ce n'était encore que moi ! songeait-il en crispant sa main sur la bride de Galaor. Mais Françoise... et cette malheureuse petite Bérengère ! »

Puis il se prenait à espérer que M. de Rochelyse serait peut-être accessible à la pitié, comprendrait les raisons qui l'avaient fait agir... Mais, un instant après, il se disait : « Quand même cela serait, pourquoi cet homme, qui ne nous connaît pas, prendrait-il parti contre les droits légaux que possède, sans conteste, M. de Pelveden ? »

Une double rangée de hêtres magnifiques conduisait à un bras de la rivière encerclant la base du coteau. Les cavaliers le franchirent sur un pont-levis placé dans le rempart de la première enceinte.

Et, en entendant se relever ce pont avec un sinistre grincement de chaînes, Gaspard ne put réprimer un frisson d'angoisse.

Chapitre 5

Wennaël-Claude de Trégunc, duc de Rochelyse, marquis de Trégunc-Loquiac, seigneur de Menez-Run et autres lieux, venait d'atteindre sa vingt-huitième année.

Descendants des anciens rois de Cornouaille, alliés aux ducs de Bretagne, aux Valois, aux maison de Lorraine et de Bourbon, les Trégunc étaient de ces seigneurs puissants que le souverain, quel qu'il fût, avait toujours ménagés. À vrai dire, généralement, ils s'étaient montrés loyaux sujets, bien qu'ils passassent pour des esprits indépendants et se montrassent peu courtisans. Tel cependant n'était pas le caractère de Jean de Rochelyse, père du duc actuel, qui devint le favori du roi Henri II. Toute la fierté, toute l'énergie de la race semblaient s'être réfugiées chez son cadet, Alain, marquis de Trégunc. Tout jeune, celui-ci obtint de son père, dont il était le préféré, l'autorisation d'entreprendre de longs voyages. Il connut alors non seulement une grande partie de l'Europe, mais encore l'Orient, si mystérieux alors dans beaucoup de ses contrées. Quand, au retour de ses absences, le jeune homme reparaissait à la cour, il était l'objet d'une vive curiosité et, de la part des femmes, d'un engouement bien fait pour lui tourner la tête. Mais la sienne devait être particulièrement solide, car il restait insensible aux plus flatteuses avances – fussent-elles même celles d'une reine.

Vers l'âge de trente ans, il fit aux Indes un long séjour et en revint avec une ranie hindoue d'une grande beauté, qu'il fit baptiser et épousa dans la chapelle de son château de Chimères, en Berry. Cette jeune femme ne fut pas présentée à la cour, ne parut jamais en public. Elle continuait de vivre comme les femmes de son pays, enfermée dans le zénana qui, chez M. de Trégunc, était représenté par un corps de logis uniquement réservé à son usage, où elle était servie par des Hindous. Lui continuait son existence accoutumée, allant parfois à la cour, suivant les chasses royales et, rentré en sa demeure, lisant les œuvres des anciens et celles de son temps, étudiant des manuscrits précieux rapportés de ses voyages. Car il était lettré et fort savant, connaissait plusieurs langues d'Europe et d'Orient et, prétendait-on, s'occupait de magie, de sciences occultes dont il avait appris les secrets en Orient.

On assurait aussi que, des Indes, il avait rapporté de fabuleuses richesses. En tout cas, il menait le train de vie d'un grand seigneur très fortuné. Ses aumônes étaient nombreuses mais judicieusement distribuées, comme les libéralités faites à son entourage, car il avait un esprit d'une singulière clairvoyance. On disait encore que des plus grands, parmi les personnages du royaume, avaient eu recours à sa générosité ou au crédit qu'il semblait avoir près du roi et, plus tard, près de la reine mère, crédit assez inexplicable, car Henri II ne s'était pas caché de l'avoir en vive antipathie, et Catherine, oubliant passagèrement ses habitudes et dissimulation, avait deux ou trois fois témoigné devant des personnes de son entourage de l'aversion qu'il lui inspirait.

Un puissant intérêt, en outre, s'était introduit dans l'existence d'Alain. Frappé de la précoce intelligence, des dons rares de son neveu Wennaël, il avait obtenu de son frère que l'éducation de l'enfant lui fût confiée. M. de Rochelyse s'en souciait peu, tout à ses plaisirs, à ses intrigues de cour, charmé en outre à l'idée que les biens immenses de son cadet feraient retour à son fils, car la princesse hindoue n'avait pas donné d'enfant à M. de Trégunc. Wennaël, alors âgé de huit ans, passa donc sous l'autorité de son oncle. Dès ce moment, il ne le quitta plus, l'accompagna même dans un voyage et un long séjour aux Indes qu'il fit avec sa femme... De retour en France, le marquis et son neveu se virent pris en amitié par le jeune roi Charles IX, qui voulut attacher Wennaël à sa personne. La reine mère, de son côté, paraissait tenir en grande faveur M. de Trégunc ; mais ce fut en vain qu'elle essaya de le mêler aux intrigues ourdies par elle, soit contre les protestants, soit contre les catholiques, selon son intérêt ou ses haines du moment. Alain de Trégunc avait en horreur la duplicité, la fourberie chères à Catherine. D'autres raisons, encore, l'éloignaient de cette femme à l'âme tortueuse, dont il avait pénétré quelques-uns des noirs secrets... Mais il répondait volontiers à la sympathie du roi, cet adolescent au caractère triste et inquiet, si bien doué pourtant, instruit et spirituel, mais dont les heureuses dispositions avaient été annihilées par l'influence néfaste de sa mère. Peu à peu, il prenait un certain empire sur l'esprit du jeune prince et, discrètement, s'efforçait de l'amener à gouverner lui-même pour obtenir cette pacification du royaume qu'une politique de fourberie menait à sa ruine.

Malheureusement, dans la sanglante nuit de la Saint-Barthélemy, des massacreurs, conduits par un homme au visage masqué, réussirent à s'introduire dans sa demeure, où il se trouvait malade depuis quelques jours, et le tuèrent en le perçant de nombreux coups d'épée. Ses serviteurs, accourus trop tard, eurent du moins raison des assassins, qui restèrent sur le carreau, sauf le chef au visage masqué, disparu sans qu'on pût retrouver sa trace.

Wennaël avait alors seize ans. Il héritait les biens de son oncle, Adrâni, la princesse hindoue, conservant sa propre fortune. Dans son testament, M. de Trégunc demandait qu'au cas où il mourrait avant sa femme, celle-ci continuât de demeurer près de son neveu. M. de Rochelyse autorisa volontiers son fils à remplir ce vœu du défunt. Il ne s'opposa pas davantage à la décision du jeune homme quand, deux ans plus tard, celui-ci manifesta le désir de retourner aux Indes, pour y faire un séjour en compagnie de sa tante, la rani.

Ce séjour se prolongea près de deux années. Après quoi, ainsi que l'avait fait avant lui Alain de Trégunc, Wennaël visita d'autres parties de l'Orient, puis plusieurs contrées de l'Europe. Au bout de quatre ans, il rentrait à Paris. Ce fut pour y apprendre le remariage de son père avec une fille d'honneur de la reine mère, Gibonne de Morennes, souple et jolie créature dont les bonnes langues de la cour disaient pis que prendre – non sans quelque raison, d'ailleurs.

Wennaël, par sa seule attitude, témoigna à son père quels sentiments lui inspirait ce mariage. Respectueux et froid – comme du reste il en avait toujours coutume – à l'égard de M. de Rochelyse, il témoigna à la nouvelle duchesse une indifférence glaciale, un dédain altier qui semblaient pires que des insultes jetées à la face. Et quand le duc, torturé par de douloureuses infirmités, irrité contre la femme fausse et indigne dont enfin il comprenait la perversité, voulut se rapprocher de son fils, Wennaël s'empara de cette volonté faible, en fit la servante de son esprit dominateur, des projets élaborés par son intelligence subtile, patiente, et qui semblait avoir hérité – à un degré supérieur encore – de l'étrange clairvoyance qui avait caractérisé Alain de Trégunc. Si bien qu'à sa mort, M. de Rochelyse laissait un testament par quoi tous ses biens revenaient à son fils aîné, sans aucune réserve, sans douaire pour sa veuve, sans stipulations autres que celle-ci à l'égard du fils né de son second mariage : « Je donne à mon fils Wennaël la tutelle de son frère, avec liberté entière d'agir à son égard comme il l'entendra. »

Si l'on songe que Gibonne, complètement dépourvue pécuniairement, avait épousé M. de Rochelyse pour sa fortune encore plus que pour sa grande situation, qu'en outre elle chérissait son fils et détestait autant qu'elle le redoutait son beau-fils, on peut imaginer ce que furent sa déception et sa fureur... Tant et si bien que sa santé, déjà assez délicate et usée par une existence de plaisirs, de continuelles distractions, ne résista pas à ce coup. Elle fut alitée pendant de longs mois et, quand elle put se lever, elle apparut comme une ombre de la jolie Gibonne de naguère. Depuis lors, elle n'était plus qu'une infirme, se tramant à l'aide d'une canne dans son appartement, tremblant au seul bruit des pas de Wennaël, qui faisait peser sur elle une froide autorité, qui l'obligeait à ne pas quitter son grand deuil de veuve, « bien petite pénitence, disait-il avec son air de glacial dédain, pour les souffrances morales que son mari avait connues par elle ».

Mais lui se chargeait d'en infliger d'autres, et il savait frapper à l'endroit faible, sans pitié. Car le duc de Rochelyse paraissait ignorer ce sentiment et déclarait volontiers que la seule justice dirigeait tous ses actes. – « la plus impitoyable justice », précisait-il.

Et c'était pour cela, sans doute, parce qu'on le savait inaccessible non seulement à l'indulgence, mais aussi à toute influence d'intérêt, d'amour, d'ambition, c'était pour cela que ce jeune homme était si étrangement craint des plus puissants, à cette cour de France où régnait Henri III, le fils chéri de l'astucieuse Médicis, plus perverti encore que ses frères.

À l'heure où les prisonniers étaient introduits dans le château de Rochelyse, le duc se trouvait dans son cabinet, longue pièce aux merveilleuses boiseries sculptées qu'éclairaient trois fenêtres décorées de verrières dont les teintes somptueuses s'avivaient sous la vive lumière du dehors.

Assis dans un fauteuil profond, le coude appuyé à sa table de travail, il écoutait un petit homme maigre, vêtu de noir, qui debout devant lui, semblait faire une sorte de rapport. Un rais de lumière, nuancé d'or pâle, effleurait les cheveux bruns, souples et soyeux. Puis, à un

Chapitre 5

mouvement que fit le jeune homme, il éclaira pendant quelques secondes le fin visage mat, la bouche ferme au pli énigmatique, les yeux d'un brun fauve, étrangement beaux, où la flamme d'une intelligence supérieure se mêlait de volonté dominatrice. Figure remarquable, dont l'altière séduction s'imposait aussitôt, même à ses ennemis.

Bien que le duc de Rochelyse fût reconnu comme l'un des seigneurs les plus élégants de la cour, il dédaignait les extravagances, les modes efféminées, l'abus des parfums qui sévissaient dans l'entourage royal, particulièrement chez les favoris dérisoirement surnommés « les mignons du roi ». Tout, dans sa tenue, décelait le goût le plus sûr et le plus raffiné, depuis les hautes bottes de daim fauve à éperons d'or jusqu'à la fraise de légère et précieuse dentelle tranchant sur le velours noir du pourpoint. Une chaîne d'or admirablement travaillée supportait un petit sphinx taillé dans une seule émeraude, énorme, aux feux superbes. Des émeraudes, encore, ornaient la garde ciselée de l'épée que le duc portait au côté.

Quand le petit homme noir eut cessé de parler, M. de Rochelyse demeura un instant songeur, ses sourcils bruns légèrement rapprochés. Puis il fit observer :

– En fin de compte, Laurel, vous n'avez encore obtenu aucun résultat ?

Sa voix avait un timbre rare, d'un charme profond, en dépit de l'intonation singulièrement impérative.

L'homme répondit, avec un regard qui témoignait du plus humble regret :

– Non, monseigneur, rien encore. Mais je vais continuer, avec plus d'acharnement, s'il est possible.

Le duc frappa sur la table du plat de la main, ce qui fit sursauter un jeune garçon d'une douzaine d'années, en costume hindou, étendu à ses pieds.

– Toujours ce maillon de la chaîne qu'il nous est impossible de retrouver... qui a tué la mère et enlevé les enfants ? Qui a assassiné mon oncle ? Le même homme, très probablement. Mais il a agi avec une diabolique adresse, puisque jamais ni M. de Trégunc ni moi n'avons pu découvrir sa personnalité... Pourtant, je connais tant de secrets, j'ai tant d'émissaires, tant d'espions dans tous les mondes, depuis celui des truands, des loqueteux de la Cour des Miracles, jusqu'à celui de la cour !... Mais « elle » n'a dû se confier pour cela qu'à un seul homme, qui a bien gardé le silence... à moins que, pour plus de sûreté, « elle » l'ait fait supprimer, lui aussi. Alors, elle seule pourrait maintenant m'apprendre la vérité... Or, elle niera toujours... elle niera sans jamais se trahir, tant que je n'aurai pas une preuve à lui opposer, comme j'ai pu le faire pour la mort du roi Charles.

La physionomie de Wennaël s'était légèrement animée, une lueur presque sauvage étincelait dans son regard.

– Cette preuve, je vais la chercher encore ! dit le petit homme avec énergie. Elle doit se trouver !... Il faut que je la trouve !

– Oui, retournez à Paris demain. Voyez encore Loriot-le-Pendu, dites-lui qu'il continue ses investigations parmi les truands et les argotiers. Il nous a déjà obtenu de ce côté un léger résultat, en découvrant ce mendiant qui prétendait avoir croisé, dans la forêt de Saint-Germain, deux hommes portant chacun un enfant, cette nuit même où fut égorgée la jeune femme et où brûlèrent l'église et le village de Saint-Julien... Remettez-lui encore de l'argent pour ses recherches. Prenez vous-même ce qu'il vous faut...

Tout en parlant, le duc attirait à lui une plume, un parchemin, sur lequel il écrivit quelques lignes et qu'il tendit à Laurel.

– ... Voici un mot pour mon trésorier. Vous pouvez maintenant aller prendre du repos, Laurel. Je serai de retour à Paris dans une dizaine de jours ; c'est là que vous viendrez me parler, si vous avez quelque nouvelle à me communiquer. Ah ! un mot encore ! Rien de nouveau, chez les Calmeni ?

– Rien, monseigneur. Giulia sort peu et ne voit personne, depuis que la reine mère est à Saint-Germain et le monde de la cour dispersé dans les résidences royales ou dans ses propres châteaux. Quant à Lorenzo Calmeni, rien également à signaler de ce côté.

– J'ai cependant l'intuition qu'il sait quelque chose, lui !... qu'il fut un des complices... peut-être l'un de ces deux hommes que le mendiant rencontra, la nuit fatale, emportant des enfants. Oui, ce protégé de la reine, qui fournit le poison destiné à permettre au duc d'Anjou de monter sur le trône, ce Florentin fourbe et rampant était indiqué pour coopérer à l'entreprise criminelle destinée à enlever au roi Charles une épouse bien-aimée, des enfants dont l'un pouvait être appelé à monter sur le trône de France.

– La question le ferait parler, suggéra Laurel.

– Elle le ferait parler... mais dire la vérité, c'est autre chose. Ce moyen-là réussit plus ou moins, d'après la nature des gens. Or, Calmeni est la ruse, l'adresse personnifiées. Pour échapper à la souffrance, il serait capable de me raconter une histoire vraisemblable, mais mensongère, en s'arrangeant de manière qu'il me fût impossible de vérifier ses dires. Oh ! je connais l'homme, non seulement par mes propres observations mais par celles que me communiqua autrefois M. de Trégunc. Lui opposer la ruse est le seul moyen d'atteindre à un résultat.

Laurel parut hésiter un moment, puis dit en accentuant cet air d'humble déférence qui ne quittait pas son maigre visage rasé, aux yeux intelligents et attentifs :

– Cette Giulia m'inspire peu de confiance... et, si j'osais, monseigneur, je vous supplierais de prendre bien garde...

Il s'interrompit, devant le sourire qui entrouvrit les lèvres de M. de Rochelyse – un sourire où la plus subtile ironie se mêlait au dédain.

– En vérité, maître Laurel, vous imagineriez-vous que je suis assez stupide pour me mettre à la discrétion d'une femme ? Je n'ai rien à craindre de Giulia... rien, vous m'entendez ? Elle est entre mes mains le plus docile des instruments, elle le sera tant qu'il me plaira. Sa volonté, son orgueil, je les ai brisés, asservis ; son devoir filial, elle le trahit chaque jour pour moi. Cet esprit d'intrigue et de ruse qu'elle tient de nature ou que lui a enseigné son misérable père, je le fais servir à mes desseins... Cette femme, qui eût été dangereuse pour bien d'autres, n'est que cire entre mes mains. Rassurez-vous donc, mon brave Laurel, au sujet de cette belle Giulia devenue très inoffensive, je vous l'affirme.

La voix, d'abord hautaine, changeait subitement d'intonation. Légèrement railleuse encore, elle prenait un accent charmeur. Avec ce même sourire d'ironie, le duc ajouta :

– Allez, maintenant, Laurel, et n'oubliez plus que votre maître n'a rien à craindre de ses ennemis ni de ses amis, hommes ou femmes, fussent-ils la reine Catherine et le roi eux-mêmes.

Le petit homme maigre s'inclina profondément et recula vers la porte. En ouvrant celle-ci, il se heurta au majordome, grand vieillard imposant, l'un des hommes de confiance de M. de Rochelyse, après avoir été celui du marquis de Trégunc.

– Qu'est-ce, Eloguen ? demanda le duc.

– M. du Belloy demande si Monseigneur veut bien le recevoir.

Sur une réponse affirmative, Eloguen se retira et introduisit presque aussitôt l'officier qui venait de ramener les prisonniers.

– Eh bien ! monsieur, avez-vous réussi à nous débarrasser de ces brigands ? demanda M. de Rochelyse après avoir répondu au salut de l'arrivant.

– Cinquante ont péri, monseigneur, et j'en ai fait prisonniers une trentaine, dont le chef.

– Très bien. Faites-les enfermer dans la tour du Sud. Ils seront tous pendus avant le coucher du soleil ; mais, auparavant, j'interrogerai le chef. Prévenez Singar qu'il se tienne prêt, au cas où la question serait nécessaire pour faire parler cet homme.

– Bien, monseigneur... J'amène encore d'autres prisonniers – peu dangereux, ceux-là, je le crois. Un jeune homme qui fuit son oncle et tuteur, en enlevant une jeune personne qu'il dit être sa fiancée, plus une fillette costumée en page, soi-disant maltraitée par ce même tuteur...

– Quelle histoire me racontez-vous là ? dit nonchalamment le duc.

Sa main fine et blanche jouait avec un drageoir d'or émaillé posé sur la table, près de lui.

– ... Je ne suis pas chargé de châtier les jeunes gens trop aventureux, ni de rendre au bercail les jeunes personnes avides de liberté.

– Mais ledit jeune homme est de la religion, monseigneur, fils d'un aide de camp de M. de Coligny... et, si mes souvenirs ne m'abusent pas, filleul de celui-ci.

– Ah ! vraiment ?

L'accent de M. de Rochelyse dénotait l'indifférence.

– ... Eh bien ! je verrai s'il y a lieu de le considérer comme dangereux, ce dont je doute, d'après ce que vous m'avez dit tout à l'heure.

– Mais ce n'est pas tout, monseigneur. En revenant, nous avons rencontré des gens armés, conduits par un homme qui se dit l'écuyer d'un certain baron de Pelveden...

Cette fois, une lueur d'intérêt traversa les fauves prunelles de Wennaël.

– Pelveden, en Bretagne ?

– Oui, monseigneur, ces gens sont Bretons... et M. de Pelveden habite un château du nom de Rosmadec, si j'ai bien compris.

– Oui, c'est cela... Continuez, monsieur.

– Cet écuyer, qui s'appelle Barnabé Cabioche, se prétend envoyé à la poursuite du jeune homme, M. de Sorignan, neveu et pupille du baron, et de la demoiselle d'Erbannes, qui a fui la maison de sa tante. Quant à la petite fille, – qui paraît à demi morte de fatigue ou de maladie – elle serait une servante de ce M. de Pelveden.

M. de Rochelyse leva légèrement les épaules.

– En vérité, que ces gens s'arrangent entre eux ! Si le jeune huguenot me paraît inoffensif, je les ferai mettre tous hors de chez moi... et ils se débrouilleront... Mes compliments, monsieur, pour la façon expéditive dont vous avez eu raison de ces pilleurs et assassins de femmes. Ont-ils fait quelque mal à mes braves soldats ?

– Des blessures peu graves, seulement, monseigneur. Nous avons eu l'heureuse chance de surprendre l'ennemi quand il se croyait en sûreté.

– Tant mieux... Quant à ces autres prisonniers, faites-les mener à la salle des armes. J'irai tout à l'heure m'occuper de cette affaire.

Chapitre 6

Quand M. du Belloy fut sorti, Wennaël demeura un moment songeur, le front sur sa main. Puis il se leva. Un reflet de pourpre échappé des verrières enveloppa la silhouette élégante, dont la sveltesse harmonieuse, la nonchalante souplesse ne décelaient pas la vigueur extraordinaire qui, jointe à une adresse inégalable pour tous les exercices du corps, faisait de M. de Rochelyse le plus redoutable adversaire qui fût.

Le petit Hindou s'était redressé et regardait son maître avec une craintive adoration. Le duc lui donna un ordre dans un dialecte de l'Hindoustan. Puis il se détourna et appela :

– Hôl !... Fina !

Deux chiens étaient étendus sur le tapis de Eagdad – deux superbes bêtes d'une race presque disparue que Wennaël avait ramenées d'un voyage en Perse. Leur corps, long, souple comme celui d'un lévrier, était couvert d'un poil léger, soyeux, d'un gris sombre ; la tête, puissante, se terminait par un museau fin ; des yeux aux reflets d'or, intelligents et féroces, brillaient dans cette face canine.

À l'appel de leur maître, les deux bêtes se levèrent aussitôt. Leurs regards, tout à coup, prenaient une expression soumise et presque craintive aussi.

L'enfant reparut et présenta au duc une houssine. Puis il alla ouvrir une porte de chêne sculpté placée au-dessus des verrières.

L'air attiédi, le soleil s'introduisirent dans le cabinet somptueux... Wennaël sortit sur une terrasse qui longeait de ce côté la façade, décorée de fenêtres sculptées, de corniches soutenues par des têtes de faunes. Huit marches, sur toute la longueur de cette terrasse, conduisaient au parterre à l'italienne merveilleusement fleuri, même en cette fin de saison.

Wennaël les descendit, précédé de ses chiens bondissants. Une biche effarouchée s'enfuit à travers le parterre. Mais le duc l'appela : « Léda » et elle vint à lui, tremblante, ses doux yeux inquiets levés sur le jeune homme. Son cou était entouré d'un souple collier fait de mailles d'or, au fermoir serti de saphirs.

– Eh bien ! ta maîtresse t'a donc donné la liberté, petite folle ? dit M. de Rochelyse en caressant la tête fine.

Les chiens, au détour d'une allée bordée d'orangers, venaient de tomber en arrêt devant un banc de marbre sur lequel étaient assis une femme et un enfant. Celui-ci, petit garçon de sept à huit ans, avait un mince visage très blanc, un peu rousselé, de fins cheveux blonds, des yeux bleus caressants. La femme était jeune encore ; mais dans l'austère robe de veuve flottait un corps amaigri, déformé ; le teint jauni, les traits flétris, les cheveux d'un blond roux ternis par la maladie ne permettaient plus de supposer, à ceux qui ne l'auraient pas connue auparavant, que la duchesse Gilonne de Rochelyse avait été une des beautés de la cour.

À la vue des chiens, la mère et l'enfant avaient sursauté, en étouffant une exclamation de terreur. Quand Wennaël tourna dans l'allée, il les vit debout, tremblants, la jeune femme s'appuyant sur une canne, le petit garçon ayant saisi dans ses mains raidies un pan de la robe maternelle.

– Ah ! voilà donc ce qu'on découvre en se promenant à des heures inaccoutumées ?... Flagrant délit de désobéissance à mes ordres, Claude, encouragé par vous, madame.

Le duc s'était arrêté, en croisant les bras. On ne discernait aucune trace d'irritation sur sa physionomie, dans sa voix. Rien que de la froideur... la plus glaciale, la plus terrible froideur.

Mme de Rochelyse frissonnait. Les yeux baissés, comme si elle ne pouvait supporter ce regard, elle balbutia :

– Nous n'avions pas l'intention de vous désobéir, monsieur... Mais je l'ai rencontré... j'ai cru pouvoir lui dire quelques mots...

– Comment étiez-vous dehors à cette heure, et sans votre percepteur ?

La question s'adressait au petit garçon. Celui-ci tenait aussi les yeux baissés. Il était devenu tout pâle et l'on voyait trembler sa bouche, vaciller ses jambes menues.

Il bégaya :

– M. Beauplan était occupé dans la bibliothèque... Alors, je suis sorti un peu...

– Sans permission ?... Approchez-vous.

L'enfant obéit. Wennaël leva sa houssine et en cingla le cou mince que découvrait un large col de toile de Hollande.

– Combien de fois devrai-je vous répéter que je veux, quand je parle, qu'on me regarde en face ? N'ayez crainte, je vous ferai perdre vos habitudes de sournoiserie !

Claude avait étouffé un cri. Quant à la duchesse, elle serrait entre ses mains le bec d'ivoire de sa canne, en glissant vers M. de Rochelyse un coup d'œil où se discernait une haine contenue.

– Pourquoi êtes-vous sorti ?

– Je... pensais qu'à cette heure je trouverais peut-être Madame ma mère dans les jardins...

Les yeux bleus, dilatés par l'effroi, essayaient de soutenir le regard de Wennaël.

– Bien. Puisque vous m'avez répondu franchement, vous ne serez puni que pour la désobéissance. Saluez votre mère et allez retrouver M. Beauplan.

Claude s'approcha de la duchesse et lui baisa la main. Puis il s'éloigna dans l'allée ensoleillée.

Mme de Rochelyse dit d'une voix tremblante, avec un accent de supplication :

– Vous ne le ferez pas châtier trop sévèrement, monsieur ? Il est délicat, nerveux, et la dernière fois...

Le duc l'interrompit, d'un ton bref et coupant :

– La dernière fois, il avait dissimulé la vérité, faute que je poursuivrai toujours impitoyablement chez le fils de Gilonne de Morennes. N'ayez crainte, madame, quand Claude terminera son éducation, il aura appris par mes soins ce que vaut la sincérité.

Un peu de rougeur monta aux joues blêmies de Gilonne. Les lèvres tremblantes balbutièrent :

– Vous l'aurez peut-être tué, d'ici là !

– Mieux vaut la mort qu'une âme dissimulée, pétrie de fourberie, de perversité, comme la vôtre... comme d'autres que je connais bien et que vous connaissez aussi. Du reste, vous contribuez vous-même à augmenter ma sévérité pour lui, en l'encourageant dans ses fautes, en lui donnant l'exemple de l'hypocrisie. Tout à l'heure, vous m'avez répondu par un mensonge, car je devine fort bien que c'est vous qui avez engagé Claude à s'échapper, à venir vous retrouver ici...

– Monsieur...

La protestation resta dans la gorge serrée de Gilonne.

De nouveau, les yeux d'un vert changeant se baissaient, voilés d'effroi, sous le regard qui fouillait l'âme. Wennaël dit avec un accent de froid mépris :

– Je vous connais, madame, vous le savez depuis longtemps. Un jour, je vous ai raconté toute votre existence – et ce que vous croyiez même ignoré de quiconque au monde. Si vous n'aviez pas déshonoré le foyer de mon père, je ne me serais probablement jamais occupé de vous. Mais j'ai résolu de vous faire expier... tous les jours de votre vie, Gilonne de Morennes. Et je tiens parole...

Quant à votre fils, ne vous en prenez qu'à vous s'il est châtié plus durement chaque fois que je découvre en vous un mensonge, une fourberie... ou un essai de trahison.

Sur ces mots, Wennaël salua froidement et tourna les talons.

Mme de Rochelyse se laissa tomber sur le banc. Presque défaillante, elle bégaya :

« Démon !... Ah ! terrible démon ! Il sait tout, c'est bien vrai... Et si j'essaie de me venger, il me le tuera, mon fils ! »

Gaspard et ses compagnes, à leur entrée dans le château, avaient été conduits dans une salle basse, où peu après vint les chercher un jeune homme portant le costume vert et noir des gardes du duc de Rochelyse.

– Où nous menez-vous, monsieur ? demanda Gaspard que l'inquiétude tenaillait.

– À la salle des armes, monsieur, répondit poliment le jeune garde, grand garçon bien découplé, aux épaules vigoureuses, à la mine sérieuse et fermée.

– M. de Rochelyse va-t-il nous recevoir ? demanda Françoise.

– J'ignore les intentions de monseigneur, madame.

« Pas aimable, le jeune homme, pensa Mlle d'Erbannes. Il faut espérer que M. de Rochelyse le sera davantage. »

Elle était fort marrie, la belle Françoise, de se présenter devant un si haut seigneur dans cette tenue de voyage, passablement fripée. Du moins avait-elle eu le temps d'arranger ses cheveux le plus gracieusement possible, en se regardant au petit miroir d'argent poli qui lui venait de sa mère et qu'elle avait précieusement emporté... Mais elle se dépitait à l'idée qu'elle ne pouvait user d'aucun de ces artifices, fards, poudres, parfums, qu'elle ne connaissait que par ouï-dire et qui étaient d'usage chez les belles de la cour.

« Il va me trouver affreuse ! » songeait-elle avec désespoir.

Quant à la pauvre petite Bérengère, elle traînait son corps accablé en se retenant à la main que le bon Sorigan lui avait offerte comme appui. Dans son cerveau fatigué, il n'y avait plus qu'une pensée : « Va-t-on me ramener là-bas ?... chez lui, cet homme qui me déteste ? »

La salle des armes était une galerie d'aspect sévère, décorée de tapisseries datant de trois siècles, aux couleurs un peu sombres, de magnifiques armures qui avaient servi aux précédents ducs de Rochelyse, d'armes anciennes de tous les pays alors connus, la plupart merveilleusement ornées. Près de la cheminée au manteau de pierre sculptée se trouvait un large fauteuil à dossier carré, recouvert de cuir de Cordoue. Quelques escabelles de chêne étaient disséminées aux alentours.

– Quelle superbe salle ! murmura Françoise avec admiration.

– Assieds-toi, ma pauvre petite, dit M. de Sorignan à Bérengère. Et ne te tourmente pas trop d'avance, car peut-être tout cela s'arrangera-t-il bien.

Bérengère soupira faiblement.

– J'ai peur !... Et vous aussi, je le vois bien, monsieur ! Puis encore, même si Cabioche ne m'emmène pas, que ferez-vous de moi, maintenant ?

– Eh bien ! nous t'emmènerons chez M. de Lorgils, dont la femme ne refusera probablement pas de s'occuper de toi. On te mettra dans un couvent, où tu seras en sûreté...

– Mais croyez-vous qu'« il » n'aurait pas le droit de m'en faire sortir ?

– Hum !... oui, peut-être... Mais nous verrons à nous arranger pour qu'il ne sache pas où tu es.

Bérengère froissa l'une contre l'autre ses petites mains glacées.

– Il le saura, j'en suis sûre !... Il le saura !

À ce moment, le garde, demeuré debout près d'une des portes donnant dans la galerie, l'ouvrit et s'effaça respectueusement, la tête redressée, la main sur la garde de son épée. M. de Rochelyse entra dans la salle, marcha vers le petit groupe formé par les prisonniers, qu'il enveloppait d'un coup d'œil rapide. Courtoisement, il répondit au salut profond de Gaspard, à la révérence gracieuse de Mlle d'Erbannes. Puis, sans préambule, en attachant sur le jeune homme un regard accoutumé de jauger rapidement la valeur des gens et de percevoir leurs intentions :

– Voyons, monsieur, vous êtes huguenot, paraît-il ?... Ceux de votre parti me donnent en ce moment des ennuis. Toutefois, si vous êtes un honnête et pacifique gentilhomme, je ne vois pas de raison pour vous retenir ici.

– Tout ce qu'il y a de plus pacifique, pour le moment du moins, monseigneur. Car j'ai charge d'âme, en la personne de Mlle d'Erbannes, ma fiancée, et d'une pauvre enfant que j'essaie de soustraire aux mauvais traitements...

Un regard de suprême indifférence effleura le visage troublé, les yeux brillants de Françoise, puis la petite figure blême, aux paupières mi-closes, de la menue créature en costume de page qui se tenait debout un peu en arrière de Gaspard.

– Vous vous êtes mis dans un mauvais cas, monsieur, dit froidement le duc. Mais ceci est affaire entre vous et l'envoyé du baron de Pelveden.

– Quoi ! monseigneur, nous livreriez-vous à cet homme ? s'exclama douloureusement Gaspard.

– Je ne livre personne, monsieur, riposta M. de Rochelyse avec hauteur. Mais, que je sache, ai-je à m'occuper de vos affaires de famille ?... Vous êtes libre de partir d'ici, l'écuyer de M. de Pelveden le sera aussi, très probablement, après l'interrogatoire que je vais lui faire subir. Ensuite, arrangez-vous ensemble, cela ne me regarde plus.

– Mais, monseigneur, c'est nous perdre, cela !... C'est nous jeter au pouvoir de cet odieux Cabioche, car nous ne sommes pas de force à résister aux hommes qu'il a amenés ! s'écria Françoise avec désespoir.

Elle levait sur le duc un regard éploré, en joignant les mains. Bérengère, chancelante, soulevait maintenant ses paupières, montrant des yeux pleins d'une angoisse éperdue.

Avec la même froideur, nuancée d'impatience altière, cette fois, M. de Rochelyse répliqua :

– Vous devriez cependant comprendre, mademoiselle, que je n'ai pas de raisons pour accorder ma protection à des inconnus, lesquels se trouvent en outre dans leur tort, aux yeux de la loi ? Monsieur de Sorignan, vous êtes libre, vous aussi. Veuillez ne pas m'en demander davantage.

C'était un congé sans réplique. Le malheureux Gaspard frissonna, Mlle d'Erbannes pâlit jusqu'aux lèvres... Et tout à coup, on entendit un sanglot étouffé. Bérengère venait de tomber à genoux, elle étendait les mains vers M. de Rochelyse en balbutiant : « Ayez pitié !... Ayez pitié ! » Sous les cils bruns qui formaient au bord des paupières une frange soyeuse, les grands yeux couleur de violette regardaient Wennaël avec une supplication désespérée. Puis le corps frêle s'affaissa tout à coup, glissa inanimé sur le tapis couvrant les dalles de pierre.

Gaspard fit un mouvement vers l'enfant. Mais, avant lui, M. de Rochelyse était près d'elle, l'enlevait entre ses bras et la portait sur le fauteuil.

– Pauvre petite, elle en mourra ! dit M. de Sorignan avec émotion.

Le duc ne parut pas l'entendre. Il considérait ce petit visage blême aux contours délicats, encadré de cheveux courts qui formaient des boucles aux tons d'or foncé. Figure d'enfant souffrante, bien faite pour attendrir. Cependant, la physionomie de M. de Rochelyse ne décelait pas d'émotion. Seuls, peut-être, ceux qui le connaissaient bien auraient pu discerner dans les prunelles fauves attachées sur la fillette une lueur d'intérêt ou de pitié.

Se tournant tout à coup vers Gaspard, Wennaël demanda brièvement :

– M. de Pelveden la rendait malheureuse, dites-vous ?

– Oh ! monseigneur, elle serait déjà morte, je crois, sans la protection de Mme de Pelveden !

– Qui est-elle ?

– Une enfant trouvée, dont le baron a fait une servante, mais que ma tante a aimée, instruite en secret.

– On n'a jamais rien appris sur ses parents ?

– Il paraît que non, monseigneur. Elle fut trouvée aux environs de Nantes, voilà tout ce que je sais.

– Elle semble avoir douze ou treize ans, dit pensivement le duc, comme en se parlant à lui-même.

– Oui, treize ans, je crois... je ne me souviens plus bien...

Le regard de Gaspard interrogeait Françoise. Elle répondit du bout des lèvres :

– Oui, il me semble... C'est une enfant...

– Elle paraît très frêle et bien malade, fit observer M. de Rochelyse.

– Certes, pauvre Bérengère ! dit M. de Sorignan. Le voyage a achevé ce qu'avait si bien commencé le régime plus que frugal imposé par M. de Pelveden, ladre entre les ladres !

Un pli d'inexprimable mépris souleva la lèvre de Wennaël.

– Ah ! vraiment ?... Il ne manquait plus que ce vice à la collection dont il était déjà pourvu !

– Vous le connaissez, monseigneur ? demanda Françoise.

– Surtout par ouï-dire, répondit M. de Rochelyse d'un ton bref.

À ce moment, la petite figure bougea, les paupières s'entrouvrirent. Et, de nouveau, le regard d'angoisse navrante, de suppliant désespoir, se rencontra avec celui de Wennaël.

Un fugitif sourire, dénué de l'ironie et du dédain habituels, vint aux lèvres du duc.

– Oui, je vous délivrerai du sieur Cabioche, enfant. Après tout, il ne me déplaît pas de jouer ce tour au baron de Pelveden, qui n'est guère de mes amis... Carhoët !

Le garde s'avança.

– ... Va dire à Lucignan de m'amener ce Cabioche. En même temps, emmène Mlle d'Erbannes, M. de Sorignan et cette fillette, conduis-les à dame Perrine pour qu'elle s'occupe d'eux et les traite comme mes hôtes.

Se tournant vers Gaspard abasourdi de ce changement de front, M. de Rochelyse ajouta :

– Vous pourrez demeurer sous mon toit tant que votre jeune compagne sera incapable de reprendre le voyage... C'est à Paris que vous vous rendez ?

– Oui, monseigneur... chez mon cousin, M. de Lorgils.

Le duc eut un léger sourire de dédain sarcastique.

– M. de Lorgils est votre cousin ?... Ah ! bon... Allez, monsieur, je vous souhaite bonne chance. En tout cas, vous ne rencontrerez pas sur votre chemin l'envoyé du seigneur de Rosmadec, car je vais le faire escorter jusque là-bas par quelques-uns de mes braves Bretons, qui ne seront pas fâchés de cette occasion de revoir leur pays.

– Je ne sais comment vous dire notre gratitude, monseigneur... balbutia M. de Sorignan.

Mais Wennaël regardait en ce moment deux petites mains pâles qui se joignaient dans un geste de reconnaissance, un petit visage émacié où deux yeux profonds le remerciaient.

– Merci !... Oh ! merci ! disait de son côté Françoise avec exaltation. Je savais bien, monseigneur, que vous étiez trop généreux pour...

M. de Rochelyse tourna la tête vers elle. Il souriait avec quelque raillerie.

– Vous ne saviez rien du tout, mademoiselle, car je suis bien certain que vous ne me connaissez pas le moins du monde. Et quand vous serez à Paris, demandez donc à... tenez, à Mme de Lorgils, par exemple, ce qu'elle pense de moi. Elle vous répondra : « Le duc de Rochelyse ? Il n'est que mystère, que caprice... Et vous avez eu bien de la chance que le vent tourne en faveur de vos désirs ! »

Chapitre 7

Barnabé Cabioche attendait sans inquiétude sa comparution devant le seigneur de Rochelyse. Il ne doutait pas qu'avec la réclamation de son maître qu'il avait en poche, le duc ne fît aucune difficulté pour lui remettre les prisonniers, ou tout au moins les renvoyer hors du château ; après quoi, lui, Cabioche, se chargeait de les rendre sages.

Néanmoins, il éprouva un petit malaise en se trouvant en présence de M. de Rochelyse. Celui-ci était assis dans le fauteuil où tout à l'heure il avait posé Bérengère évanouie. Quand l'homme fut devant lui, il le toisa de ce regard qui faisait courir un frisson dans les veines des gens ayant à se reprocher quelques peccadilles... Et ce n'étaient pas des peccadilles qui chargeaient la conscience de Cabioche. Mais enfin, il n'avait pas à en rendre compte à ce beau seigneur, tout duc de Rochelyse qu'il fût.

– Vous êtes l'écuyer du baron de Pelveden ? m'a-t-on dit ?

– Oui, monseigneur.

– Depuis combien de temps ?

– Depuis tantôt onze ans, monseigneur.

– Vous n'étiez pas à son service quand cette petite fille qu'on appelle Bérengère, je crois, a été recueillie par lui ?

À cette question, Cabioche laissa voir quelque ébahissement.

– Non, monseigneur, elle était déjà à Rosmadec quand M. le

baron, pendant un séjour à Vannes, me prit comme écuyer.

– Bien... Ainsi, vous prétendez être envoyé par M. de Pelveden pour ramener son neveu, Mlle d'Erbannes et cette petite fille ?

– M. le baron m'a donné un papier...

Cabioche sortit de sa casaque de buffle un parchemin qu'il présenta au duc. Celui-ci le lut, puis, posément, le déchira et en jeta les morceaux devant lui.

– Monseigneur !... bégaya l'écuyer dont le teint devint de brique.

– Tu diras au baron de Pelveden ceci, Barnabé Cabioche : « M. le duc de Rochelyse prend sous sa protection M. de Sorignan, Mlle d'Erbannes et la petite Bérengère. » Simplement ceci. Il comprendra.

Puis, se tournant vers le garde qui était demeuré à quelques pas derrière Cabioche, M. de Rochelyse ordonna :

– Emmène cet homme, Carhoët. Je donnerai demain mes instructions pour son départ et celui de ses compagnons.

Sur ces mots, M. de Rochelyse se leva et, tournant le dos à l'écuyer ahuri, se dirigea vers une porte par laquelle il sortit de la salle des armes.

À travers d'autres salles et des galeries somptueusement décorées, il gagna un corps de logis qui formait l'autre extrémité du château. Ouvrant une porte, il entra dans une antichambre ornée de boiseries sculptées, qu'embaumait un subtil et pénétrant parfum. Au bruit de ses pas, une tapisserie fut soulevée, laissant paraître une tête de vieille femme au visage brun pâle entouré de voiles blancs.

À la vue du visiteur, cette femme s'inclina profondément et leva tout à fait la tapisserie, pour qu'il pénétrât dans la pièce voisine.

Le soleil d'automne et l'air attiédi en entraient librement par un grand vitrail ouvert. Sur le sol de marbre se jouaient des reflets lumineux qui arrivaient jusqu'aux pieds de la femme à demi étendue parmi des coussins amoncelés. Le coude appuyé à l'un d'eux, elle lisait, tandis que sa main délicate, ornée de gemmes admirables, caressait un petit singe au pelage satiné, couleur de noisette, blotti sur ses genoux. Sa taille mince était enserrée dans un corselet de velours violet brodé d'argent, sur lequel retombaient les perles d'un collier tel qu'on en pouvait trouver seulement chez les princes de l'Inde. Des bracelets d'or incrustés de pierres précieuses entouraient les bras fins et blancs, et aussi les chevilles des pieds menus chaussés de babouches violettes brodées d'argent. À travers les blanches mousselines d'un voile se devinaient les tresses de cheveux d'un noir satiné, mêlées de perles.

À l'entrée de M. de Rochelyse, la tête penchée se redressa, le visage apparut dans la pleine lumière, jeune encore, d'une blancheur mate, d'une parfaite pureté de traits. De larges yeux noirs, profonds et songeurs, singulièrement beaux, sourirent à l'arrivant, tandis que les lèvres restaient sérieuses, avec un pli de tristesse.

– Vous voilà, Wennaël ?

Le jeune homme vint mettre devant elle un genou en terre et baisa avec une affectueuse déférence la main qu'elle lui tendait.

– Je venais savoir si vous vous trouviez mieux qu'hier, madame ?

– Un peu, oui...

Tout en parlant, elle se soulevait et reculait pour faire place à Wennaël, qui s'assit près d'elle. Le singe, dérangé, sauta à terre, en exprimant par quelques mines fâchées son mécontentement.

– ... Et vous, décidément, comptez-vous vous rendre à l'invitation du roi, mon enfant ?

Ces mots « mon enfant » semblaient étranges dans la bouche de cette femme qui paraissait encore si jeune. Mais la ranie Adrâni, marquise de Trégunc, avait toujours eu pour le neveu de son mari des sentiments maternels et Wennaël n'avait cessé de lui témoigner le plus filial dévouement.

À la question de sa tante, M. de Rochelyse répondit :

– Oui, je partirai demain pour Blois... Oh ! vous n'avez pas à vous inquiéter, madame ! Vous savez bien qu'Henri III aurait trop à perdre s'il s'attaquait à moi.

Elle murmura :

– Oui, je sais... je sais que vous êtes tout-puissant sur lui, sur la reine mère, sur bien d'autres... Et cependant, j'ai toujours un frisson quand je pense à ces haines accumulées contre vous...

Il sourit, en prenant la main étincelante de gemmes.

– Moi, je n'en ai pas du tout, je vous l'affirme... jamais, fût-ce en présence de Catherine elle-même. Tous, ils savent ce qui les attendrait, si je venais à disparaître... Et mon pauvre oncle vivrait encore, s'il avait pris l'utile précaution d'avertir ses ennemis qu'à sa mort ils auraient les plus désagréables surprises.

Les lèvres d'Adrâni tremblèrent, son regard devenu ardent et douloureux se leva sur un grand cadre d'ébène incrusté d'argent, suspendu à la paroi en face d'elle.

Il renfermait le portrait d'un homme d'une quarantaine d'années, élégamment vêtu à la mode du règne précédent. Grand, d'apparence vigoureuse, de mine fière et sérieuse, ce gentilhomme possédait fort grand air. Ses traits n'avaient pas la finesse de lignes qui caractérisait ceux de Wennaël ; toutefois, certains détails de la physionomie dénonçaient la parenté entre ces deux hommes et, surtout, la même pénétration du regard, l'énergie concentrée, la volonté profonde. Mais dans les yeux du marquis de Trégunc, cette énergie, cette volonté paraissaient comme adoucies par un reflet de bonté pensive, tandis que chez M. de Rochelyse elles s'accentuaient jusqu'à l'implacable dureté, jusqu'à la plus inflexible domination.

Mme de Trégunc dit d'une voix basse, aux intonations frémissantes :
— Oui, si défiant qu'il fût, il ne l'était pas assez encore, avec ces êtres de ruse et de perfidie... et « elle » me l'a tué... Mais tu le vengeras, Wennaël !... Tu le venges déjà par la terreur où la tiens cette maudite !

Le tutoiement oriental venait aux lèvres d'Adrâni en qui, tout à coup, reparaissait la fille des rajahs coutumiers de cruelles vengeances, la princesse hindoue à l'âme passionnée, violente, que l'amour d'Alain de Trégunc n'avait pu complètement former aux sentiments chrétiens, que sa mort avait rejetée vers les coutumes ancestrales.

— Venge-le, mon fils, toi qu'il appelait aussi de ce nom et qui lui étais si cher ! Fais-les trembler devant toi, ces lâches qui l'ont frappé par traîtrise, qui agissent dans l'ombre, par les mains d'infâmes spadassins ou d'êtres au cerveau fanatisé par les excitations sournoises ! Oui, dix fois lâches, qui maintenant, tremblants de peur, sont à tes pieds parce que tu es le plus fort... tu es leur maître !

Ses doigts serraient la main de Wennaël, ses yeux, où passaient des lueurs farouches, considéraient le frémissant visage du jeune homme, chez qui l'émotion, si violente qu'elle fût, demeurait concentrée.

– Ah ! si tu pouvais retrouver les jumeaux du roi !... Si un jour, preuves en mains, tu pouvais dire au peuple de France : « Voici votre roi légitime, le fils de Charles IX... Chassez Henri de Valois qui n'est monté sur le trône qu'à l'aide du crime. » Quelle punition ce serait là, pour celle qui a préparé la voie à son fils préféré en y couchant plusieurs cadavres... celui du roi Charles, de sa femme... peut-être ceux de ses enfants...

– Je suis persuadé que les enfants ne sont pas morts, dit Wennaël. Oubliez-vous la prédiction que fit autrefois à la reine, avant son mariage, un astrologue de Florence ? « Reine tu seras ; mais prends garde de ne pas faire périr deux jumeaux, car tu mourrais dans l'année, après de grandes souffrances... » Or, superstitieuse à l'excès, elle a dû, pour ce seul motif, épargner la vie de ces petits êtres.

– Alors, s'ils existent, vous finirez par les retrouver un jour, mon fils !

– Je l'espère bien !... Tout à l'heure, j'ai vu Laurel. Il n'a rien appris de nouveau. Je lui ai dit d'aller exciter le zèle de Loriot-le-Pendu, ce truand qui m'a déjà communiqué un renseignement d'une certaine importance... Mais je reste persuadé que si je pouvais faire parler Lorenzo Calmeni l'affaire s'éclaircirait aussitôt.

– Avec l'aide de Giulia, vous y arriverez peut-être.

– Giulia me donne des indications précieuses, mais pour toute autre question que celle-là.

– Pourtant, vous m'avez dit que son père lui confiait toutes ses intrigues, toutes ses combinaisons bien payées par les gens de la cour ?

– Oui... mais jamais il ne lui dit mot de ses entretiens avec la reine mère. C'est la seule restriction à sa confiance... et elle est grosse de signification sur la gravité des sujets qui se traitent ainsi. Car, enfin, si cet homme allait simplement exercer près de la reine son métier de parfumeur, s'il se contentait, comme ses pareils, de lui narrer les nouvelles de la cour et de la ville, pourquoi n'en parlerait-il pas à sa fille ?... Tandis qu'il lui cache ces visites, lui donne de fausses indications sur certains voyages qu'il fait. Preuve encore qu'il est un homme de confiance de Catherine, chargé de missions secrètes ayant trait à des intrigues politiques, à des vengeances. Au reste, j'en ai acquis plusieurs fois la certitude et, s'il me plaisait, je pourrais montrer au roi ou à monseigneur de Guise des documents prouvant que la reine mère, plus d'une fois, a tenté de nuire à leurs desseins... Dès lors, il paraît logique, si l'on cherche le ou les exécuteurs de l'attentat contre Marguerite d'Auxonne et ses enfants, de soupçonner ce Calmeni qui, à cette époque déjà, était protégé de Catherine.

– Oui, c'est logique, évidemment.

– Parfois, j'ai eu idée d'un autre homme, un des confidents de la reine aussi, et capable de tous les crimes par ambition ou par vengeance. Mon oncle, lui aussi, y avait pensé, comme vous le savez.

– Vous voulez parler du baron de Pelveden ?

Une lueur avait jailli des yeux sombres de l'Hindoue.

– Oui. Mais, à l'époque du drame de Saint-Julien, il se trouvait depuis un an dans ses terres de Bretagne, après cette scène où il fut frappé devant toute la cour par le roi... Et jamais nous n'avons eu aucune preuve qu'il soit venu alors à Paris... pas plus qu'au moment où fut assassiné mon oncle.

– Non, jamais. Pourtant, s'il avait été là le jour de la saint Barthélémy, j'aurais affirmé hautement : « C'est lui qui a tué le marquis de Trégunc. »

Les épaules d'Adrâni frissonnèrent, son regard se voila d'une ombre tragique.

Wennaël se pencha et appuya ses lèvres contre les doigts qui se glaçaient entre les siens.

– Il n'était pas le seul à le haïr, madame. Les grandes âmes ont pour ennemis tous les êtres veules, tous les lâches, tous les fourbes, tous ceux qui ont accoutumé de frapper par derrière les corps et les réputations. D'ailleurs, il suffisait d'avoir contre soi Madame Catherine pour se trouver en grand danger.

Par une porte entrouverte, la biche se glissa, venant du jardin. Aussitôt, le petit singe sauta sur elle et se balança avec des contorsions de joie. M. de Rochelyse, un instant, les considéra distraitement. Puis il reprit :

– Ce nom de Pelveden – jamais oublié, d'ailleurs – s'est représenté plus vivement à mon esprit, par suite de la circonstance suivante...

Et le duc narra brièvement l'incident qui s'était produit dans la matinée.

Mme de Trégunc l'écoutait avec attention. Quand il se tut, elle demanda :

– Cette petite fille... avez-vous pensé que... ?

– Oui, cette idée m'a un moment traversé l'esprit. Mais ce ne peut être. La fille du roi et de Marguerite d'Auxonne aurait aujourd'hui seize ans, et celle-ci n'est qu'une enfant... une enfant charmante, d'ailleurs, qui semble avoir beaucoup souffert et par qui je me suis laissé attendrir. Réellement, je n'ai pas eu le cœur de faire retomber entre les mains de l'infernal Pelveden cette petite créature à demi morte !

Mme de Trégunc murmura pensivement :

– Si c'était, cependant...

– Oh ! je ne négligerai pas de prendre tous les renseignements nécessaires ! Combien, depuis des années, ai-je fait suivre de pistes plus invraisemblables que celle-là !... Mais cette petite Bérengère n'a pas seize ans, loin de là. Ce n'est qu'une petite fille...

Le regard songeur parut suivre une vision attirante, tandis que M. de Rochelyse achevait rêveusement :

– Une pauvre petite fille malheureuse, qui m'a fait un peu pitié, je l'avoue.

Chapitre 8

Dame Perrine, qui avait nourri de son lait le duc de Rochelyse, avait depuis près de quarante ans la haute main sur la domesticité féminine, nombreuse et parfaitement disciplinée, comme tout l'était d'ailleurs dans la demeure ducale. Cette vieille Cornouaillaise, maigre, de mine austère et renfermée, portait le costume des femmes de Carhaix, dont elle était originaire. Bérengère, dès l'instant où elle fut entre ses mains, eut une impression de soulagement, de quiétude. Sans bruit, presque sans paroles, dame Perrine commença de la soigner, après avoir donné aux chambrières et aux valets ses instructions pour le logement de Mlle d'Erbannes et de M. de Sorignan.

Chapitre 8

Gaspard exultait, portait aux nues M. de Rochelyse. Il ne s'apercevait pas que sa fiancée restait froide et contrainte ; il ne devinait pas le terrible dépit qui grondait en cette âme ni l'impression foudroyante que le duc avait faite sur elle.

Quelle humiliation, en effet, d'avoir vu sa requête repoussée – avec quelle hautaine froideur ! – tandis qu'un instant après M. de Rochelyse cédait si facilement à la prière de Bérengère – Bérengère, l'enfant trouvée, une misérable petite fille de rien !

Françoise, quand elle y songeait, sentait des bouffées de rage lui monter au cerveau ! Naturellement, de ce fait, son animosité contre l'enfant avait augmenté d'un grand nombre de degrés. Mais à l'égard de l'homme qui l'avait ainsi froidement humiliée, qui n'avait paru accorder aucune attention à sa beauté, Mlle d'Erbannes ne ressentait qu'une plus violente admiration. Le revoir, essayer d'émouvoir ce grand seigneur altier, sans doute blasé sur les adorations, tel était le désir qui hantait maintenant sa pensée.

Or, le lendemain de leur entrée à Rochelyse, Gaspard et sa fiancée apprirent que le duc était parti pour le château de Blois, où l'appelait une invitation pressante du roi, et qu'au retour il regagnerait Paris. Tout d'abord déçue dans ses espoirs, Françoise réfléchit bientôt qu'elle aussi, se rendant à Paris, elle pouvait avoir l'occasion d'y revoir M. de Rochelyse. En attendant, elle essaya de se renseigner à son sujet, sur ses habitudes, ses relations, ses rapports avec le roi. Mais la jeune chambrière qui la servait – une Bretonne, comme presque tout le personnel ducal – lui opposa une discrétion inviolable. Mlle d'Erbannes apprit seulement l'existence de la duchesse Gilonne de Rochelyse et de son fils, ainsi que celle de Mme de Trégunc, mais sans aucun commentaire de la part de la jeune servante.

Il lui fallut donc se contenter, comme distraction, des promenades qu'elle faisait avec M. de Sorignan dans les jardins et le parc qui s'élevait au flanc du coteau. Au retour, elle jetait des regards d'envie et d'avide curiosité sur la façade décorée par Jean Goujon. Cette demeure princière, dont elle avait seulement entrevu quelques-unes des splendeurs, surexcitait en elle tous les désirs de vie luxueuse dans lesquels, depuis longtemps, elle se complaisait.

– C'est superbe... mais un gentil manoir me paraîtrait plus beau encore, du moment où nous y serions ensemble, disait tendrement

Gaspard.

Françoise se retenait de hausser les épaules et de répondre par quelque mot méprisant. Car il lui paraissait bien autrement insignifiant encore, le pauvre Sorignan, depuis qu'elle connaissait M. de Rochelyse !

Près de dame Perrine, elle s'informa s'il était possible de visiter le château. Sèchement, la vieille femme répondit :

– On ne le peut sans ordre de Monseigneur.

« Vieille sorcière ! pensa Mlle d'Erbannes avec colère. Avec ça que le duc saurait qu'elle nous a montré quelques salles, quelques-unes des choses intéressantes de cette demeure ! »

Un après-midi, au retour de leur promenade, Gaspard et Françoise croisèrent une femme en grand deuil de veuve, qui marchait lentement en s'appuyant sur une canne. Tandis qu'elle répondait au salut des jeunes gens, son regard surpris les enveloppait au passage... Mlle d'Erbannes, de son côté, l'avait considérée aussi attentivement que le permettait la politesse. Elle fit observer :

– Cette dame a l'air bien malade... Qui croyez-vous qu'elle puisse être ? La belle-mère de M. de Rochelyse ou sa tante ?

Et comme Gaspard faisait un geste signifiant qu'il n'avait pas d'opinion à ce sujet, elle dit entre ses dents :

– On ne peut rien savoir, ici ! Tous les gens ont la bouche cousue... Quelle peur ils doivent avoir de leur maître !

– Et je le comprends ! déclara Gaspard. Il ne doit pas faire bon de le mécontenter, ce beau duc !... Pour mon compte, je ne serais pas fier devant lui, si j'avais quelque chose à me reprocher ! Mais je me demande, ma mie, pourquoi vous tenez tant à être renseignée sur les personnes qui habitent cette demeure ?

Françoise réprima un sourire de dédain. En glissant sa main sous le bras du jeune homme, elle leva sur celui-ci un regard de malice caressante.

– Et que faites-vous donc de la curiosité, grand défaut des filles d'Ève ?... Voyez-vous, cher Gaspard, je ne suis point parfaite ! Si vous l'avez cru, je dois honnêtement vous détromper.

– Ah ! ma Françoise, vous êtes parfaite, à mes yeux !

Il prenait les doigts souples, y appuyait longuement ses lèvres.

Françoise contint un soupir d'impatience, en regardant avec ironie la tête blonde courbée sur sa main... Vraiment, qu'il était naïf, ce Sorignan, de s'imaginer qu'une femme comme elle, belle, ambitieuse, pourrait se contenter de l'amour, et que les baisers suffiraient à cette blanche main si bien faite pour l'étincelante parure des joyaux !

À cet instant, devant la pensée de la jeune fille fulgura l'éclat des émeraudes qui ornaient l'épée du duc de Rochelyse, de celle qui brillait de feux incomparables sur le velours noir du pourpoint. Françoise eut un violent battement de cœur et songea, l'esprit saisi de vertige : « Ah ! lui !... lui pourrait combler de merveilles la femme aimée ! »

Comme ils approchaient du château, les deux jeunes gens aperçurent un homme vêtu de blanc, coiffé d'un turban de mousseline blanche, qui se dirigeait vers une autre partie du logis ducal.

– Qu'est-ce que cela ? dit Françoise.

– Un Oriental, sans doute.

Ignorant l'histoire du marquis de Trégunc et l'origine de sa femme, dont dame Perrine n'avait pas daigné les instruire, M. de Sorignan et Françoise ne pouvaient faire que des conjectures sur le personnage dont le costume les intriguait. Mais, plus subtile que son compagnon, Mlle d'Erbannes, depuis son entrée dans cette demeure, et de plus en plus, avait l'impression de se trouver en une atmosphère d'énigme, qui excitait singulièrement ses instincts d'intrigue et de curiosité.

– Allons voir cette pauvre petite Bérengère, dit Gaspard comme ils atteignaient leurs appartements.

– Allons, répondit Françoise du bout des lèvres.

Il y avait aujourd'hui quatre jours que Bérengère se trouvait au château de Rochelyse et déjà un peu de forces lui étaient revenues, avec les soins et la tranquillité. Dame Perrine la nourrissait judicieusement de bouillon lentement réduit, de blanc-manger de volaille, de délicats filets de chapons et lui faisait boire du vieux vin d'Anjou. Elle agissait ainsi de son propre chef, le duc ne lui ayant donné aucune instruction particulière au sujet de l'enfant dont il avait eu compassion, mais qui, très probablement, était presque aussitôt sortie de sa pensée. Il fallait donc supposer que cette petite fille avait en sa personne souffrante quelque chose de bien attirant pour que dame Perrine dont l'humeur paraissait rude et le cœur peu sensible, la favorisât d'une telle bienveillance.

Quand Gaspard et Mlle d'Erbannes entrèrent dans la chambre de Bérengère, ils virent la fillette assise près d'une fenêtre et jouant avec un petit singe blotti sur ses genoux. Françoise s'exclama :

– D'où vient cette jolie petite bête ?

Bérengère désigna un vitrail ouvert :

– Elle est entrée par là et, aussitôt, a voulu jouer avec moi.

– Quelle charmante nuance de pelage !

Tout en parlant, Françoise s'approchait en étendant la main pour caresser le singe. Mais celui-ci se recula, en témoignant par sa mine d'un vif mécontentement.

– Eh bien ! petit, tu n'es pas aimable ! dit Bérengère. Allons, laisse-toi caresser, capricieux !

Mais le singe résista à la petite main qui voulait l'amener vers Françoise et sauta sur l'épaule de la fillette, d'où il se mit à faire des grimaces à Mlle d'Erbannes.

La jeune fille se pencha pour regarder le collier, fait d'étroites mailles d'or, qui entouraient son cou. La maligne bête en profita pour saisir les cheveux blonds qu'elle tira sans ménagements.

Françoise jeta un cri. À ce moment parut sur le seuil de la chambre dame Perrine, qui apportait un bol de lait. Elle dit sans s'émouvoir :

– Ah ! voilà Gil qui fait des sottises !... Attendez, mademoiselle, je vais vous débarrasser de lui.

Elle posa le bol et alla prendre le singe, qui lâcha aussitôt les cheveux de Françoise. Quand elle l'eut mis à la porte, elle revint en expliquant :

– On ne peut guère l'empêcher de rôder par tout le château, mais il n'est pas méchant.

– Appartient-il à monsieur le duc ? demanda Mlle d'Erbannes.

– Non, il est à madame la marquise de Trégunc.

– Nous venons de voir un homme singulièrement habillé... en blanc, avec un turban. Est-ce un Oriental ?

– C'est un Hindou, répondit laconiquement dame Perrine.

Là-dessus, elle reprit le bol et le présenta à Bérengère.

– Buvez, c'est du lait tout frais trait. Il vous en faudrait beaucoup comme cela pour vous rendre plus forte.

– Elle paraît déjà mieux, dit Gaspard. Nous pourrons, je crois, reprendre bientôt la route de Paris.

– Ça ne presse pas, monsieur.

– Si, car nous ne voudrions pas abuser de l'hospitalité que nous accorde si généreusement monsieur le duc de Rochelyse.

– Monseigneur se souciera peu que vous restiez deux jours de plus ou de moins, riposta sèchement la vieille femme.

Sur ces mots, elle attendit que Bérengère eût bu son lait et emporta le bol vide, après avoir recommandé :

– Vous ferez bien de ne pas tarder à vous remettre au lit, si vous ne voulez pas dépenser le peu de forces que vous avez pris depuis quelques jours.

– Insupportable créature ! murmura Françoise dès que la porte se fut refermée sur la vieille femme.

Bérengère leva sur elle un regard de reproche.

– Oh ! mademoiselle !... Elle est si bonne, pourtant !

– C'est que probablement vous avez de la chance d'être dans ses bonnes grâces, répliqua aigrement Mlle d'Erbannes. Au moins, vous raconte-t-elle quelque chose d'intéressant sur le château et ses habitants ?

– Elle ne me raconte rien du tout, mademoiselle. D'ailleurs nous causons très peu. Elle n'est pas curieuse et ne m'a rien demandé sur moi ou sur vous.

Ces derniers mots, dits en toute candeur, parurent à Françoise une leçon qu'osait lui donner cette enfant. Elle murmura, de façon à n'être pas entendue par Gaspard :

– Petite oie, va.

Quand, un peu plus tard, M. de Sorignan et Mlle d'Erbannes eurent disparu, Bérengère, appuyant sa tête au dossier du fauteuil et croisant sur ses genoux ses petites mains amaigries, se prit à songer au départ prochain, dont elle venait de s'entretenir avec ses compagnons... Dans deux jours, si c'est possible, avait dit M. de Sorignan. Et elle n'avait pas essayé d'obtenir que ce départ fût retardé. Âme discrète et reconnaissante, elle ne voulait pas entraver davantage les desseins des deux jeunes gens qui, sans elle, seraient déjà à Paris. Plus que deux jours donc à manger dans cette chambre ensoleillée, si bien meublée, où l'avait logée dame Perrine... plus que deux jours à recevoir, dans un singulier repos de corps et d'esprit, les soins de la vieille femme taciturne et attentive, et à se dire qu'elle était en sûreté, dans ce château de Rochelyse où commandait en souverain l'homme assez puissant pour mépriser les revendications du baron de Pelveden, l'infernal vieillard qui la réclamait comme une esclave, comme une chose dont la vie, le pauvre reste de vie lui appartenait.

Oui, Bérengère avait l'angoissante impression que, sortie de Rochelyse, elle se trouverait de nouveau en plein péril.

Ah ! si l'on avait voulu la conserver ici !... Mais elle n'était qu'une humble étrangère, faible, malade. Jamais elle n'aurait osé solliciter une telle faveur... Et pourtant, la plus petite place, le service le plus bas lui auraient paru singulièrement doux, si elle avait pu demeurer dans cette sécurité... si elle avait pu aussi, parfois, contempler de loin ce duc de Rochelyse, ce beau seigneur au fier regard qui avait eu pitié d'elle.

Au lieu de cela, il lui faudrait aller vers l'inconnu, en se sentant une gêne pour M. de Sorignan, pour Mlle d'Erbannes dont, peu à peu, elle commençait de deviner la secrète antipathie.

Avec un soupir de détresse, elle songea : « Mieux vaudrait que Dieu me reprenne, comme ma chère protectrice. »

Chapitre 9

Le voyage de Rochelyse, à Paris s'effectua sans incidents. À la fin d'une matinée, les voyageurs se trouvèrent au but, c'est-à-dire devant la porte de l'hôtel habité par le comte de Lorgils.

Un valet, en toisant ces gens fort simplement vêtus, les introduisit dans une salle et alla prévenir son maître que M. le vicomte de Sorignan demandait à lui parler. Il revint peu après, annonçant que M. le comte terminait sa toilette et priait M. de Sorignan de patienter une demi-heure.

Gaspard s'ébahit fort, à cette réponse. Il n'imaginait guère qu'une terminaison de toilette pût demander ce temps. Et cependant, il s'écoula plus de trois quarts d'heure avant qu'un autre valet vînt l'avertir que M. de Lorgils l'attendait.

Introduit dans une pièce très parfumée, M. de Sorignan vit venir à lui un jeune homme blond et assez replet, habillé d'un extravagant assemblage de soie verte, de broderies, de dentelles et dressant au-dessus d'une fraise ridiculement haute un visage fardé, devant lequel s'effara Gaspard, qui songea aussitôt : « Mais ce n'est pas mon cousin Charles, cela !... Qu'est-ce que ça signifie ? »

Une voix traînante – telle était cette année la mode de la cour – sortit des lèvres à peine entrouvertes.

– Eh bien ! d'où tombes-tu, Gaspard ? Je te croyais pour quelque temps encore sous la tutelle du vieux Pelveden ?

– Je... oui... je devrais y être encore... mais j'avais assez de cette tyrannie...

Devant cet être extraordinaire, pour lui, simple provincial, le pauvre Gaspard, ahuri, ne retrouvait plus ses idées.

– Et tu viens chercher fortune à Paris ?... Hum ! c'est peu facile... Assieds-toi un moment...

De sa main chargée de bagues, M. de Lorgils désignait un siège. Il s'assit lui-même d'un air fatigué, en déclarant :

– Tu as de la chance de me trouver. Nous sommes revenus avant-hier de notre terre de Corbonnes, à cause de ma belle-mère qui se trouvait, nous mandait-on, à ses derniers moments. Je crois qu'elle s'en sauvera encore cette fois...

Gaspard recouvra assez de présence d'esprit pour demander des nouvelles de Mme de Lorgils. On lui répondit qu'elle se trouvait très fatiguée – c'était aussi le bon ton, cette année-là, pour les hommes et les femmes à la mode – et que fort probablement elle pourrait avoir le plaisir de recevoir son cousin.

– Mais, c'est que... je comptais justement... Il faut que je te raconte tout, Charles...

M. de Lorgils s'enfonça dans son fauteuil avec une mine résignée, qui devint stupéfaite quand Gaspard lui eut appris qu'il arrivait en compagnie de sa fiancée et d'une petite fille jadis trouvée sur la route, pour lesquelles il réclamait de lui et de la comtesse aide et protection.

– Voyons, c'est sérieux, ce que tu me racontes là ? Tu penses que je vais... que je puis me mettre dans de pareils embarras ?... Car ne t'imagine pas, mon bon, que Pelveden va te laisser tranquillement ici, libre d'agir à ta guise... et que le tuteur de Mlle d'Erbannes ne la réclamera pas !

– Je pensais que... par M. de Joyeuse, tu pourrais demander pour nous la protection du roi...

Lorgils leva les bras au plafond.

– Ah ! bien, qu'est-ce que tu veux que ça leur fasse, au roi et à Joyeuse, que vous soyez ou non obligés de retourner au bercail, que tu épouses ou que tu n'épouses pas cette jeune personne ?... Non, vois-tu, en dépit de l'amitié que me témoigne M. Joyeuse, je ne voudrais pas l'occuper d'une affaire aussi...

Il avait sur les lèvres les mots « absolument insignifiante », mais toutefois ne les prononça pas.

Gaspard, dont le visage se colorait sous l'influence de l'émotion pénible, dit avec amertume :

– Oui, je comprends que cela n'intéresse guère M. de Joyeuse... ni toi. J'ai eu tort de m'imaginer que tu te souvenais de nos années d'amitié...

Charles de Lorgils, dans le monde corrompu de cette cour, avait perdu les quelques bonnes qualités que lui avait dévolues le Créateur. Néanmoins, de l'excellent garçon qu'il avait été, il subsistait des traces qui refoulèrent momentanément les considérations égoïstes. Prenant la main de Gaspard, il déclara avec sincérité :

– Mais je ne les ai pas oubliées du tout ! Tu as été mon meilleur ami d'enfance et je ne renie aucunement cette amitié, je t'assure !... Voyons, je ferai pour toi ce que je pourrai... Naturellement, nous vous donnerons l'hospitalité, à toi et à ta fiancée..

– À cette pauvre petite Bérengère aussi, n'est-ce pas ? Sans elle, nous serions peut-être en ce moment sur la route de Rosmadec, ramenés à mon oncle par son écuyer.

Et Gaspard raconta à son cousin l'épisode du château de Rochelyse, le froid refus du duc suivi presque aussitôt d'un changement de décision.

Lorgils témoigna du plus vif étonnement.

– Ah ! il n'y a pas à dire, ce n'est qu'une énigme, cet homme-là !... Tu n'as pas idée comme il est dur, méprisant, froidement orgueilleux, à l'ordinaire, même avec les plus grands de la cour ! Il semble prendre plaisir à humilier, à courber les têtes et il n'est pas d'homme plus redouté que lui... Cependant, il aurait eu pitié de cette petite ? C'est extraordinaire !

– Pourtant, je ne vois pas d'autre motif... puisqu'il venait de repousser notre requête, impitoyablement.

– Oui, oui, cela, c'est sa manière. Ah ! s'il voulait te protéger, celui-là !... Mais impossible de lui demander. Ce serait une raison pour qu'il refuse...

M. de Lorgils se baissa pour prendre sur ses genoux un petit chien qui s'approchait de lui et se mit à le caresser distraitement.

– ... Enfin, je te répète, nous verrons ce que nous pourrons faire pour toi, pour Mlle d'Erbannes. Quant à l'enfant, je pense qu'elle pourra être placée en quelque couvent. Attends-moi ici, je vais parler de tout cela à ma femme.

Et, emportant sous son bras le petit chien, ce fidèle imitateur des ridicules « mignons du roi » sortit de la pièce dont les parfums trop forts étourdissaient le pauvre Gaspard.

Mme de Lorgils, elle, n'avait pas encore terminé sa toilette. Mais son petit visage chiffonné apparaissait déjà fardé, peint, entre les cheveux d'un blond roux dénoués sur ses épaules.

– Eh ! quelle affaire vous amène à cette heure, monsieur ? demanda-t-elle en tendant à son mari une main dont il effleura distraitement de ses lèvres les ongles roses.

– Une très ennuyeuse affaire ! Figurez-vous que...

Il se laissa tomber dans un fauteuil que lui avançait une chambrière et narra à sa femme ce qui se passait.

La comtesse, par ses exclamations et sa physionomie, témoignait d'une vive contrariété. À la fin, elle éclata :

– Mais d'où sortent donc votre cousin et cette jeune fille, pour tomber ainsi chez des gens qu'ils ne connaissent pas en se figurant qu'on va les héberger, les protéger contre la légitime colère d'un tuteur offensé ?

– Ce bon Gaspard comptait sur le parent, et sur l'ami d'autrefois...

Il serait difficile, Henriette, de lui refuser une hospitalité momentanée...

– Pour qu'ensuite on vienne vous chercher noise, quand ce M. de Pelveden réclamera son pupille et la demoiselle enlevée ?

– Personne ne me dira rien pour avoir reçu un cousin chez moi. Quant à la demoiselle d'Erbannes, il serait peut-être prudent de l'envoyer au plus tôt dans un couvent.

– Comment est-elle ? demanda curieusement la comtesse.

– Eh ! je ne l'ai pas encore vue !... Ils ont eu en chemin une aventure !... Il faut que je vous conte cela...

Mme de Lorgils jeta de petits cris étonnés en entendant le récit que lui faisait son mari de l'incident du château de Rochelyse. Et, à peu près exactement, elle prononça la phrase qu'avait annoncée ironiquement le duc à Mlle d'Erbannes :

– En vérité, ils ont eu bien de la chance que le vent tourne à leur faveur !... Voyons, cette petite fille, vous dites que c'est une enfant trouvée ? Qu'est-ce que nous en ferions ?

– Peut-être pourriez-vous, elle aussi, la faire accepter dans un couvent ?

– Eh ! ce ne sera pas facile !... Quel ennui que tout cela !

Lorgils caressait le petit chien qu'il avait posé sur ses genoux et qui suivait d'un œil morne les ébats de trois de ses congénères, les chiens de la comtesse.

– Enfin, Charles, vous croyez qu'il n'y a pas moyen de refuser l'hospitalité à ces gens-là ? demanda la jeune femme d'une voix plaintive.

– Ce serait difficile... cela m'ennuierait un peu... à cause de Gaspard. Autrefois, son père a rendu au mien un grand service. Alors je voudrais reconnaître cela, comprenez-vous ?

Avec une moue d'ennui, la comtesse répliqua :

– Vous vous faites des obligations pour peu de chose... Enfin, à votre guise. Mais si votre cousin n'est pas réclamé par son tuteur, il faudra qu'il s'arrange pour ne pas nous encombrer indéfiniment, lui et sa fiancée.

– Il comptait que je le recommanderais à M. de Joyeuse. Mais je ne veux pas abuser pour si peu de chose du crédit que je possède là... Je verrai à le placer de quelque manière honorable. Quant à la jeune personne, vous réfléchirez à ce qu'il sera possible de faire...

– Oui, murmura Mme de Lorgils dans un bâillement étouffé. Je vois cela d'ici... une de ces péronnelles de province, niaises et prétentieuses, qui s'imagine peut-être conquérir Paris et la cour ?

Elle eut un léger rire moqueur.

– ... En attendant, elle a reçu de M. de Rochelyse une belle petite rebuffade, d'après ce que vous me dites. Voilà qui est bien de lui ! Car ce n'est pas le moins du monde la pitié pour cette enfant qui l'a fait agir, mais le plaisir d'humilier... de mépriser les prières d'une femme.

– Probablement, approuva M. de Lorgils. Ce serait assez conforme à ses habitudes... Alors, Henriette, je compte sur vous pour faire préparer les logements de nos hôtes ?

– Oui, oui... Tout à l'heure, je donnerai des ordres...

Et la jeune femme bâilla de nouveau.

Lorgils s'esquiva, son chien sous le bras, pour aller retrouver Gaspard auquel les parfums venaient de donner un furieux mal de tête et qui, rageusement, arpentait le cabinet élégant, en se souvenant pour la première fois de l'air d'ironie qu'avait eu M. de Rochelyse quand il lui avait appris qu'il se rendait chez son cousin M. de Lorgils.

Deux jours plus tard, Barnabé Cabioche et ses compagnons, délivrés de l'escorte qui les avait quittés à l'entrée des terres du baron de Pelveden, arrivaient au château de Rosmadec. L'écuyer, mettant pied à terre dans la cour, traversa la cuisine sans répondre à la vieille Corentine qui lui criait : « Nous la ramenez-vous, cette coquine, cette misérable ? » Il monta pesamment le large escalier de granit et entra dans la pièce où se tenait à l'habitude le châtelain de Rosmadec.

M. de Pelveden, occupé à réviser des comptes que lui avait apportés ce matin-là son intendant, leva la tête et tressaillit à la vue de l'écuyer qui s'arrêtait sur le seuil, la tête basse.

– Eh bien ! les as-tu rejoints ? Les ramènes-tu ?

L'anxiété faisait trembler la voix du baron, luisait dans son regard.

Cabioche répondit d'une voix morne :

– Je les ai rejoints, oui, monsieur le baron... mais je ne les ramène pas...

– Quoi ?... Comment ?

M. de Pelveden se levait, faisait quelques pas vers son écuyer.

– C'est moi qu'on ramène, dit brusquement Cabioche.

– T'expliqueras-tu, idiot ?

Le baron, furieux, se rapprochait encore et saisissait l'homme à l'épaule.

– Voilà, monsieur le baron... Quand je les ai rejoints, ils venaient d'être faits prisonniers par un officier de M. de Rochelyse...

– Rochelyse ! répéta M. de Pelveden dont le visage frémit.

– ... Qui les emmenait au château de ce nom, à cause de la religion de M. de Sorignan. Moi, je les ai réclamés. M. de Sorignan a protesté. Alors l'officier a dit qu'il devait le conduire à M. le duc, mais que je pouvais y venir aussi et que je m'expliquerais devant lui.

Un peu de sueur perlait aux tempes du baron, dont le visage blêmissait.

– Moi, continuait Cabioche, je ne pensais pas que la chose offrirait la moindre difficulté. J'avais en poche la réclamation de M. le baron... et je l'ai remise aussitôt à M. le duc de Rochelyse, quand j'ai été conduit devant lui. Il l'a lue... puis il l'a déchirée en morceaux et il a dit... voilà ses vraies paroles, monsieur le baron : « Tu diras au baron de Pelveden ceci, Barnabé Cabioche : M. le duc de Rochelyse prend sous sa protection M. de Sorignan, Mlle d'Erbannes et la petite Bérengère », simplement ceci. Il comprendra.

Un son rauque s'échappa de la gorge du baron. Lâchant l'épaule de l'écuyer, M. de Pelveden recula de quelques pas. Il était livide, un tremblement agitait tout son corps et dans les yeux révulsés passait une lueur d'épouvante.

– Malédiction ! râla-t-il. Il faut « la » prévenir... vite, vite !... Lui, le neveu de Trégunc !... Malédic...

La parole expira sur ses lèvres. Battant l'air de ses bras, M. de Pelveden fût tombé comme une masse sur le sol si l'écuyer ne s'était précipité pour le retenir.

Chapitre 10

Étendue sur son lit drapé de damas jaune, sa mince personne enveloppée d'une ample robe de soie brochée, Mme de Lorgils s'entretenait amicalement avec Mlle d'Erbannes.

Car elles étaient amies – du moins en apparence. La première fois que la comtesse avait vu la fiancée de Gaspard, sa surprise et son dépit avaient été grands en reconnaissant que la « péronnelle de province » ne paraissait point niaise le moins du monde et qu'elle était fort belle. Mais l'habile Françoise avait su dissiper la jalousie qui s'éveillait dans l'âme vaniteuse de son hôtesse. D'insinuantes flatteries, un air de se mettre sous son égide, la découverte de goûts semblables pour tout ce qui était luxe et coquetterie, lui avaient presque aussitôt obtenu les bonnes grâces de Mme de Lorgils. Si bien que celle-ci ne parlait plus, momentanément, de chercher un autre gîte pour Mlle d'Erbannes.

Cet après-midi-là, elles causaient des modes nouvelles. Françoise disait gracieusement :

– J'ai tout à apprendre, pauvre provinciale que je suis. Et à quelle meilleure école pourrais-je me trouver qu'à celle d'une femme aussi parfaitement élégante !

Henriette de Lorgils se rengorgea.

– Il est vrai que j'ai cette réputation à la cour. Mais elle me coûte horriblement cher, ma mie ! Une simple robe comme celle-ci vaut... Ah ! je ne sais plus combien ! Jamais je n'ai pu retenir les chiffres !

Françoise dit mélancoliquement :

– Hélas ! il me faudra, moi, toujours vivre dans la médiocrité ! Je n'ai pas de fortune et celle de M. de Sorignan est bien mince. Malheureusement, il n'est pas homme à savoir l'agrandir. Son ambition est nulle, son caractère sans énergie...

Henriette se souleva sur le coude et considéra curieusement la physionomie assombrie de Françoise.

– Quand on parle ainsi d'un fiancé, mademoiselle, c'est qu'on ne l'aime guère... et qu'il n'est pas du tout le mari que l'on souhaiterait.

– Oh ! quant à cela, non ! murmura Françoise.

– Eh bien ! il faudra chercher autre chose.

– J'ai promis... je dois tenir. Ce pauvre Gaspard est un bon garçon...
Les lèvres de la jeune fille distillait le plus suave dédain.
Mme de Lorgils leva les épaules.
– Un bon garçon avec une bonne situation, cela irait, parce que vous le conduiriez à votre guise. Mais la misère... ou même la médiocrité, comme vous dites... Vous valez mieux que cela, ma belle Françoise.
Mlle d'Erbannes pressa les doigts de la comtesse, en jetant à celle-ci un regard de douce reconnaissance.
– C'est aimable à vous d'avoir si bonne opinion de moi... Mais voudrais-je même échapper à ce sort obscur – ce à quoi je ne puis songer – comment le pourrais-je ? Personne n'est plus inconnu que moi, plus dépourvu de relations...
– Bah ! bah ! Laissez donc ! Je vous ferai connaître, je vous trouverai une situation qui sera le premier échelon... Fille d'honneur de quelque princesse du sang, cela vous irait-il, par exemple ?
Les yeux de Françoise brillèrent.
– Oh ! je le crois bien, madame.
– Je tâcherai de trouver quelque chose... Oui, oui, il vous faut une existence autre que celle où vous mènerait un mariage avec ce pauvre Sorignan... Ah ! ma belle Françoise, il n'y a que cela, voyez-vous !
Sa main désignait la chambre élégante, le lit de damas sur lequel se prélassaient les trois petits chiens, enfouis parmi des coussins de soie bleue, puis sa propre personne, parfumée, peinte, décorée de bijoux.
Françoise approuva du geste. Pendant un moment les deux femmes restèrent silencieuses. Mme de Lorgils appuyait dolement sa tête rousse à l'oreiller de toile fine garni de dentelle. Françoise avait pris sur le lit un petit sachet de soie rouge et aspirait la forte senteur qui s'en dégageait.
– Cela vous plaît, ce parfum ? demanda la comtesse.
– Oui, il me paraît délicieux.
– Il vient de chez Lorenzo Calmeni, le parfumeur de la reine mère. C'est mon fournisseur habituel... Lorenzo Calmeni, le père de la belle Giulia qui a l'honneur de plaire au duc Rochelyse – un

très grand honneur, je vous assure, et dont les privilégiées qui en sont l'objet apprécient toute la valeur.

Le visage de Françoise avait frémi et se colorait tout à coup.

– Je le comprends ! murmura-t-elle.

Mme deLorgils poursuivait, avec une soudaine exaltation :

– Quelle nature que celle-là ! Inaccessible à l'émotion, orgueilleusement dominatrice et d'une impitoyable... d'une effrayante clairvoyance. Puis il semble posséder une singulière puissance sur le roi, sur la reine mère, sur messieurs de Guise, ses cousins... Une puissance inexplicable. Il est redouté de tout le monde... de tout le monde. Oui, c'est vraiment un peu effrayant !

– Et les femmes qu'il aime, ont-elles aussi cette impression-là ? demanda Françoise.

Mme de Lorgils eut un petit rire d'ironie.

– Les femmes qu'il aime ! Je suis persuadée que M. de Rochelyse n'a jamais aimé, n'aimera jamais personne. Il permet qu'on l'aime, lui, à condition de trouver dans celle qu'il distingue un objet docile à ses volontés, jamais importun, prêt à s'incliner sous le sarcasme, la dureté ou la froideur du maître... En un mot, une femme n'est rien pour lui, rien qu'un objet de caprice qu'on rejette à sa fantaisie, avec le plus complet mépris.

Mme de Lorgils s'arrêta, essoufflée... Françoise, les yeux baissés, pressait entre ses mains le sachet odorant.

Une camériste entra, annonçant :

– La signorina Calmeni demande si madame la comtesse peut la recevoir.

– Ah ! Giulia !... Oui, oui, qu'elle vienne !

Et, s'adressant à Françoise, la comtesse ajouta :

– Vous allez la voir. C'est un beau type italien.

Françoise demanda :

– Est-ce qu'elle aussi est traitée comme vous le dites ?

– Mais j'en suis persuadée ! Elle le craint autant qu'elle l'aime, je l'ai remarqué plus d'une fois.

À ce moment, au seuil de la chambre, apparut une femme enveloppée d'un manteau noir qui laissait apercevoir une riche toilette. Elle était de taille élevée, brune, avec un beau teint mat, des traits frappés en médaille et des yeux d'un noir profond, que semblaient assombrir encore les cils épais, couleur d'ébène.

Elle s'avança dans un bruissement de soie, d'une allure souple, élégante, et vint s'incliner devant Mme de Lorgils.

– Enfin, te voilà, Giulia ! Je croyais que tu m'avais oubliée ! M'apportes-tu cet onguent à la rose dont raffole Mme de Montpensier ?

– Oui, madame. Par exemple, je n'ai pas encore la senteur que vous désiriez. Nous l'avons cependant reçue de Florence, mais mon père est absent en ce moment et je n'ai pu la trouver.

– Cela me donnera le plaisir de te revoir bientôt, ma petite Giulia... Assieds-toi un moment...

Il était de bon ton, dans la société de la cour, de traiter avec une affectueuse familiarité la fille du parfumeur de la reine mère. Giulia avait d'ailleurs reçu une éducation soignée, elle était instruite, intelligente, et, au contact des grandes dames qu'elle fréquentait depuis l'enfance, avait acquis les meilleures manières.

Françoise considérait avec une vive curiosité, où déjà entrait de la jalousie, cette femme qui avait « l'honneur » d'être distinguée par le duc de Rochelyse. Elle la trouvait belle, certes... mais elle songeait orgueilleusement : « Je le suis autant qu'elle, dans un genre différent. Moi aussi, je puis plaire... même à « lui », si difficile qu'il soit. »

Mme de Lorgils ouvrait la boîte d'onguent, tout en demandant :

– Rien de nouveau, Giulietta ?

– Peu de chose, madame. Mais il paraît que la reine mère rentre ces jours-ci de Saint-Germain ?

– Oui, on me l'a dit... Le roi prolonge son séjour à Blois... Tenez, sentez ceci, ma mie !

Elle mettait la boîte sous le nez de Françoise.

– ... Exquis ! On ne trouve cela que chez Calmeni. Mme de Montpensier n'emploie que cet onguent pour ses mains, qui sont fort belles. Mme d'Uzès aussi, je crois... Mais, ma bonne Giulia, n'arriveras-tu jamais à obtenir que M. de Rochelyse confie le secret de ce parfum unique, incomparable, que lui prépare un de ses serviteurs hindous ?

– Jamais, madame.

Ces mots tombèrent, lents, décisifs, des lèvres de la Florentine. Les paupières mates, un peu lourdes, s'abaissèrent en même temps, légèrement frémissantes.

– Voyons, ce n'est pas possible ? En le lui redemandant...
– On ne demande jamais une chose deux fois à M. le duc, madame.
– Giulia, veux-tu me faire croire qu'il est si terrible ?

D'un ton calme, sous lequel on sentait un sourd frémissement, Giulia répondit :

– Il est ce qu'il est... c'est-à-dire « lui », pareil à nul autre, donnant ce qu'il lui plaît mais ne souffrant pas les prières, l'insistance... Je ne crois pas que jamais... non, jamais, quand il a opposé un refus, personne ait osé renouveler sa demande.

Mme de Lorgils glissa vers Françoise un coup d'œil qui signifiait : « Vous voyez ce que je vous disais ? »

Mlle d'Erbannes considérait le beau visage de l'Italienne, ces cils trop lourds qui lui cachaient les yeux où elle eût voulu chercher le reflet de la passion dont Giulia devait être possédée.

La comtesse dit avec conviction :

– Je crois en effet qu'on s'y hasarderait difficilement ! Ah ! quel mystère que cet homme ! Il porte un sphinx sur sa poitrine, et c'est bien là en effet le signe qui lui convient. Mystère en lui-même, mystère dans son existence... On raconte des choses si étranges à son propos ! Comme son oncle, il s'occuperait de magie... il aurait un pouvoir étrange sur les consciences qu'il verrait telles qu'elles sont... De l'Inde, il aurait rapporté des secrets effroyables, des poisons près desquels ne sont rien ceux dont on se sert dans nos contrées. Cruel et raffiné, il aurait dans sa demeure de merveilleuses salles décorées de marbre travaillé, de pierres précieuses, à la mode hindoue, et là se plairait à faire supplicier ses serviteurs pour une peccadille, par simple caprice même... Enfin, enfin, que ne dit-on pas sur lui !

Giulia se taisait et Françoise cherchait toujours vainement à rencontrer son regard.

– Je ne puis croire tout cela ! poursuivait Mme de Lorgils. Mais il n'en reste pas moins qu'on sent en cet homme quelque chose d'extraordinaire... de redoutable... Giulia, as-tu entendu dire que ceux qui entrent dans ses gardes doivent auparavant faire le serment de ne pas commettre la moindre indiscrétion au sujet de leur maître, de ses faits et gestes et de ceux de son entourage, sous peine de mort ?

– On me l'a dit en effet, madame.

Mlle d'Erbannes crut, à ce moment, voir trembler les lèvres de la Florentine.

En baissant instinctivement la voix, Mme de Lorgils demanda :

– T'a-t-on raconté aussi qu'un jeune garde breton, nommé Yves de Trébec, je crois, ayant appris à une jeune personne qu'il courtisait un fait assez insignifiant sur M. de Rochelyse, a disparu depuis lors sans que sa fiancée ni personne d'autre aient jamais entendu parler de lui ?

Cette fois, Giulia se contenta d'incliner affirmativement la tête. Les cils tremblaient au bord des paupières, qui semblaient devenir plus lourdes encore.

– Terrible !... terrible ! murmura la comtesse avec un frisson qui parut se répercuter chez Françoise. Et on l'adore pourtant !... On l'adore éperdument... Oui, nous autres pauvres femmes qu'il méprise... Car il nous méprise, dis, Giulia ?

– Oui, madame, il nous méprise souverainement.

Henriette de Lorgils soupira, en laissant retomber sa tête sur l'oreiller.

– C'est abominable !... Et tu dis cela avec un calme !... Comme si tu trouvais tout naturel qu'il nous considère ainsi que la poussière de la route !

Giulia se leva, d'un lent mouvement. Aucune émotion ne se discernait sur sa physionomie devenue impassible et une oreille subtile pouvait seule discerner un frémissement dans la voix qui répondait :

– Je juge, en effet, que nous ne sommes pas autre chose, devant un homme de cette valeur... Maintenant, madame, me permettrez-vous de me retirer ? J'ai à faire une course avant de rentrer, pour me procurer une jeune servante qui me manque.

– Mais oui, va, ma Giulietta. Dis à Louison de te régler le prix de l'onguent... Au revoir !

Giulia, saluant les deux jeunes femmes, se détourna pour gagner la porte. À ce moment, Françoise se pencha à l'oreille de la comtesse :

– Elle cherche une servante... si vous lui proposiez la petite Bérengère ?

– C'est une idée !... Giulia !

Françoise chuchota précipitamment :

– Ne lui parlez pas du château de Rochelyse.

Mme de Lorgils coula vers elle un coup d'œil moqueur, en songeant : « Oui, oui, ma belle, ton amour-propre n'oubliera pas de si tôt cela ! »

Et, s'adressant à Giulia qui revenait :

– Mlle d'Erbannes me faisait penser que nous cherchions à placer une fillette qu'elle a amenée avec elle de Bretagne. Peut-être pourrait-elle te convenir ?

– Quel est son âge ?

– Environ treize ans, répondit Françoise. C'est une enfant trouvée qu'élevait par charité la tante de mon fiancé. Comme cette dame est morte, nous avons emmené la petite qui, sa protectrice disparue, se fût trouvée là-bas trop malheureuse... Je ne dois pas vous cacher qu'elle est pour le moment d'apparence chétive. Mais depuis longtemps elle ne mangeait pas à sa faim ; le voyage, en outre, l'a beaucoup fatiguée. Cependant, je suis persuadée qu'avec une bonne nourriture elle prendrait vite une autre mine et pourrait vous rendre service, car elle était habituée au travail et paraît en outre assez intelligente.

– D'ailleurs, tu vas la voir, dit Mme de Lorgils. Ainsi pourras-tu juger aussitôt.

Elle appela une cámeriste et lui donna l'ordre d'aller chercher la fillette. Quelques minutes plus tard, Bérengère paraissait au seuil de la chambre.

Le vieux costume de page avait été remplacé par une robe défraîchie appartenant à une jeune chambrière. Trop large, elle flottait autour du corps amaigri de l'enfant... Le pâle petit visage se colora légèrement à la vue des trois dames qui tournaient vers l'arrivante des regards sans bienveillance.

– Oui, elle ne paraît pas forte, dit Giulia en secouant la tête.

Elle s'approcha, palpa les frêles épaules, leva les manches pour examiner les bras d'une délicate blancheur, mais tout menus. Bérengère la regardait avec une surprise à laquelle se mêlait de l'inquiétude, car la physionomie de cette belle personne lui inspirait une subite antipathie, une sorte de crainte.

– Vraiment, je ne crois pas qu'elle puisse faire mon affaire ! dit Giulia en se tournant vers Mme de Lorgils et Françoise.

– Oh ! ma petite Giulia, rends-nous ce service ! s'écria la comtesse d'un ton plaintif. Tu en feras ce que tu voudras... et elle ne sera pas difficile pour la nourriture, tu comprends ! Tu ne lui donneras pas de gages, naturellement, jusqu'à ce qu'elle puisse accomplir un service sérieux...

– Eh bien ! j'accepte pour vous complaire, madame. Demain, je l'enverrai chercher.

– Bonne Giulia !... Ramène cette petite, Louison... Giulietta, tu enlèves à Mlle d'Erbannes et à moi un grand ennui !

– J'en suis charmée ! répliqua la Florentine avec un sourire caressant. Peut-être, d'ailleurs, l'enfant se fortifiera-t-elle. À cet âge, il suffit parfois d'un changement de régime... Elle sera extraordinairement jolie. Ses yeux sont admirables et il existe chez elle une finesse qui semble dénoter la race.

Mlle d'Erbannes eut un méprisant mouvement d'épaules.

– Comme on ne sait pas d'où elle sort !... Enfin, mademoiselle, je vous suis infiniment reconnaissante ! Bérengère, je n'en doute pas, sera fort bien chez vous et, d'ailleurs, on ne peut être difficile quand on a eu la vie aussi dure, jusqu'ici.

Là-dessus, Giulia prit congé des deux dames. Quand elle eut disparu, Mme de Lorgils dit gaiement :

– Voilà donc une affaire réglée ! Heureusement que vous avez eu cette idée ! Moi, je n'y pensais pas... M. de Sorignan ne sera pas d'un autre avis, j'espère ?

– Oh ! j'arrangerai cela ! déclara froidement Françoise. D'abord, je ne lui dirai rien avant que la petite soit partie, car je me méfie de sa faiblesse. S'il la voyait pleurnicher, il serait capable de faire échouer l'affaire. Puis je lui raconterai que c'était une occasion à saisir aussitôt, que la personne en question avait immédiatement besoin de cette servante... Oui, oui, je saurai arranger cela !

Et un sourire de ruse glissa entre les lèvres de la jeune fille.

– Je vous crois très habile personne, ma mie, et je vous en félicite. Voilà pourquoi il ne faut pas vous mettre sous le boisseau en épousant ce Sorignan... Mais, croyez-en mon expérience, ne perdez pas votre temps à essayer la conquête du duc de Rochelyse.

Le visage de Françoise se colora vivement.

– Pourquoi donc ? dit-elle avec une sorte de hauteur. Ne me croyez-vous pas assez bien pour prétendre à être remarquée ?

La comtesse eut un petit rire strident.

– Vous êtes parfaitement bien, ma mie. Mais d'autres, aussi belles... plus belles encore, ont mendié vainement près de lui. Il n'est que mystère et caprice... n'avez-vous pas entendu Giulia, tout à l'heure ? N'avez-vous pas compris qu'elle-même, selon son expression, n'est pour lui qu'un peu de poussière qu'il foule aux pieds avec dédain ?

– J'ai entendu... j'ai compris, dit sourdement Françoise. Mais n'y eût-il qu'une chance sur mille d'être choisie par lui, je jouerai la partie !

– Une chance sur mille ! répéta ironiquement Mme de Lorgils. Pas même, ma chère Françoise... pas même, je vous assure. Mais enfin, vous êtes comme les autres... comme nous toutes qui avons eu cette illusion, comme la reine de Navarre, la belle Marguerite elle-même. Je crois que celle-ci ne s'en est jamais consolée, pas plus que les autres, d'ailleurs. Enfin, si vous voulez en faire l'expérience, libre à vous !

Et, se souvenant tout à coup de sa fatigue, la jeune femme dit avec un accent devenu subitement languissant :

– Quelle lassitude !... Je n'en puis plus !

Françoise se leva.

– Je vais me retirer, madame. J'ai abusé...

– Mais non, restez, ma chère belle ! Vous me raconterez des histoires de votre province... vous me parlerez de votre vieille folle de tante. Ah ! comme vous avez bien fait de la quitter, ma mie !

Chapitre 11

Six ans auparavant, Lorenzo Calmeni avait acquis la maison où il logeait déjà depuis qu'en l'année 1560 il était venu de Florence, recommandé à Catherine de Médicis par son frère le grand-duc. Ce logis, de peu d'apparence, était à l'intérieur assez vaste et fort commode. Un jardin de petites dimensions, mais bien dessiné et entretenu, s'étendait derrière. Il s'y trouvait un élégant pavillon où il était de mode, pour les gentilshommes de la cour et les nobles dames, de venir parfois faire collation. Les dames y arrivaient masquées, ce qui était aussi le cas pour le roi, lequel, s'il ne faisait pas honneur aux vins d'Italie dont certains étaient friands, appréciait par contre les confiseries venues de Florence et préparées, assurait Lorenzo, spécialement pour le roi de France et ses amis.

Cet engouement pour le logis du parfumeur datait de deux années seulement. La beauté de Giulia n'y avait pas été étrangère. Mais l'habitude s'en était continuée, même quand il avait paru entièrement établi que la jeune fille, n'ayant d'yeux que pour le duc de Rochelyse, dédaignerait tous les hommages, fût-ce même ceux du souverain.

Au reste, ce Calmeni était un hôte discret et plein de complaisance. D'esprit subtil, il paraissait connaître les goûts, les désirs de chacun de ses hôtes, et ceux-ci les trouvaient satisfaits avant même d'avoir eu à les exprimer. Aussi l'avait-on surnommé « l'excellentissime » et nombre de ces folles têtes faisaient-elles de lui un confident en oubliant, devant ses flatteries et ses attentions, que cet homme était un compatriote de la reine mère et son parfumeur favori.

Un après-midi, – trois jours après l'entretien de Mme de Lorgils et de Françoise avec Giulia, – un cavalier, monté sur un admirable cheval blanc, précédé de deux chiens à l'aspect féroce et suivi d'un page en livrée verte et noire, s'arrêta devant la demeure de Calmeni. Il mit pied à terre, jeta le bride de sa monture au page et frappa à la porte du pommeau de son épée.

Le vantail fut ouvert aussitôt par Lorenzo lui-même, qui, sans doute, avait entendu le pas du cheval sur le pavé.

– Monseigneur le duc de Rochelyse ! balbutia-t-il.

Il courbait profondément son long dos maigre. Sa main qui tenait le vantail tremblait tout à coup.

– Fais-moi servir une collation ! ordonna le duc. Du vin de Chypre. Ton Malvoisie ne vaut rien.

Et il entra, suivi de ses chiens. Tout droit, il se dirigea vers le pavillon. Sur un signe de lui, les deux bêtes s'assirent au-dehors, de chaque côté de la porte… Il pénétra dans la pièce ronde, décorée de tentures de soie et, s'étant débarrassé de son manteau, prit place sur un banc de chêne garni de coussins de velours.

Cinq minutes plus tard, un bruit soyeux se fit entendre et Giulia apparut, vêtue d'une robe d'un rouge foncé, une collerette de dentelle entourant son visage auquel montait un peu de couleur. Dès l'entrée, un regard à la fois ardent et humble s'attachait sur M. de Rochelyse qui, accoudé aux coussins, conservait son air de froideur altière.

La Florentine vint s'agenouiller près de lui et appuya ses lèvres sur la main qu'il lui tendait.

– Qu'as-tu à m'apprendre, Giulia ?

Le ton était bref, avec des intonations impératives et presque dures.

– Mon père est revenu hier d'un voyage de quinze jours, monseigneur. Il dit avoir passé ce temps chez un de ses amis, le financier Storli, près de Blois.

– Il y était, en effet.

– Ah ! vous saviez, monseigneur ?

Elle le regardait avec une sorte d'effroi. Il répliqua froidement :

– Je sais beaucoup de choses et j'arrive toujours à savoir ce qu'il m'est utile de connaître. Or, il faut que j'apprenne pourquoi Calmeni a eu une entrevue secrète avec le roi, au château de Blois.

– Je ferai mon possible, monseigneur. Mais s'il s'agit d'une mission de la reine mère, mon père ne me confiera rien, vous ne l'ignorez pas.

M. de Rochelyse eut un geste d'impatience.

– Il faudra pourtant arriver à obtenir cette confiance… ou, mieux encore, celle de la reine.

– J'y travaille, monseigneur. Sa Majesté me témoigne beaucoup de bonté, elle me fait quelques confidences, me charge de quelques missions... mais rien de sérieux encore. Cependant, je sais qu'elle a dit à mon père : « Ta fille, Lorenzo, me paraît digne de toi pour l'intelligence, la discrétion, la subtilité de l'esprit. »

– Eh bien ! cultive ces bonnes dispositions... Et, par ailleurs, rien à me signaler ?

– Rien, monseigneur. Beaucoup sont encore dans leurs terres... J'ai vu, il y a trois jours, Mme de Lorgils. Elle avait près d'elle une jeune fille que je ne connaissais pas encore, une belle blonde qui s'appelle, je crois, Mlle d'Erbannes.

– Et que t'a-t-elle dit au sujet de cette demoiselle ?

– Rien encore, car je ne l'ai pas vue seule ce jour-là.

– Tiens-moi au courant des faits et gestes de cette personne et de son fiancé, un M. de Sorignan qui vient d'arriver en même temps qu'elle chez les Lorgils. C'est tout ce que tu as appris ?

– C'est tout, monseigneur.

À ce moment, on frappa à la porte du pavillon. Giulia se leva, dit : « Entrez ! » et se rapprocha de la table, couverte d'une nappe de fine toile de dentelle de Venise.

La porte, ouverte, livra passage à une femme en riche costume de paysanne toscane, tenant d'une main une buire de cristal remplie de vin et de l'autre une coupe d'argent. Derrière elle venait Bérengère – une Bérengère vêtue en élégante petite servante et dont les mains frêles portaient avec peine un lourd plat de faïence italienne couvert de pâtisseries.

L'enfant, au seuil de la porte, leva les yeux et aperçut M. de Rochelyse dont le regard s'attachait sur elle. Saisie de surprise et d'émotion, elle laissa échapper le plat qui se brisa sur le sol de marbre.

– Maladroite !... Sotte créature !

S'élançant vers la fillette, Giulia lui appliquait un soufflet si violent qu'elle chancela, en étouffant un cri de douleur.

Le duc bondit de son siège jusqu'à la Florentine, dont il saisit le bras au moment où elle allait encore frapper l'enfant.

– Ne la touche plus !... Je te le défends, entends-tu ?

Giulia eut un gémissement de souffrance. Les doigts si fins lui serraient le bras comme un étau.

Chapitre 11

M. de Rochelyse la lâcha et, d'un geste, intima à la servante, immobile de saisissement, l'ordre de sortir.

Bérengère, tremblante, le visage rouge et brûlant, attachait sur lui un regard de reconnaissance éperdue.

– Tiens, mon enfant, bois cela pour te remettre.

Il s'approchait de la table, versait dans la coupe un peu de vin de Chypre et la tendait à la fillette... Puis il se tourna vers Giulia qui demeurait comme figée sur place, le visage bouleversé, le regard chargé d'inquiétude.

– C'est une honte de frapper ainsi une enfant innocente et faible ! dit-il de ce ton dur et glacé qui, chez lui, était l'indice de la colère. Servile et humble envers les puissants, impitoyable pour ceux qui ne peuvent se défendre, voilà ce que tu es, Giulia Calmeni.

– Monseigneur !

Sans paraître l'entendre, M. de Rochelyse continuait :

– Me diras-tu aussi pourquoi tu ne m'as pas appris que cette petite Bérengère, amenée par Mlle d'Erbannes et M. de Sorignan, t'avait été donnée comme servante ?

Une vive stupéfaction apparut sur la physionomie de Giulia.

– Mais, monseigneur, je n'aurais pas imaginé qu'un pareil détail pût avoir quelque importance à vos yeux !

– Tout peut avoir une importance, je te l'ai déjà dit... Que t'a-t-on appris à son sujet ?

Giulia répéta les paroles de Mme de Lorgils et de Mlle d'Erbannes. Le duc demanda :

– Calmeni t'a-t-il questionné sur elle ?

– Non, monseigneur. Je lui ai dit seulement ce que m'avaient appris d'elle ces deux dames.

– Celles-ci n'ont pas prononcé devant toi le nom du baron de Pelveden ?

Et sur la réponse négative de Giulia, M. de Rochelyse ajouta :

– Il est possible que, tout à l'heure, ton père te donne la mission de t'informer près d'elles au sujet de cette enfant. Mais jamais... tu m'entends ? jamais ne lui répète qu'elle avait été recueillie par M. de Pelveden. Ne lui dis même pas qu'elle vient de Bretagne, c'est préférable. Tu arrangeras à son usage, d'une manière plausible, ce que pourra t'apprendre Mlle d'Erbannes. Sur ce point, je sais que ton ingéniosité ne sera pas en défaut... Et maintenant, va dire à l'une de tes servantes de se tenir prête pour conduire Bérengère jusque chez moi.

Giulia, les yeux agrandis par la stupéfaction, balbutia :

– Chez... vous ?

– Oui, je l'emmène pour la mettre au service de ma tante. Là, elle sera mieux que près de toi... Va.

Giulia, courbant la tête, sortit du pavillon. Wennaël se tourna vers l'enfant qui se tenait immobile, en attachant sur lui ses beaux yeux inquiets et un peu craintifs, lesquels, aux dernières paroles de M. de Rochelyse, s'étaient éclairés d'une vive lueur d'espoir.

– Cela te plaît-il que je devienne ton maître, Bérengère ?

– Oh ! monseigneur !

Le bonheur lui coupait la parole. En joignant ses mains frêles, elle murmura :

– C'est trop beau !... Vous êtes trop bon !

Un sourire, où l'amertume se mêlait à l'ironie, vint aux lèvres de Wennaël.

– Voilà un compliment qu'on n'a pas souvent occasion de m'adresser ! dit-il entre ses dents.

S'approchant de Bérengère, il posa la main sur ses cheveux.

– Giulia te rendait malheureuse, n'est-ce pas ?

– Un peu, monseigneur.

– Elle t'avait déjà battue ?

– Oui... quelquefois.

– Je vois que tu es une bonne enfant, discrète et charitable. Mais c'est fini, tu vas aller retrouver dame Perrine, qui aura soin de toi.

La main de Wennaël caressait les cheveux soyeux, aux chauds reflets dorés. Il demanda :

– Pourquoi t'a-t-on coupé cette merveilleuse chevelure ?... Est-ce une idée du baron de Pelveden ?

– Non, monseigneur. Mais je ne pouvais pas la garder longue avec le costume de page qu'il me fallait prendre. Alors, M. de Sorignan l'a coupée avant le départ.

Chapitre 11

– Ah ! oui, en effet, tu étais un jeune garçon quand je t'ai vue pour la première fois.

Il considérait pensivement le visage délicat, auquel demeurait encore un peu de couleur, et ses yeux couleur de violette si profonds, d'une douceur veloutée, qui, en le regardant, prenaient une expression de si fervente reconnaissance.

– Tu n'as vraiment jamais rien entendu qui puisse t'éclairer sur ton origine, sur tes parents, petite Bérengère ? demanda-t-il.

Elle secoua la tête.

– Jamais rien, monseigneur.

– Pourquoi M. de Pelveden se montrait-il si mauvais pour toi ?

– Je ne sais pas ! soupira-t-elle. Un jour, je l'ai entendu qui disait à la servante, la vieille Corentine qui me détestait : « Va, fais-la travailler tout à ton aise, car, si elle y succombe, cela fera un bien ennuyeux rejeton de moins sur la terre. »

– Misérable ! dit à mi-voix le duc.

Après un court silence, il demanda :

– Et Mme de Pelveden, elle était bonne pour toi ?

– Oh ! oui... Ma pauvre Madame !

Des larmes remplirent les yeux de la fillette, au souvenir de la chère protectrice.

– Et elle non plus ne t'a jamais rien dit... rien appris qui puisse aider à faire retrouver tes parents ?

– Non, monseigneur.

M. de Rochelyse laissa retomber sa main et fit quelques pas dans la pièce. Giulia apparut à cet instant et annonça :

– La servante est prête, monseigneur.

– Allons.

Wennaël prit son manteau et le jeta sur ses épaules. Giulia demanda, avec une craintive hésitation :

– Vous ne touchez pas à la collation, monseigneur ?

– Non, je ne veux rien prendre chez toi aujourd'hui. Ce sera ta punition pour une brutalité qui m'a si profondément déplu.

Tout en parlant, il s'approchait d'elle. Entre ses mains, il prit la tête brune et, la renversant légèrement, se pencha, de telle sorte que son visage touchait presque celui de la jeune fille et que ses yeux plongeaient dans les siens.

– Tu as vu aussi que je sais tout, un jour ou l'autre, et que, par conséquent, celui ou celle qui trahirait la confiance que je lui accorde ne resterait pas longtemps impuni. Mais, toi, tu es ma fidèle Giulia... et tu le resteras toujours.

Ce n'était pas un regard d'amour, mais celui d'un maître implacable que rencontrait celui de Giulia. Et sans doute, dans ces prunelles fauves, lisait-elle quelque mystérieuse menace, car elle frissonna en bégayant :

– Oui, toujours fidèle... toujours ! Mais pas par crainte, vous le savez... vous le savez bien !

Il eut un sourire de froide ironie en murmurant :

– La crainte est plus sûre qu'autre chose !

Laissant aller la tête de Giulia, il se tourna vers Bérengère qui n'avait pas compris cet échange de paroles, fait à mi-voix.

– Viens, enfant.

Elle le suivit et, dans le jardin, Giulia les rejoignit. Si, à cet instant, Wennaël s'était retourné, il aurait sans doute surpris le regard de haine que la Florentine jetait à Bérengère.

À l'entrée de la maison se tenait Lorenzo Calmeni, dont le maigre visage, les yeux doucereux à demi baissés témoignaient d'une gêne, d'une crainte mal contenues. Il balbutia :

– Monseigneur n'a pas trouvé la collation à son goût ?

– Non, Calmeni ; aujourd'hui, elle ne me plaisait pas.

Sur ces mots, prononcés avec un accent de hautaine raillerie, M. de Rochelyse passa le seuil de la maison et s'avança vers son cheval que le page tenait en main. Lorenzo se précipita pour lui tenir l'étrier. Le duc se mit légèrement en selle et, de ses genoux, pressa les flancs du cheval. Celui-ci fit une ruade, se cabra un instant... Le parfumeur s'était précipitamment écarté. M. de Rochelyse, jetant un coup d'œil sur son visage effrayé, dit avec un singulier, un terrible sourire d'ironie :

– Non, ce n'est pas encore pour aujourd'hui, Calmeni... pas encore.

Le teint de l'Italien devint d'une pâleur verdâtre. Dans les yeux noirs passait une lueur d'épouvante et tout le grand corps maigre frissonna.

Sans lui accorder un autre regard, M. de Rochelyse s'éloigna, précédé de ses chiens, suivi du page derrière lequel marchaient la servante et Bérengère, que Giulia avait enveloppée d'un manteau.

Le parfumeur demeura un instant sur le seuil, les suivant des yeux. La terreur et la haine se mêlaient en son regard... Enfin, il rentra et apostropha sa fille qui se tenait immobile, pâle, les lèvres serrées.

– Que signifie tout cela ? À quel propos le duc emmène-t-il cette enfant ?

– Le sais-je ? dit Giulia dont la voix tremblait de colère. Tout à l'heure, comme je corrigeais cette petite niaise qui venait de casser notre plus beau plat, voilà qu'il prend son parti, et de quel ton ! Puis il me déclare qu'il emmène la petite pour la mettre au service de sa tante...

– Voyons, voyons, c'est tout à fait invraisemblable, cela ! Lui, dont l'orgueilleuse indifférence est proverbiale, se soucierait de cette petite créature de rien ?... Non, non, il y a autre chose là-dessous !... Que t'ont appris ces dames au sujet de l'enfant qu'elles te confiaient ainsi ?

– Rien de plus que ce que je vous ai dit hier. Cette demoiselle d'Erbannes l'a amenée de province où elle venait de perdre sa protectrice et souhaitait la placer à Paris. C'est une enfant sans famille, qui a pâti, comme cela se voit.

– De quel endroit venait-elle ?

– Je ne m'en suis pas informée.

– Eh bien ! tu auras soin de le faire, comme aussi de questionner ces dames à son sujet... car c'est bien singulier, cet intérêt que lui porte M. de Rochelyse !... Un intérêt tellement subit, d'après ce que tu me dis ?

Elle inclina affirmativement la tête.

– Tout à fait subit, en effet.

– Étrange, étrange... de la part d'un homme comme celui-là, qui n'agit point par coup de tête ni par impulsion du cœur, mais par réflexion froide suivie de résolution implacable...

De nouveau, le Florentin frissonnait.

– ... Il doit toujours avoir un but... toujours. Il faut donc savoir pourquoi il nous enlève cette petite étrangère. Tu t'y emploieras, Giulia ?

– Oui, mon père.

Lorenzo fit quelques pas, le front soucieux, puis il revint à sa fille.

– Giulia, je crains que, si forte que soit ta volonté, elle arrive à se trouver dominée par une nature de cette trempe ?

Les cils épais battirent au bord des paupières. Mais Giulia répondit avec calme, en soutenant sans trouble le regard inquisiteur de son père :

– Rassurez-vous, M. de Rochelyse ne cherche pas à s'en emparer.

– Il t'aime toujours ?

– Il m'aime.

– Cependant, on le dit incapable d'amour, uniquement soucieux de courber les plus orgueilleuses sous son empire et de leur imposer ses impérieuses volontés.

– D'autres peuvent le juger ainsi... pas moi.

Elle répondait d'une voix nette, paisible, en gardant un visage impassible.

– Prends garde à lui ! insista Lorenzo. La reine me l'a encore bien recommandé : « Que Giulia se défie de Rochelyse ! a-t-elle dit. C'est un véritable démon pour la clairvoyance et pour la ruse ; c'est un terrible dominateur dont la puissance de séduction n'a que la limite qu'il veut bien lui imposer. »

De ses doigts blancs aux ongles teintés de carmin, Giulia jouait avec la châtelaine d'argent ciselé qui pendait à son côté.

– Sa Majesté a donc eu occasion d'expérimenter le dangereux pouvoir de M. de Rochelyse ?

La question était faite sans intérêt apparent, avec la même tranquillité.

– Je ne le suppose pas. Mais elle peut en voir les effets autour d'elle... et jusque chez le roi, qui ne refuse jamais rien de ce que lui demande le duc de Rochelyse.

– Qu'il déteste pourtant, paraît-il... Et tout pareillement la reine Catherine, m'a-t-on dit, est devant lui comme une femme qui a peur...

Lorenzo tressaillit et tout son maigre visage se contracta.

– Et de quoi donc aurait-elle peur ? dit-il d'une voix un peu rauque. Que vas-tu imaginer là ?

– Mais je n'imagine rien ! Je répète seulement ce que j'ai entendu dire... Après tout, cela m'est indifférent, vous devez bien le comprendre. Il me suffit, à moi, de n'avoir pas peur de lui et d'en être aimée.

– Es-tu sûre, vraiment ? insista le parfumeur. Tout à l'heure, ce mécontentement pour si peu de chose...

– Le duc est fantasque comme tous les hommes trop adulés. Mais je suis certaine de le voir revenir plus aimable.

– Tâche donc d'obtenir de lui les quelques renseignements que je t'ai demandé de me procurer.

– Voilà qui est fort difficile, je vous l'ai déjà dit. M. de Rochelyse n'interroge jamais sur rien ni sur personne, mais il ne souffre pas que je lui adresse des questions qui lui paraissent indiscrètes... Cependant, j'essaierai encore, pour vous être agréable...

Tout en parlant, elle faisait quelques pas vers la porte du jardin... Elle ajouta :

– Je vais au pavillon, où j'ai oublié quelque chose.

Quand elle fut dans la petite pièce ronde, la Florentine, comme à bout de forces, alla s'affaisser sur les coussins où tout à l'heure était assis M. de Rochelyse. Le visage enfoui dans le velours où demeurait encore un peu de l'étrange et subtil parfum indien, elle bégaya, avec un rauque sanglot :

« Lui, m'aimer !... Ah ! ah ! je suis l'espionne qu'il paye... la femme méprisable qu'il tient en esclavage... rien, moins que rien !... Ah ! ah ! Et il broie, il me piétine... Il est le maître... et quel maître ! »

D'un geste fou, elle saisit un coussin et le serra entre ses mains crispées. Puis elle y plongea de nouveau son visage, en songeant avec un grand frisson :

« Pourtant, je veux la porter toujours, cette chaîne ! Ma vie est à lui... à lui qui m'a dit : « Le jour où tu me trahirais, où je découvrirais chez toi un mensonge à mon égard, tu pourrais te préparer à mourir, Giulia ! »

Chapitre 12

Les Trégunc, issus, disaient-ils, des rois de Cornouailles et grands seigneurs en leur pays, avaient peu quitté leurs domaines de Bretagne jusqu'à l'époque où Hervé, marquis de Trégunc, accompagna à Paris la duchesse Anne, devenue reine de France. Presque aussitôt, il plut à une jeune héritière, Jeanne de Rochelyse, et, lui-même étant fort épris, il l'épousa peu après. Comme sa femme était la seule descendance des ducs de Rochelyse, le roi Charles VIII conféra ce titre au nouveau marié, devenu possesseur du superbe domaine de Rochelyse et d'autres terres de grande importance.

Les jeunes époux s'installèrent à Paris, dans le vieil hôtel qui appartenait à la duchesse, noble logis datant du règne de Saint Louis. Ils y firent faire quelques aménagements, quelques transformations, et, après eux, leurs descendants agirent de même. Dans cette demeure, chaque génération accumulait des trésors en orfèvrerie, meubles sculptés, tapisseries. Il s'y donnait des fêtes où toute la cour assistait, émerveillée par le faste de bon ton que déployaient les nobles hôtes. Toutefois, Jean de Rochelyse, père de Wennaël, avait eu un moment l'idée de se faire construire un hôtel dans le goût nouveau. Mais ce fut son frère Alain qui la réalisa. M. de Trégunc acheta à son aîné le très vaste terrain, planté en jardin, qui avoisinait l'hôtel de Rochelyse. Bientôt, sur la même ligne que celui-ci, et en retrait comme lui derrière un large espace clos d'un mur où s'ouvrait une porte garnie d'énormes clous de fer, s'éleva un admirable petit palais aux arcades élégantes, aux fenêtres décorées de sculptures délicates. L'intérieur, disait-on, était une merveille, car M. de Trégunc avait bâti cette demeure pour sa femme, et bien peu de personnes en connurent autre chose que l'entrée et le cabinet somptueusement décoré de tapisseries, de marbres italiens et de meubles d'ébène, où recevait le maître de céans. Jamais il ne s'y donnait de réceptions, jamais on ne voyait la ranie Adrâni, enfermée dans son appartement avec ses suivantes hindoues. Un magnifique jardin s'étendait derrière le palais et permettait à la recluse de prendre l'air quand il lui plaisait. Il était séparé de celui de l'hôtel de Rochelyse par une haute clôture faite d'un treillage de bois auquel s'enlaçaient des lierres et des rosiers grimpants.

Chapitre 12

Quand Wennaël hérita de son oncle, il continua d'habiter le petit palais où, jusqu'à ce jour, depuis des années, il avait vécu près de M. de Trégunc. Mais, un peu plus tard, il fit construire une galerie qui reliait cette demeure au vieil hôtel où, après la mort de Jean de Rochelyse, demeuraient sa veuve et son second fils, sous la tutelle et la domination de l'aîné.

À l'exemple de son oncle, le duc gardait mystérieusement clos aux curiosités pourtant ardentes qui souhaitaient d'y pénétrer le logis qu'on appelait « le palais de l'Indienne ». L'hôtel était toujours tenu en état, avait sa domesticité particulière, de telle sorte que M. de Rochelyse pouvait y recevoir, quand bon lui semblait, les indifférents et les ennemis. Dans la demeure voisine ne pénétraient que quelques privilégiés, parmi lesquels se trouvait Achille de Harlay, le savant juriste, qui, depuis un an, avait succédé à son beau-père, M. de Thou, dans sa charge de premier président.

En dehors des serviteurs que M. de Trégunc et Wennaël avaient ramenés de l'Inde, le personnel domestique était uniquement composé de Bretons, nés sur les terres des marquis de Trégunc. Les uns et les autres se trouvaient soumis à une stricte discipline et observaient, à l'extérieur, la plus entière discrétion, ce qui ne contribuait pas peu à mieux établir encore le renom de mystère du « palais de l'Indienne ».

Cet après-midi où M. de Rochelyse s'était rendu chez Lorenzo Calmeni, Mme de Trégunc, assise sur des coussins de soie brochée d'argent, travaillait à une broderie hindoue. À ses pieds, une jeune ayah, sa suivante préférée, jouait d'un instrument analogue à la « guzla » arabe. Bien qu'il fît encore jour au-dehors, les rideaux de soie blanche brodés de grandes fleurs d'or avaient été tirés devant les fenêtres formées de treillis de marbre, à l'imitation de celles qui existaient dans les palais hindous. Les charmantes lampes d'or, travaillées par l'orfèvre d'un rajah, suspendues à des chaînes de même métal, répandaient leur douce lumière sur les dalles de marbre à demi couvertes de tapis tissés de soie et d'or, sur les mosaïques formées de pierres précieuses, agates, onyx, sardoines, qui décoraient les parois. Un parfum léger, délicat, flottait dans la tiède atmosphère de cette pièce où, seul, le petit singe au pelage couleur de noisette mettait un peu de mouvement.

Une portière fut soulevée, M. de Rochelyse entra et vint s'asseoir sur le divan, près de sa tante. L'ayah se leva et disparut après un profond salut.

– Tout s'est bien passé, Wennaël ? demanda Mme de Trégunc en interrompant sa broderie.

– Fort bien. L'enfant est entre les mains de Perrine... La pauvre créature était tombée de mal en pis, car j'ai pu voir par mes yeux que Giulia ne se gênait pas pour la brutaliser. Cela m'a servi de prétexte – quoique, à vrai dire, de moi à cette femme, les prétextes soient inutiles, puisqu'il me suffit d'ordonner. Quant à Calmeni, je tiens au contraire à ce que son attention soit éveillée. Il va chercher à savoir pourquoi je me suis occupé de cette fillette et ai tenu à l'emmener. Si, par hasard, elle était celle que nous cherchons, nous arriverons peut-être par ce moyen à saisir une piste... tout au moins quelque indice.

– En admettant qu'elle ait à ses yeux une importance quelconque, M. de Pelveden ne restera pas sur un échec et la fera rechercher.

– Tout dépend, précisément, du degré d'importance que peuvent avoir pour lui – et pour d'autres – la fuite de l'enfant et la protection que je lui donne. Nous les verrons à l'œuvre, lui et Calmeni, qu'il préviendra probablement si – pour suivre toujours cette hypothèse – ils ont été autrefois complices dans l'assassinat de la mère et le rapt des enfants.

– Avez-vous vraiment idée, Wennaël, que cette petite fille puisse être ?...

– Je ne sais... Elle paraît bien jeune. Il faudrait donc supposer que son développement s'est trouvé arrêté par le régime auquel la soumettait ce misérable Pelveden.

– Ce n'est pas impossible.

– En effet... C'est une petite créature très fine, ayant la plus expressive physionomie que l'on puisse rêver, et qui sera fort jolie... Vous souvenez-vous, madame, de ce que mon oncle vous disait, au sujet des yeux de Mme Marguerite d'Auxonne ?

– Qu'ils étaient fort beaux et d'un bleu violet très rare.

– Eh bien ! ceux de Bérengère ont cette nuance. Ils sont d'ailleurs admirables. Vous en jugerez demain, car j'ai fait dire à Perrine de vous l'amener.

– Wennaël, si c'était vraiment « elle » ?

Mme de Trégunc joignait ses mains délicates, en levant sur M. de Rochelyse un regard où montait une lueur d'espoir.

– Ne vous faites pas trop d'imaginations à ce sujet, madame. Pour le moment, rien ne le prouve. Simplement, je vois là une possibilité, assez légère, étant donné que l'aspect de Bérengère ne répond guère à celui d'une jeune fille de seize ans.

Le petit singe s'approcha, sauta sur les genoux de sa maîtresse et se mit à jouer avec le long collier de perles qui tombait sur le corselet de velours vert. M. de Rochelyse, distraitement, frappait sa botte de la houssine qu'il tenait à la main. Il dit, après un court silence :

– Cette petite fille m'inspire un singulier intérêt. Même sans l'arrière-pensée que je conserve au sujet de ses origines, il m'aurait été impossible de la laisser aux mains de Giulia.

Avec un sourire d'ironie légère, il ajouta :

– Aussi m'a-t-elle dit que j'étais bon... trop bon.

Mme de Trégunc prit la main de son neveu et la serra entre les siennes.

– Elle a raison, vous l'êtes, au fond, Wennaël.

D'un ton âpre, presque douloureux, le jeune homme riposta :

– Je l'ai été... je ne le suis plus depuis longtemps. Ces fourbes, ces criminels que je poursuis de ma vengeance ont tué en moi la bonté, la pitié... l'amour lui-même. Pour les poursuivre, eux et tous les lâches qui les entourent et les aident, je me suis fait une âme dure, une âme impitoyable qui ne voit dans le dévouement de mes serviteurs, dans l'amour des femmes, dans l'amitié même de ceux que j'estime, que les instruments du justicier dont j'ai assumé la tâche terrible, depuis le meurtre de mon oncle... Et c'est pourquoi j'ai trouvé étrange le mot échappé à ces lèvres innocentes : « Vous êtes trop bon ! »

– Elle a jugé, cependant, que vous l'aviez été pour elle, cette pauvre enfant.

La physionomie tendue, durcie, s'adoucit légèrement.

– Oui, sans doute... Je ne pouvais oublier la façon dont elle m'avait regardé, là-bas, à Rochelyse. C'était poignant, et ce qui me reste de cœur a été touché, à ce moment-là.

– Du cœur, il vous en reste assez, en tout cas, pour donner

beaucoup d'affection à votre tante, Wennaël !

– Oh ! ceci est autre chose !

Il se penchait, baisait les doigts qui serraient sa main.

– ... L'affection filiale demeure toujours, par-dessus tout... Maintenant, madame, je vous laisse. Vous ne me verrez pas pendant quelques jours, car je pars demain matin pour Fontainebleau, où je compte demeurer jusqu'à la fin de la semaine.

En se levant, il ajouta avec un sourire de froide raillerie :

– Ne faut-il pas profiter de la gracieuseté « toute spontanée » de Sa Majesté Henri III ?

– Ce n'est pas seulement pour le plaisir de la chasse que vous vous y rendez, Wennaël ?

– Non, madame. J'y dois rencontrer un de mes émissaires d'Angleterre, qui me renseignera sur l'état actuel des négociations de mariage entre la reine Élisabeth et M. le duc d'Anjou.

Mme de Trégunc laissa échapper un petit rire d'ironie.

– Ah ! pour une fois, voilà une affaire où la reine Catherine a rencontré plus forte qu'elle en ruse et dissimulation ! Cette Élisabeth Tudor me paraît passée maîtresse dans l'art de berner les gens, en général, et ses soupirants en particulier !

– Oui, pas plus que pour Charles IX, pas plus que pour Henri III, alors duc d'Anjou, elle ne se décidera pour ce dernier fils de Catherine. Mais si, malgré tout, ce mariage s'arrangeait, je l'empêcherais, suivant en cela les idées de mon oncle qui estimait fort dangereuse une union entre un fils de France et la reine d'Angleterre. Quelles complications, en effet, ne peuvent en sortir pour l'avenir, si le fils légitime de Charles IX n'étant pas retrouvé et Henri II demeurant sans enfant mâle, la couronne de France revenait à Monsieur ! Complications d'autant plus à craindre que celui-ci n'est qu'un brouillon, sans suite dans les idées, sans convictions et sans beaucoup de scrupules. La reine Élisabeth, qui a une volonté, qui est intelligente et accoutumée de se faire obéir, n'aurait que peu de considération pour un mari tel que celui-là... Mais ce mariage ne se fera pas, je le répète.

Mme de Trégunc n'éleva aucun doute contre cette affirmation de son neveu. Elle savait de quels moyens disposait Wennaël pour contraindre le frère du roi à subir sa volonté, ceux, plus terribles encore, qui obligeraient la reine mère à renoncer au mariage anglais, objet de ses rêves depuis de longues années.

Chapitre 13

Deux ans auparavant, Henri III avait donné au duc de Rochelyse le droit de chasse sur les domaines royaux, à quelque moment que ce fût, privilège rarement octroyé, même à des princes de sang. Il était d'ailleurs acquis, dans l'entourage du souverain, que le duc, s'il lui avait plu de le vouloir, aurait pu prétendre aux premières dignités du royaume et à la domination complète du roi. Celui-ci, pourtant, – il lui avait échappé de le manifester devant ses intimes, – le haïssait ; mais il n'était pas de faveur qu'il ne fût prêt à lui accorder, pas de prévenances qu'il ne lui prodiguât. Et l'on chuchotait, à la cour, que le roi de France – comme bien d'autres – avait peur de ce mystérieux Rochelyse qui semblait toujours fouiller jusqu'au fond de l'âme des gens sur qui s'arrêtait son énigmatique et troublant regard.

Wennaël demeura huit jours à Fontainebleau et réintégra ensuite son logis avec la suite de gardes et de valets qu'il avait emmenée. Son secrétaire lui remit une demande d'audience laissée par un jeune gentilhomme qui était venu la veille, ignorant qu'il fût absent.

– Réponds à ce M. de Sorignan que je le recevrai demain matin à dix heures, dit le duc après un court moment de réflexion.

Quand il eut pris connaissance de son volumineux courrier, mis ordre aux affaires qui l'attendaient, M. de Rochelyse gagna l'appartement de sa tante. Au moment où il levait la portière, un rire léger, frais et charmant frappa ses oreilles... Et il vit, assise sur une peau de tigre, sa petite tête aux boucles dorées s'appuyant contre le genou d'Adrâni, Bérengère qui regardait en riant Gil, le singe, cabriolant sur le dos de la biche, résignée à ses malices.

Ce rire s'éteignit subitement sur les lèvres de l'enfant, dont le visage se couvrit d'une rougeur d'émotion. D'un bond, Bérengère fut debout... Wennaël dit en souriant :

– Eh bien ! je vois que vous et ma protégée paraissez vous entendre fort bien, madame !

– Tout à fait bien, en effet, dit Mme de Trégunc de sa voix lente, qui conservait un léger accent étranger. Bérengère est une enfant charmante, que j'aime déjà... Et vous savez, Wennaël, que mon affection ne se prodigue pas.

– Oui, ceci prouve énormément en faveur de cette jeune personne... Et toi, Bérengère, ne regrettes-tu pas ici Rosmadec, l'hôtel de Lorgils et la signorina Calmeni ?

D'un élan, Bérengère se jeta à genoux et tendit vers lui ses mains jointes, en le regardant avec une ferveur éperdue.

– Vous m'avez sauvée ! dit-elle d'une voix que les larmes étouffaient. Vous m'avez enlevée à l'enfer pour me faire entrer dans un paradis !... Désormais, je suis votre heureuse petite servante, monseigneur, et je n'aurai qu'un regret : c'est d'être trop peu de chose pour pouvoir jamais vous prouver ma reconnaissance !

Wennaël se pencha, lui saisit les mains et la releva.

– Petite fille, tu es encore sincère. Tâche de le demeurer le plus longtemps possible, car, vois-tu, rien ne vaut à mes yeux la droiture du cœur... Et ne crains rien, tu es en sûreté ici. Il n'y a pas de demeure dans tout Paris où tu pourrais l'être autant.

Il s'assit, en faisant signe à l'enfant de reprendre sa place. Elle se blottit de nouveau contre Mme de Trégunc qui passa une main caressante sur la joue encore empourprée.

– Voilà une petite figure qu'il va falloir rendre moins maigre, dit la marquise. Perrine assure qu'avec des soins et une bonne nourriture, l'enfant se transformera très vite, car elle paraît bien constituée.

Wennaël considérait la fillette d'un air songeur. Elle était vêtue d'une robe de laine blanche, que serrait à la taille une étroite ceinture en mailles d'argent. Avec ses cheveux courts et bouclés, son visage menu, ses bras frêles sortant de la manche large, elle avait réellement l'air d'une petite fille.

M. de Rochelyse se pencha vers sa tante.

– Que dites-vous de ses yeux ?

La question avait été faite dans le dialecte hindou que parlait Adrâni.

– Ils sont merveilleusement beaux et expressifs ! On y voit toute l'âme de cette petite créature, si candide, si loyale, et qui doit être profondément aimante... Quant à la couleur, elle est bien ce que vous disiez.

– Mais l'âge ?

– Ah ! l'âge... Vraiment, il me semble difficile de lui attribuer seize ans !

– Oui, certes... Et cependant... À certains instants, elle a un regard étonnant, qui n'est plus celui d'une enfant.

– Je l'ai remarqué aussi. Mais cela pourrait s'expliquer par le fait qu'elle a beaucoup souffert... En tout cas, elle possède un charme rare, car, depuis huit jours seulement que je la vois quotidiennement, voilà que je me suis attachée à elle au point que quelque chose me manquerait si elle n'était plus là. Or, les engouements subits ne sont pas dans mon caractère, loin de là !

– Oui, c'est une enfant charmante, dit pensivement M. de Rochelyse. Et je m'étonnerais fort qu'avec cette apparence de délicatesse patricienne, cette noblesse dans les gestes et les attitudes, elle n'appartînt pas à quelque vieille race... Enfin, patience ! Nous serons peut-être bientôt fixés à ce sujet !

Reprenant la parole en français, il s'adressa à Bérengère :

– Avais-tu vu M. de Sorignan avant de quitter l'hôtel de Lorgils, enfant ?

– Non, monseigneur. Mlle d'Erbannes m'a dit qu'il était occupé... Je l'ai bien regretté, car il s'est toujours montré bon pour moi.

– En ce cas, il est très probable que ces dames ne lui ont rien dit de ton départ, du moins avant que celui-ci soit effectué, dans la crainte qu'il juge peu opportun de te confier à cette étrangère.

– Peut-être, murmura l'enfant. J'ai bien compris que Mme de Lorgils et Mlle d'Erbannes souhaitaient d'être débarrassées de moi le plus tôt possible. Mais M. Gaspard, lui, n'avait pas cette idée-là, j'en suis bien sûre !

– Je le crois en effet. Il vaut certainement dix fois mieux que sa fiancée, cette fille vaniteuse, fausse et perfide.

– Vous avez d'elle la même opinion que Mme de Pelveden, monseigneur ! dit Bérengère avec surprise.

– Ce doit être celle de toute personne clairvoyante... Et les gens qui s'intéressent à M. de Sorignan doivent souhaiter que ce jeune homme encore naïf, certainement bon et loyal, n'atteigne jamais au but de ses désirs, c'est-à-dire au mariage avec une femme qui le rendrait aussi malheureux qu'il est possible de l'être en ce monde.

À ce moment, Silia, la jeune ayah, entra, portant une collation composée de fruits et de pâtisseries. Le duc dit à Bérengère :

– Sers-nous, petite fille... Et n'aie pas peur : nous ne te battrons pas... même si tu casses quelque chose.

Dans la matinée du lendemain, Gaspard de Sorignan se présenta à l'hôtel de Rochelyse. Il remarqua devant la porte une litière qui attendait ; mais, trop nouveau venu encore à Paris, il n'accorda pas d'attention aux armoiries – fleurs de lis de France et besants de Médicis qui en ornaient les rideaux – ni à l'uniforme des grades et à la livrée des valets qui se tenaient à l'entour ou dans le vestibule de l'hôtel.

Un laquais l'introduisit dans un vaste cabinet décoré de tapisseries, de meubles d'ébène incrustés de nacre, de marbres italiens. Presque aussitôt apparut le duc. En répondant au salut du jeune homme, il dit brièvement :

– Je n'ai que cinq minutes à vous donner, monsieur. Sans doute venez-vous me parler au sujet de cette petite fille dont se débarrassa si lestement et si peu charitablement Mlle d'Erbannes ?

Gaspard rougit et, gêné, intimidé par le regard, le ton de son interlocuteur, balbutia :

– En effet, monseigneur... Mlle d'Erbannes et Mme de Lorgils m'avaient assuré l'avoir remise en de bonnes mains. Puis, trois jours après, cette demoiselle Calmeni vint les avertir que vous l'avez prise à votre service...

– Au service de ma tante, rectifia M. de Rochelyse. Elle y sera, de toute façon, infiniment mieux qu'à celui de Giulia Calmeni. Celle-ci, devant moi, l'a brutalement frappée. C'est ce qui m'a décidé à la lui enlever.

– Ah ! en effet !... Elle n'avait pas dit cela...

– Naturellement !... Eh bien ! vous voilà renseigné, monsieur. Vous y aviez droit, puisque c'est vous qui aviez enlevé cette enfant au joug de M. de Pelveden. J'ajoute que si vous désirez la voir de temps à autre, je n'y verrai aucun inconvénient.

– Certes, monseigneur ! J'ai depuis longtemps beaucoup d'affection pour la pauvre petite et serai toujours heureux de la revoir.

Chapitre 13

– En ce cas, vous n'aurez qu'à venir la demander ici ; je donnerai des ordres pour la faire prévenir. Êtes-vous toujours à l'hôtel de Lorgils ?

– Non, monseigneur. Je loge depuis hier « Aux Écus d'argent ». Je ne pouvais abuser de l'hospitalité de mon cousin...

– Pas très chaleureux, n'est-ce pas ?... Oh ! je connais Lorgils et sa femme ! De fieffés égoïstes, des êtres sans cœur et sans cervelle... Mlle d'Erbannes les a-t-elle quittés aussi ?

– Pas encore. Mme de Lorgils cherche à lui faire obtenir une situation de fille d'honneur...

Une lueur d'amusement railleur traversa le regard de Wennaël.

– Ah ! Mme de Lorgils la prend sous son patronage ? Je ne vous en fais pas mon compliment, car une telle amitié achèvera l'œuvre déjà si bien commencée chez cette nature vaine et perverse.

– Monseigneur... bégaya Gaspard, stupéfait.

– Ne vous offensez pas de ma franchise, monsieur. Vous m'êtes sympathique, parce que je devine en vous une nature loyale. Eh bien ! je vous avertis que Mlle d'Erbannes vous réserve les plus amères désillusions... et que jamais votre mariage ne se fera, à moins qu'il ne vous advienne la mauvaise chance de devenir un personnage de quelque importance, nanti d'un revenu solide. Voilà mon opinion sur votre fiancée, monsieur de Sorignan. Je souhaite sincèrement que vous en fassiez votre profit.

Comme le pauvre Gaspard, désemparé, demeurait sans parole, M. de Rochelyse demanda :

– Et vous, avez-vous trouvé quelque situation ?

– Mon cousin m'a fait entrer dans une compagnie d'arquebusiers... Ce n'est pas ce que je souhaitais...

– Allez donc plutôt trouver le roi de Navarre. Il vous nommera cornette et vous fera faire votre chemin, si vous êtes brave.

Gaspard balbutia, en rougissant jusqu'aux oreilles :

– C'est que je... je ne voudrais pas quitter Paris.

– Pour continuer de voir votre belle ? dit ironiquement M. de Rochelyse. Après tout, cela vaut peut-être mieux ; vous serez désabusé plus vite... Eh bien ! allez, monsieur, et soyez tout à fait rassuré au sujet de Bérengère. Mme de Trégunc l'aime déjà et lui fera la vie très douce.

Gaspard s'inclina et sortit, passablement ahuri de la désinvolture avec laquelle M. de Rochelyse traitait en maître du sort de cette enfant... Mais, au fond, à qui appartenait-elle, la pauvre petite Bérengère, sinon à ceux qui voulaient bien s'intéresser à sa chétive personnalité ? Et n'était-ce pas un bien pour elle, si cette grande dame la prenait sous sa protection ?

« Oui, oui, cela vaut mieux ! songeait Gaspard en s'en allant vers son hôtellerie. M. de Pelveden pourra la réclamer s'il veut ! La réclamer à M. de Rochelyse ! Ah ! il perdra son temps et sera bien reçu !... Brr ! moi qui avais un peu l'idée de solliciter sa protection, je n'ai plus rien osé quand j'ai été devant lui ! »

À l'heure où le duc recevait M. de Sorignan, la reine mère se trouvait assise près du lit de Gilonne, dont elle tenait et caressait la main amaigrie. Elle venait ainsi de temps à autre voir son ancienne fille d'honneur devenue infirme, qu'elle comblait de cajoleries. En ce moment, elle lui parlait à mi-voix et sa tête coiffée du chaperon de velours noir touchait presque celle de la duchesse.

– Gilonne, M. de Rochelyse a enlevé à Giulia Calmeni une petite fille qu'elle avait comme servante. Je voudrais savoir pourquoi... Tâche de te renseigner à ce sujet.

Le visage de la jeune femme se crispa, tandis qu'elle ripostait d'une voix si basse qu'elle devenait à peine perceptible :

– Vous savez bien, madame, que je suis ici prisonnière, entourée de serviteurs entièrement à la dévotion de mon beau-fils et qui doivent lui rapporter tous mes faits et gestes !

Dans les yeux de Catherine – les gros yeux noirs des Médicis – passa une lueur de colère haineuse.

– Oui, je sais, je sais ! dit-elle, les dents serrées. Mais cependant, essaye... Par ton fils, ne pourrais-tu pas ?... On se défie moins des enfants...

Mme de Rochelyse frissonna.

– Oh ! non, non ! Si M. de Rochelyse s'en doutait, ce serait trop terrible !

Catherine appuya sur sa main son visage soucieux en murmurant :

Chapitre 13

– Pourtant, il faut que je sache pourquoi il s'intéresse à cette petite fille ! Car il a toujours un but. Et cet accès de sensibilité est si étrange, de la part d'un homme comme lui...

Gilonne la regardait sans comprendre. La reine, alors, lui narra ce qui s'était passé chez Calmeni, et dont elle avait été informée ces jours derniers par le parfumeur, intrigué lui aussi.

– ... Giulia a pris des renseignements à l'hôtel de Lorgils. On lui a dit que ce M. de Sorignan et cette demoiselle d'Erbannes venaient des environs d'Angers, et que la petite fille avait été enlevée par eux à un maître qui la maltraitait. Mais elle ignore le motif qui a poussé M. de Rochelyse à s'occuper de cette étrangère.

Gilonne secoua la tête.

– Je crains fort de ne pouvoir vous être utile, madame ! Mon existence est d'ailleurs tellement séparée de celle de Mme de Trégunc et de son neveu !... Pensez donc que je ne l'ai jamais aperçue que de loin, cette fameuse princesse hindoue ! À Rochelyse, quand elle sortait dans les jardins, j'étais consignée chez moi, afin qu'elle n'eût pas de déplaisir de me rencontrer. Quant à M. de Rochelyse, je ne le vois que s'il a quelque chose de désagréable à me dire.

La rage, la haine se décelaient dans l'accent étouffé de la jeune femme.

– Malheureuse Gilonne ! murmura la reine en levant les yeux au plafond. Cet homme est démoniaque !... oui, effrayant, en vérité !

Ses lèvres tremblèrent. Puis elle acheva, si bas que Gilonne la devina plus qu'elle ne la comprit :

– Et l'on ne peut s'en délivrer !

Mme de Rochelyse frissonna de nouveau. Pendant quelques secondes, les deux femmes restèrent silencieuses. Catherine, la mine sombre, tordait la cordelière de sa robe, par un geste habituel chez elle. Puis elle se leva en disant :

– Il faut maintenant que je te laisse, ma mie. N'oublie pas ce que je te demande, si tu entrevois la possibilité d'obtenir le moindre petit renseignement.

Elle se pencha, embrassa la jeune femme et quitta la pièce.

Au seuil de l'antichambre, elle eut un mouvement de recul, un léger haut-le-corps. Le duc était là, qui s'inclinait devant elle avec un respect fortement tempéré de hauteur.

– Ah ! monsieur, vous m'avez fait...

Le mot « peur » était sur ses lèvres. Elle le retint ; mais ses épaules avaient frémi, son visage s'était contracté pendant quelques secondes.

– Vous m'avez surprise, reprit-elle, d'une voix un peu saccadée. Ma pensée demeurait encore avec cette pauvre Gilonne, si éprouvée...

Elle tendait à M. de Rochelyse une main vers laquelle il se pencha et qu'il effleura à peine de ses lèvres.

– Je ne supposais pas que Votre Majesté serait étonnée que le maître de cette demeure se trouvât là pour lui présenter ses hommages.

Qu'y avait-il dans le ton, dans la physionomie de Wennaël ? Une ironie glacée, une aisance altière, la plus froide et la plus irréprochable courtoisie. Cependant cette reine, qui savait si bien se faire craindre, même de ses enfants, baissait les yeux devant lui et semblait avoir peine à maîtriser quelque mystérieux effroi.

– Vous êtes si rarement dans cet hôtel, dit-on, qu'il est permis d'éprouver quelque surprise à vous y rencontrer... Mme de Trégunc va bien ?

– Assez bien, je remercie Votre Majesté. Sa santé supporte notre climat mieux que je n'aurais pu le supposer. Puis elle est entourée de serviteurs dévoués... Je viens même d'adjoindre à ceux-ci une fillette que traitait fort mal Giulia Calmeni, une enfant d'une rare distinction, sur laquelle j'essaye d'avoir quelques renseignements.

Catherine tressaillit et ses yeux, pendant l'espace de quelques secondes, dévisagèrent l'impassible physionomie de Wennaël.

– Ah ! vraiment ?... Qu'est-ce que cette enfant ?

– Voilà précisément ce que j'ignore. Une enfant trouvée, prétendent les personnes qui l'ont amenée avec elles à Paris. En tout cas, elle est charmante et plaît beaucoup à ma tante... Mais j'ennuie Votre Majesté avec cette histoire sans importance.

– Pas du tout, pas du tout ! dit la reine avec une affabilité forcée. Je m'intéresse à toutes les misères et serais heureuse de vous aider dans votre œuvre de charité... Giulia ne sait rien sur cette fillette ?

– Rien, madame. Je lui ai dit de s'informer encore, car j'aime assez connaître les origines des gens qui habitent sous mon toit.

– Vous avez bien raison. Quand vous viendrez au Louvre, donnez-moi des nouvelles de votre protégée, à qui je me propose d'envoyer quelques douceurs.

– Votre Majesté est trop bonne !

Cette fois, il y avait dans l'accent de Wennaël une si terrible, une si effrayante raillerie que la reine blêmit et ferma un instant les paupières, comme pour échapper au regard attaché sur elle.

Puis, détournant les yeux, elle dit avec une sorte de précipitation :

– Eh bien ! au revoir, monsieur...

M. de Rochelyse l'accompagna jusqu'à sa litière, où il l'aida à monter. Elle répéta encore « au revoir », en lui adressant un aimable signe de la main. Puis les rideaux retombèrent et Wennaël, tournant les talons, rentra dans sa demeure avec un énigmatique et cruel sourire sur les lèvres.

Chapitre 14

En cet après-midi de janvier sec et ensoleillé, M. de Rochelyse, dans le cabinet du duc de Guise, s'entretenait avec celui-ci, qui l'avait fait mander pour lui demander conseil au sujet de quelques démêlés qu'il avait avec le roi, dont la politique, depuis peu, semblait pencher du côté protestant.

Henri de Guise, quelle que fût sa propre valeur, avait ainsi parfois recours à l'intelligence si étrangement lucide, à la singulière expérience de ce jeune cousin, dont lui aussi, tout orgueilleux qu'il fût, subissait l'énigmatique ascendant.

– Jamais ce malheureux pays ne connaîtra la paix, avec une pareille politique de bascule ! disait-il en frappant la table du poing. Et là, toujours, nous trouvons l'influence de cette Catherine maudite... Toujours elle, avec ses intrigues, ses louches combinaisons ! Ah ! Rochelyse, cette femme est le malheur de la France !

– Il dépend de vous qu'elle cesse de l'être, monsieur.

Ces mots tombèrent avec calme des lèvres de Wennaël.

– Que veux-tu dire ?

– Qu'il vous suffirait, à vous et à quelques autres des principaux du royaume, de la faire enlever, de la juger – je dis de la juger, loyalement, et non d'employer les procédés expéditifs et lâches qui lui sont chers, pour supprimer ceux qui la gênent. Je vous fournirai, moi, des preuves suffisantes pour la faire condamner à mort, à l'unanimité.

Le duc de Guise, jetant autour de lui un regard anxieux, étendit la main comme pour arrêter les mots sur les lèvres du jeune homme.

– Que dis-tu là, Rochelyse ?... Ce sont des paroles terribles !

– Terribles et vraies. Si vous avez le courage d'opérer ce mal, peut-être Henri III, enlevé à cette influence néfaste, choisira-t-il des conseillers capables de remettre en état les affaires de la France.

Henri de Guise redressa la tête.

– Le courage, je l'aurai ! Mais nous sommes tellement divisés, en ce royaume !... et la reine inspire tant de crainte ! Ceux à qui je me confierais me suivraient-ils jusqu'au bout ? Ne serais-je pas trahi auparavant ?

– Ce n'est pas impossible... mais l'affaire vaudrait la peine d'être tentée.

Le duc de Guise secoua la tête.

– Si elle manquait, la situation deviendrait pire qu'auparavant.

Un sourire, où le sarcasme se mêlait d'un peu de mépris, vint aux lèvres de Wennaël.

– Oui, monsieur, elle serait pire pour vous, car votre ambition de remplacer Henri III sur le trône recevrait de ce fait une assez forte atteinte.

– Rochelyse !

Une rougeur de colère montait au visage d'Henri de Guise. Mais Wennaël soutint avec hauteur le regard irrité qui s'attachait à lui.

– ... En vérité, je ne sais comment tu oses imaginer !...

– Je n'imagine pas, « je sais », dit froidement Wennaël. Mais si vous me trouvez toujours prêt dès qu'il s'agit de rendre inoffensive la reine Catherine, en revanche, ne comptez jamais sur moi pour seconder vos projets personnels. Bien mieux, je vous avertis que je les contrecarrerai de tout mon pouvoir. Car après François de Valois, duc d'Anjou, que la maladie dont il souffre conduira sans doute bientôt au tombeau, l'héritier légitime de la couronne de France est le roi de Navarre, Henri de Bourbon, dont je m'honore d'être le cousin et l'ami.

– Tu oses !... tu oses ! répéta le duc que la colère étouffait.

– J'ose tout ce qui est de mon devoir, dit M. de Rochelyse avec la même froideur. Henri de Bourbon est protestant, c'est vrai ; mais il y a bien peu de temps que la religion catholique était celle de ses ascendants et il y reviendra sans difficulté. J'ai tout lieu de croire, connaissant son cœur, sa droiture et son bon sens, qu'il sera un excellent roi... Ceci, monsieur, n'enlève rien à une certaine sympathie que j'ai pour vous et que je ne vous ai pas celée, bien que dans votre existence il y ait quelques faits regrettables, dont vous savez que j'ai connaissance.

Le sang, tout à coup, se retira du visage d'Henri de Guise. En détournant les yeux, le duc dit d'une voix mal assurée :

– Cette sympathie est réciproque, Rochelyse... Mais je t'assure que tu te trompes... que je n'ai pas les projets que tu me prêtes...

– En tout cas, beaucoup croient que vous les avez. Or, n'oubliez pas que cette croyance-là, si elle s'implante dans l'esprit de la reine mère et du roi, équivaut à une condamnation à mort contre vous.

Henri de Guise se redressa et dit orgueilleusement :

– Ils n'oseraient !

Un éclair d'ironie s'échappa du regard de Wennaël. Mais le jeune homme n'insista pas. Pendant un moment encore, son hôte et lui s'entretinrent des événements actuels ; puis Henri de Guise l'invita à venir prendre part à la collation servie chez la duchesse.

– Je crois que ma sœur de Montpensier est là, ajouta-t-il en se levant pour se diriger vers la porte. Ah ! c'est elle qui adopterait avec enthousiasme ton idée au sujet de la reine mère ! Je n'ai jamais vu pareille capacité de haine dans un cœur de femme !

– L'idée en elle-même lui plairait, oui... mais non les moyens d'exécution.

Pourquoi ?

– Parce que Mme de Montpensier leur en préférerait d'autres, plus expéditifs.

Guise s'arrêta, une main sur la poignée de la porte, en regardant le jeune homme avec une sorte d'épouvante.

– Rochelyse, tu connais donc tout ?... C'est effrayant !

– Pour ceux qui n'ont pas la conscience tranquille oui, dit Wennaël avec calme. Et voici encore deux conseils : défiez-vous de Mme de Montpensier, parce que son caractère violent et vindicatif vous entraînera plus loin que vous ne voulez aller... Défiez-vous de Mme de Sauves, qui est une créature de la reine mère.

Henri de Guise eut un mouvement de protestation.

– Elle a pu l'être. Mais je t'assure qu'elle m'est dévouée... qu'elle ne se prêterait à rien contre moi.

M. de Rochelyse riposta, avec un pli sardonique aux lèvres :

– D'autres ont dit comme vous et s'en sont repentis. Au reste, étant prévenu, c'est votre affaire de continuer ou non vos relations avec elle.

Henri de Guise ne releva pas ces paroles. Précédant son hôte, il le conduisit vers la salle aux boiseries de chêne où Catherine de Clèves, duchesse de Guise, s'entretenait avec sa belle-sœur, tandis qu'à quelques pas des deux princesses causaient leurs filles d'honneur.

Personnalité très effacée, la femme d'Henri de Guise le paraissait plus encore près de cette altière et remuante Catherine de Lorraine, duchesse de Montpensier, boiteuse, un peu contrefaite, mais débordante d'activité, d'orgueil et d'ambition.

À l'entendre, ses frères, Guise et le duc de Mayenne, n'étaient que mollesse et scrupules. Contre la reine mère, qu'elle haïssait, contre le roi Henri III, il n'était pas d'invectives qui ne sortissent de ses lèvres, quand elle se trouvait en famille.

Mais bien plus détesté d'elle encore, en même temps qu'infiniment plus redouté, était le duc de Rochelyse.

Quand elle le vit apparaître près de Guise, dont il atteignait presque la haute taille, ses yeux flambèrent de haine mêlée d'effroi, ses lèvres se crispèrent pendant quelques secondes.

Quand, après avoir rendu ses hommages à la duchesse de Guise, Wennaël s'inclina pour la saluer avec une froideur marquée, elle essaya de le braver d'un regard de défi... Mais presque aussitôt ses yeux se baissèrent, comme s'ils ne pouvaient supporter l'éclat de ces prunelles fauves. Elle tendit sa main au jeune homme dont les lèvres, comme elles l'avaient fait pour la reine mère, la touchèrent à peine.

Chapitre 14

Les filles d'honneur, qui s'étaient levées pour saluer le duc de Guise et son hôte, n'avaient plus d'yeux que pour M. de Rochelyse. Et, parmi elles, la plus émue était Françoise d'Erbannes qui, par l'entremise de Mme de Lorgils, occupait depuis plusieurs semaines cette situation près de Mme de Montpensier.

Une Françoise d'Erbannes transformée en femme élégante selon le goût de l'époque et qui s'initiait rapidement aux mystères des fards, poudres, onguents de beauté, dont la fraîcheur de son visage se fût cependant bien passée. Elle avait enfin mis le pied sur un premier échelon qui, pensait-elle, lui permettrait de gravir bientôt d'autres degrés pour atteindre une situation en rapport avec ses ambitions et ses mérites physiques qu'elle jugeait orgueilleusement des plus remarquables.

Or, la principale de ces ambitions, celle qui hantait constamment son esprit, c'était d'arriver à plaire à ce très séduisant et très mystérieux duc de Rochelyse, dont tout ce qu'elle entendit dire surexcitait chez elle la curiosité, la passion, le désir d'entrer dans cette existence énigmatique. Et il n'était pas jusqu'à la crainte étrange inspirée par lui aux plus puissants qui, tout en la faisant un peu frissonner, ne lui parût un troublant attrait de plus.

Depuis son entrée chez Mme de Montpensier, elle l'avait seulement rencontré en deux occasions, à un souper chez le duc de Montmorency et à un bal à l'hôtel de Nevers. Il n'avait point paru alors la reconnaître et, aujourd'hui encore, il agissait de même, au violent dépit de Françoise.

Savant et lettré comme l'avait été son oncle, Wennaël, quand il le voulait, était un merveilleux causeur. Aujourd'hui, il semblait qu'il eût entrepris d'éblouir ses auditeurs... Et Mlle d'Erbannes, le cœur battant, le visage brûlant sous son fard, le regardait, l'écoutait ardemment. Elle remarquait aussi que même près de ce duc de Guise, dont la belle prestance, la haute mine excitaient la jalousie du roi, M. de Rochelyse pouvait soutenir victorieusement toutes les comparaisons.

Tout à coup, Mme de Montpensier, coupant presque la parole à son frère, déclara qu'il était temps pour elle de se retirer. Elle prit congé de sa belle-sœur, répondit sèchement au salut de Wennaël et quitta la salle, accompagnée par Guise et suivie de ses deux filles d'honneur, dont l'une chuchotait malicieusement à l'oreille de l'autre, qui était Françoise d'Erbannes :

– Elle a senti se réveiller son ancienne flamme, probablement bien mal éteinte. Car elle a été folle de M. de Rochelyse et lui en veut à mort d'avoir dédaigné ses avances.

Françoise, déjà en partie au courant des potins de la cour et de la ville, songea en jetant sur la duchesse un coup d'œil moqueur :

« Folle, elle l'était, en effet, si elle s'imaginait lui plaire... Mais, moi, je puis avoir plus d'espoir, car je suis jeune et belle. Oui, je ne désespère point, malgré l'indifférence qu'il affecte à mon égard... comme s'il ne m'avait jamais rencontrée ! »

Cette attitude de M. de Rochelyse était cependant pour elle une dure humiliation, surtout lorsqu'elle songeait à l'intérêt témoigné par lui à une petite fille de rien, qu'il lui avait plu d'accueillir en son logis. Qu'était devenue cette Bérengère ? Mlle d'Erbannes savait que Gaspard l'avait vue une fois à l'hôtel de Rochelyse et qu'elle lui avait dit être très heureuse, choyée par Mme de Trégunc et affectueusement traitée par M. de Rochelyse. Mais depuis lors Françoise n'en avait pas appris davantage, car elle s'était arrangée pour ne pas revoir M. de Sorignan, lui faisant répondre qu'elle se trouvait trop occupée, chaque fois qu'il venait la demander à l'hôtel de Montpensier.

« Affectueusement traitée... » Mlle d'Erbannes s'était plus d'une fois répété cette parole, avec un mélange de rage et d'incrédulité, car elle ne s'imaginait pas un homme comme celui-là affectueux pour qui que ce fût, à plus forte raison pour une infime petite étrangère qu'il avait eu la fantaisie d'enlever à sa misère et dont très certainement aujourd'hui il ne se souciait plus.

Peu après Mme de Montpensier, Wennaël, à son tour, quittait l'hôtel de Lorraine et regagnait son logis. Chemin faisant, il songeait à Mlle d'Erbannes, mais non comme celle-ci l'eût voulu. La moquerie, en sa pensée, se mêlait au mépris. Car il ne lui avait pas été difficile de deviner les visées de la jeune personne.

« Quel sot que ce pauvre Sorignan ! se disait-il en levant les épaules. Sur ce point, il aurait bien fait d'écouter son oncle, ce vieux brigand de Pelveden. »

En évoquant l'image du châtelain de Rosmadec, la pensée de Wennaël quitta la belle Françoise. Par un agent secret chargé de surveiller les faits et gestes de M. de Pelveden, le duc savait depuis plusieurs semaines que celui-ci était paralysé, privé de la parole. Il n'ignorait pas non plus que Lorenzo Calmeni, égaré par les fausses indications de Giulia n'avait rien appris sur Bérengère. La situation demeurait donc pendante. Elle avait d'abord paru assez défavorable à M. de Rochelyse, quand il avait envisagé cette perspective, assez probable, que le baron mourrait sans avoir recouvré la parole. Car tout le plan formé par lui pour essayer de savoir qui était Bérengère se trouvait basé sur le fait que, si l'enfant était celle qu'il cherchait, M. de Pelveden s'empresserait d'avertir la reine mère qu'elle se trouvait entre les mains du plus dangereux de ses adversaires. Or, frappé de paralysie au moment où son écuyer lui annonçait cette nouvelle, l'ancien confident de Catherine demeurait depuis lors impuissant à se faire comprendre ni à tracer la moindre ligne.

Puis Wennaël avait songé : « Après tout, qu'importe ! S'il meurt, la reine l'apprendra et s'informera de l'enfant, si elle y a quelque intérêt. Par l'écuyer, son envoyé connaîtra la vérité, c'est-à-dire que Bérengère est chez moi. Cela peut demander plus de temps, au cas où Pelveden traînerait encore. Mais enfin, je patienterai... Et pendant ce temps, notre petite Bérengère ne sera pas malheureuse. »

Un sourire vint à ses lèvres et l'impérieux éclat de son regard s'adoucit pendant quelques secondes.

Bérengère, l'enfant charmante que Mme de Trégunc s'était mise à chérir comme sa fille et que lui traitait avec une affection si étrange de sa part... Bérengère, nature délicieuse, cœur délicat tout débordant de reconnaissance, humble sans bassesse, prévenante sans servilité ; âme candide, profonde, intelligence fine et vibrante, que Mme de Pelveden avait cultivée autant que le lui permettait la méfiante surveillance de son mari, qui prétendait condamner la petite fille à l'ignorance. Mais maintenant, celle que Françoise d'Erbannes appelait avec tant de mépris « l'enfant trouvée » avait un autre professeur. M. de Rochelyse se plaisait à lui enseigner l'italien et le latin, à lui expliquer les auteurs anciens, à lui donner une idée de la science, telle qu'on l'entendait à cette époque. Et vraiment, c'était merveille de voir comme ce jeune cerveau assimilait toutes les connaissances.

En outre, Mme de Trégunc et son neveu constataient que leur protégée, dans ce milieu de faste princier, de raffinement aristocratique, montrait une aisance innée, comme si elle y eût toujours vécu.

– Elle semble née princesse, disait Mme de Trégunc.

Et Wennaël répliquait :

– Qui sait ?

En revenant de l'hôtel de Lorraine, cet après-midi-là, il donna une audience à Laurel, un ancien homme de loi tout dévoué d'abord à M. de Trégunc, qui l'avait pris complètement à son service, et ensuite à M. de Rochelyse, dont il était devenu l'agent principal pour les recherches secrètes qu'il poursuivait. Après quoi, le duc alla changer de costume en vue du souper auquel il était convié chez M. de Crillon. Quand ce fut fait, il se dirigea vers l'appartement de Mme de Trégunc.

Adrâni était seule, lisant des poèmes de Ronsard. M. de Rochelyse, jetant un coup d'œil autour de la pièce, demanda avec quelque contrariété dans l'accent :

– Bérengère n'est pas là ?

– Elle est allée demander à Silia des soies pour sa broderie.

Wennaël fit observer, en s'asseyant près de sa tante :

– Quelque chose me manque, quand je ne la vois pas ici.

Mme de Trégunc dit en souriant :

– À vous aussi ?... Quelle petite charmeuse ! Et dire que cet épouvantable Pelveden la faisait mourir à petit feu ! Grâce à Dieu, il était temps encore de la sauver. Elle se fortifie même plus vite que je ne l'aurais supposé... Vous avez été satisfait de votre entretien avec M. de Guise, mon enfant ?

Wennaël leva légèrement les épaules.

– Comment le serait-on, lorsqu'on voit un homme s'entêter dans ses erreurs et courir à sa perte ?

Quand il eut causé pendant un moment avec Mme de Trégunc de sa visite à l'hôtel de Lorraine, M. de Rochelyse fit observer avec quelque impatience :

– Mais que fait-elle donc, cette petite Bérengère ?

– Si elle vous sait ici, elle ne viendra point, par discrétion. Je vais la faire appeler.

Quelques minutes plus tard, Bérengère entrait, avec maître Gil assis sur son épaule. Elle avait légèrement grandi, son petit visage n'était plus aussi émacié, le teint perdait sa pâleur et devenait d'une délicate blancheur satinée que rosait la moindre émotion – comme en ce moment où le bonheur profond, contenu, éclairait l'admirable bleu violet des yeux.

– Allons, méchante petite fille, comment te permets-tu de me faire attendre ? dit M. de Rochelyse d'un ton de gai reproche.

Le singe sauta à terre et alla se poster sur une tête de tigre, à distance respectueuse du maître, qui ne souffrait pas plus de familiarité de la part des bêtes que des gens. Bérengère, d'un mouvement souple et gracieux, s'assit sur un coussin de velours, aux pieds de Wennaël. Il se pencha et prit entre ses mains la petite tête coiffée de ses boucles dorées, qui déjà s'étaient allongées.

– Me diras-tu pourquoi tu ne revenais pas ?

Elle eut un discret et doux sourire, en répliquant :

– Je ne voulais pas vous déranger, monseigneur...

– Ma mie, sache que tu ne me déranges jamais, parce que tu es une très bonne et très délicate petite fille, que tous deux nous aimons beaucoup... C'est compris ?

Ses yeux souriants et singulièrement adoucis plongeaient en ceux de Bérengère, candides et profonds, animés de cette ferveur reconnaissante qu'il voyait toujours dans le regard de l'enfant sauvée par lui.

– Oui, je comprends que vous êtes toujours bon – trop bon pour moi, monseigneur !

La voix de Bérengère tremblait d'émotion. M. de Rochelyse lui donna une tape légère sur la joue.

– Allons, tu y tiens !... Peut-être ne parleras-tu pas toujours ainsi, quand tu me connaîtras mieux.

– Jamais rien ne pourra me faire oublier ce que vous avez fait pour moi ! s'écria Bérengère avec un élan passionné. Jamais !... jamais !... quand bien même vous me feriez souffrir... vous me tueriez ! Oui, je vous remercierais encore d'avoir eu pitié de moi !

– Je n'ai pas du tout l'intention de te faire souffrir, ma petite Bérengère, ni maintenant ni jamais. Et je sais que tu es de ces âmes rares pour qui la reconnaissance n'est pas un fardeau... Maintenant, à notre leçon d'italien ! J'ai un peu de temps avant de partir pour la demeure de mon excellent et digne ami M. de Crillon – l'un des plus honnêtes, des plus braves hommes de France, retiens-le bien, Bérengère. Les caractères tels que les siens sont trop rares, à notre époque, pour qu'on ne les honore pas de la haute estime à laquelle ils ont droit.

– Comme M. le président de Harlay, dont vous m'avez parlé l'autre jour, monseigneur ?

– Oui, enfant. Celui-là, si Dieu lui prête vie, sera une des plus nobles figures de ce temps.

Après un court silence, M. de Rochelyse demanda, en suivant la direction du regard de Bérengère :

– C'est mon sphinx qui t'intéresse ?

Il prenait entre ses doigts l'émeraude taillée qui retombait sur le pourpoint de satin blanc.

– Oui, monseigneur. Cette figure me fait un peu peur... Pourquoi la portez-vous toujours ?

– Parce qu'elle me représente tel que je veux être pour presque tous... Toi, tu n'as pas à la craindre, parce que tu es bonne, discrète et loyale. Mais d'autres, qui n'ont pas ta pure conscience, tremblent devant elle... Et ils n'ont pas tort !

Chapitre 15

Gaspard de Sorignan, depuis son arrivée à Paris, depuis surtout que Françoise était entrée chez la duchesse de Montpensier, traînait une mélancolique existence.

Il ne voyait plus celle qu'il appelait toujours sa fiancée. Chaque fois qu'il s'était présenté à l'hôtel de Montpensier, Mlle d'Erbannes lui avait fait répondre qu'elle était trop occupée pour le recevoir. Il commençait déjà d'éprouver quelques doutes sur l'attachement de la jeune personne à son égard, quand le hasard lui fit entendre la conversation de deux gentilshommes passant en revue les beautés de la cour et de la ville et notant « une nouvelle venue, fille d'honneur de Mme de Montpensier, belle blonde fort coquette qui se laissait faire la cour par un des officiers du duc de Guise ».

Chapitre 15

Ils prononcèrent ensuite le nom de Mlle d'Erbannes, ce qui amena l'intervention de Gaspard, avec provocation, duel... et assez sérieuse blessure qui obligea M. de Sorignan à un repos de trois semaines. Le pauvre garçon, tombant du haut de ses illusions, souffrait comme pouvait souffrir un brave cœur aimant tel que le sien. Un peu tard, il songeait que les avertissements de sa tante, de M. de Rochelyse étaient bons, que M. de Pelveden lui-même avait vu juste en lui déclarant que Françoise n'était pas la femme qu'il lui fallait... D'autres soucis, en outre, s'ajoutaient à cette douloureuse déception. Pour s'équiper, il avait dépensé ce qui lui restait de l'argent remis par Mme de Pelveden. La solde qu'il touchait était mince, de telle sorte que la gêne se faisait sentir pour lui.

Dans son chagrin, il pensait souvent à Bérengère avec un grand désir de revoir ce doux et pur visage, ces yeux pensifs et profonds qui, mieux que des paroles, lui disaient la sympathie et la reconnaissance de l'enfant enlevée par lui à la tyrannie de M. de Pelveden. Depuis son entrevue avec le duc, il ne s'était présenté que deux fois à l'hôtel de Rochelyse, dans la crainte de paraître indiscret au seigneur du logis, qui lui imposait terriblement. Il y avait donc près de deux mois qu'il n'avait vu Bérengère quand, un jour de fin février, sa blessure étant à peu près guérie, il se dirigea vers la demeure ducale.

Le valet qui l'introduisit d'abord dans une des salles de l'hôtel revint peu après, le priant de le suivre. Par la galerie décorée de fresques, d'admirables vitraux, de marbres précieux, le visiteur fut conduit à ce mystérieux « palais de l'Indienne », qui demeurait inaccessible aux plus grands personnages. Ébloui par les merveilles qui l'entouraient, il pénétra comme en un rêve dans un retrait aux parvis de santal incrusté d'argent, au sol de marbre couvert de tapis et de coussins d'Orient d'une somptueuse richesse. Deux lampes d'or éclairaient cette petite pièce, dont l'atmosphère était imprégnée d'une tiédeur parfumée.

Une portière de soie rose brochée d'argent fut écartée, Bérengère entra d'un pas léger, la main tendue, les lèvres souriantes.

– Comme il y a longtemps que je ne vous ai vu, monsieur !... Je pensais que vous m'oubliiez.

La surprise rendait Gaspard muet. Quoi ! c'était Bérengère, cette toute jeune fille – oui, vraiment, une jeune fille ! – aux formes délicates mais non plus frêles, aux traits purs, d'une perfection ravissante, aux yeux éclairés de douce gaieté ? Bérengère, qui semblait une précieuse petite princesse dans sa robe de damas blanc que retenait à la taille une ceinture d'or sertie d'améthystes, avec ses boucles aux tons d'or bruni s'échappant d'une résille de soie blanche tressée de perles...

– Pourquoi me regardez-vous avec cet air-là, monsieur ? dit-elle en riant. On croirait que vous ne me reconnaissez pas ?

– Mais c'est que... en effet... vous êtes un peu changée...

Instinctivement, il ne se servait plus du tutoiement usité jusqu'alors par lui.

– J'ai grandi et je ne suis plus si maigre. Puis le bonheur transforme plus vite que tout.

– Vous êtes heureuse, Bérengère ?

– Très heureuse.

Une ardente lueur traversait le bleu velouté de ces yeux qui, eux aussi, ne paraissaient pas à Gaspard tout à fait les mêmes.

Bérengère invita son hôte à s'asseoir, en expliquant :

– Mme de Trégunc a voulu que je vous reçoive ici, parce que l'hôtel de Rochelyse est mal chauffé. M. de Trégunc avait fait établir dans ce palais un chauffage à l'eau chaude dont il avait trouvé le modèle, au cours de ses voyages, dans les ruines d'une demeure romaine. C'est parfait pour Mme la marquise, toujours très frileuse... À propos, monsieur, je vous annonce qu'elle va venir tout à l'heure, car elle désire faire votre connaissance.

– J'en suis très flatté... d'autant plus qu'elle passe pour ne voir personne d'étranger, je crois ?

– Fort rarement, du moins.

– Elle est toujours bonne pour vous, Bérengère ?

– Toujours admirablement bonne !

– Et le duc aussi ?

– Lui aussi.

Bérengère n'ajouta pas autre chose, ne donna pas d'explications sur son existence dans cette demeure. M. de Rochelyse, quelques jours après l'y avoir amenée, lui avait dit :

– Je te crois très discrète, petite fille. Néanmoins, tu vas me

Chapitre 15

promettre de ne jamais parler de Mme de Trégunc ni de moi, de ce que tu pourras voir et entendre. J'ai assez de confiance en toi pour me contenter de ta parole, sans y ajouter aucune menace de châtiment.

Bérengère avait fait cette promesse. Mais sans cela même, la délicatesse innée en elle lui aurait interdit toute indiscrétion sur l'existence de ses bienfaiteurs.

En revanche, elle questionna avec intérêt M. de Sorigan. Elle le trouvait pâle, l'air souffrant. Qu'avait-il ?... Et le pauvre Gaspard laissa déborder son cœur devant cette auditrice dont le regard ému, où bientôt montaient des larmes de compassion, lui disait combien elle le comprenait.

— Oh ! pauvre, pauvre monsieur de Sorignan ! s'écria-t-elle en lui prenant la main. Jamais je n'aurais cru Mlle d'Erbannes capable de vous laisser ainsi de côté !... Que c'est mal, que c'est mal ! C'était donc Mme de Pelveden qui avait raison, quand elle me parlait d'elle avec tant de défiance ?

— Oui... et M. de Rochelyse aussi, qui m'a prévenu des désillusions qui m'attendaient, en continuant de croire à sa fidélité.

Bérengère murmura pensivement :

— En effet, M. le duc m'a dit aussi, un jour, ce qu'il pensait d'elle. J'espérais qu'il se trompait... quoique je ne croie pas qu'il se trompe souvent en jugeant les gens.

— J'ai été un sot !... un sot ! dit Gaspard d'un air sombre. Mais quelle fausseté en cette femme ! Quand je songe à ses protestations, à ses promesses !

Bérengère pressa doucement sa main, qui se crispait de colère.

— Oubliez-la, le plus vite possible !

— L'oublier !... La mépriser, oui, certes, je le ferai !... Ah ! tenez, ne parlons plus d'elle, ma petite Bérengère ! Dans mon malheur, dans les soucis qui me tourmentent, je suis heureux de vous savoir en sûreté, hors des griffes de mon oncle... M. de Rochelyse n'a toujours pas entendu parler de lui ?

— Non. Du moins, il ne me l'a pas dit.

— Sans doute aura-t-il jugé imprudent de s'attaquer aux protégés d'un si puissant personnage... Protégé, cependant, je ne le suis guère ! ajouta Gaspard avec un sourire amer. M. de Rochelyse ne lèverait probablement pas un doigt pour m'empêcher de retomber sous le joug de mon tuteur. Quant à Lorgils, il ne se soucie pas plus de moi que si je n'existais pas. Aussi, très probablement, vais-je faire mon possible pour entrer au service du roi de Navarre.

Pendant un moment, il resta silencieux, considérant la ceinture dont les améthystes, sous la lueur des lampes, brillaient d'un éclat discret.

– Quel beau travail d'orfèvrerie ! dit-il avec admiration.

– N'est-ce pas ? M. de Rochelyse, au cours d'un de ses voyages, l'a acheté à un juif polonais. Il dit que c'est un travail byzantin très remarquable.

– Et il vous l'a donné ?

– Mais oui.

Un pli se formait sur le front de Gaspard. D'un geste un peu nerveux, le jeune homme prit entre ses mains les doigts délicats. À l'un d'eux se trouvait un anneau d'or où s'enchâssait une perle d'un très pur orient. Gaspard demanda, et sa voix tremblait un peu :

– Ceci aussi ?

– Oui, c'est encore un présent de monseigneur.

– Je vois qu'il est très généreux pour vous !

– Oh ! oui, il est la bonté même !

Les joues blanches et satinées comme un pétale de lis prenaient une légère teinte rose, les yeux s'éclairaient d'une émotion profonde. Mais rien ne troublait la candeur, la pure lumière de ce regard qu'étudiait Gaspard avec une sorte d'anxiété.

À cet instant apparut Mme de Trégunc. Elle fit au jeune homme un aimable accueil, compatit à ses déboires que lui conta Bérengère et n'appuya pas l'invitation de celle-ci quand, M. de Sorignan prenant congé, elle lui demanda de venir la voir bientôt.

Gaspard le remarqua et, en sortant du petit palais, se fit cette réflexion : « Il paraît donc qu'elle ne tient pas à ce que Bérengère me revoie ?... Pourquoi ?... »

Une seule réponse lui venait à l'esprit : « Elle ne veut pas que j'aie l'idée de marcher sur les brisées de son neveu... Car M. de Rochelyse a certainement jeté son dévolu sur la pauvre enfant.

Bérengère devenant jeune fille et adorablement jolie intéresse de plus en plus ce grand seigneur blasé, qui la tient à sa discrétion. Et la tante, dont il est l'idole, dit-on, ne permettrait pas que nul la dispute à son caprice. »

Gaspard serra les poings à cette pensée. Il revoyait le ravissant visage, les yeux si profonds et si purs, toute cette physionomie qui n'était plus celle d'une enfant et pas encore celle d'une femme. Mélange idéal de grâce innocente et de charme troublant. Il en avait été frappé, comme d'une révélation... Et il songeait : « Si je la voyais souvent, je serais capable d'en tomber amoureux. »

Alors, l'autre... l'autre, ce duc de Rochelyse, qui la voyait tous les jours... quand il lui plaisait... n'était-il pas certain qu'il voudrait demeurer le maître de cette grâce merveilleuse, de cette beauté qui s'annonçait comme devant être sans rivale ?

Sans s'apercevoir qu'il parlait tout haut, en pleine rue, M. de Sorignan gronda :

« J'aurais mieux fait de la laisser là-bas !... Oui, mieux aurait valu pour elle la misère et la mort, pauvre petite, que le sort qui l'attend ! »

Pendant que Gaspard s'abandonnait à ces sombres réflexions, Mme de Trégunc, une main posée sur l'épaule de Bérengère, revenait vers la pièce où elle se tenait à l'ordinaire.

– Comment trouvez-vous M. de Sorignan ? demanda la jeune fille à sa protectrice.

– Il paraît excellent garçon. Mais il a encore besoin des leçons de la vie.

– Pourtant, il serait bien digne d'être heureux !... Et lui n'est pas ambitieux. Je suis bien sûre que si Mlle d'Erbannes l'aimait, sa situation présente, si précaire qu'elle soit, ne lui paraîtrait plus aussi pénible !

Mme de Trégunc regarda sa jeune compagne avec un sourire indulgent.

– Je crois que vous avez encore beaucoup d'illusions, chère enfant.

– Oh ! il me serait trop pénible de n'en plus avoir... Vous ne me le défendez pas, madame ?

Elle penchait vers Adrâni son visage souriant.

– Non, ma Bérengère ! Telle que tu es, je te trouve charmante... Mais dis-moi, mignonne, ne veux-tu pas prendre un peu l'air dans les jardins ?

– Je ne demande pas mieux, madame.

– Appelle Silia, qu'elle t'apporte un manteau.

Quelques instants plus tard, la jeune fille s'enveloppait dans un manteau de drap blanc, doublé d'une fourrure de renard blanc qu'avec beaucoup d'autres précieuses pelleteries M. de Rochelyse avait rapportée d'un voyage en Russie. Peu de temps auparavant, dame Perrine avait été chargée d'en faire faire un vêtement pour Bérengère. Celle-ci le mettait pour ses promenades dans le jardin, à peu près quotidiennes. Par ailleurs, elle sortait rarement du petit palais. Un chapelain disait la messe chaque dimanche dans l'oratoire de Mme de Trégunc. Toutefois, Bérengère, très profondément pieuse, avait obtenu de M. de Rochelyse l'autorisation de se rendre parfois avec dame Perrine à l'église paroissiale, d'ailleurs très proche, pour des offices de l'après-midi. Mais en ces occasions, deux valets armés suivaient à courte distance les deux femmes, dont l'une – Bérengère – ne s'en doutait guère, le duc ne voulant qu'elle eût l'inquiétude de penser qu'un danger pouvait la menacer.

Dans les jardins dépouillés par l'hiver, Bérengère marchait d'un pas alerte d'abord et qui se ralentit au bout d'un moment... C'est qu'elle se laissait aller à une songerie que provoquait la visite de M. de Sorignan. Sa pensée retournait vers le triste Rosmadec, vers ce voyage si pénible, où la seule note apaisante avait été son court séjour au château de Rochelyse... Ensuite, le passage à l'hôtel de Lorgils, d'où elle avait été emmenée comme un pauvre animal encombrant dont on se débarrasse à la hâte... et puis, cette Giulia Calmeni...

Enfin, le rêve, le bonheur !

La tendresse maternelle de Mme de Trégunc, la vie paisible, préservée, l'aliment intellectuel donné à sa jeune intelligence avide... et surtout, surtout, l'affection que lui témoignait M. de Rochelyse, la joie merveilleuse de le voir chaque jour, d'être admise à lui témoigner, par les plus délicates prévenances, la reconnaissance dont brûlait son cœur, de plus en plus, à mesure que se multipliaient les bienfaits.

Car ce grand seigneur si fier et si puissant que tous – y compris dame Perrine, qui l'idolâtrait pourtant – semblaient redouter si fort, se plaisait à lui témoigner une constante sollicitude, une bonté jamais lassée, « bien qu'elle ne fût qu'une pauvre petite fille ignorante », pensait-elle dans son humilité. Lui-même, ce savant, ce lettré, lui enseignait les belles lettres. Il lui faisait donner des leçons de luth et, par son écuyer, des leçons d'équitation. Il ne se passait guère de semaine qu'il ne lui fît quelque présent : drageoir précieusement ciselé, rempli des confiseries les plus renommées, écrin de Chine pris aux collections alors uniques au monde rapportées par M. de Trégunc, agrafe de manteau faite avec un curieux bijou arabe... Oui, depuis quelques semaines surtout, il semblait qu'il ne sût qu'imaginer pour lui causer quelque plaisir.

Mais lui qui devinait tout, qui semblait pénétrer les secrets de l'âme, il devait bien savoir que sa seule présence, un de ses regards, le sourire de ses lèvres sérieuses suffisaient à faire d'elle la plus heureuse créature de la terre.

« Je ne sais pourquoi on paraît tant le craindre, songeait-elle. Moi, je n'ai pas du tout peur de lui. Je l'aime trop pour cela ! »

Ainsi absorbée dans ses pensées, Bérengère longeait la haute clôture qui séparait le jardin du palais de celui du vieil hôtel. En levant machinalement les yeux, elle aperçut au-dessus des lierres, formant sur le treillage comme une toison touffue, la tête blonde d'un petit garçon, des yeux clairs et doux qui la considéraient avec une curiosité un peu craintive.

Elle s'arrêta et sourit à l'enfant qui, se voyant aperçu, esquissait un mouvement de retraite, en devenant très rouge.

– Pourquoi vous en allez-vous ?... Sans doute êtes-vous le jeune frère de M. le duc ? Elle savait que la veuve et le second fils du défunt duc habitaient l'hôtel de Rochelyse et qu'il n'existait que de rares et très froids rapports entre la duchesse et son beau-fils. Par ailleurs, personne ne lui avait donné d'autres détails sur Gilonne de Morennes et le petit Claude, dont ne parlait jamais M. de Rochelyse.

À la question de Bérengère, l'enfant répondit d'une voix assourdie :
– Oui, je suis son frère... Mais vous ne lui direz pas que vous m'avez vu là ? Il me ferait punir... tellement punir !

– Vraiment ? Cela vous est donc défendu de regarder dans ce jardin ?

– Oui.

– Alors, il ne faut pas le faire... Comment êtes-vous perché si haut ?

– Le jardinier avait laissé une grande échelle. Je l'ai rapprochée d'ici et suis monté jusqu'en haut... Mais ne le dites pas à M. mon frère, n'est-ce pas ?

Sa voix tremblait d'effroi.

– Je ne le dirai pas, à condition que vous me promettiez de ne plus désobéir.

Claude hésita un instant, avant de répondre :

– Je voudrais bien vous le promettre... mais, alors, il faudrait que je désobéisse à Mme ma mère.

– Comment cela ?

Claude bredouilla quelques mots, parmi lesquels elle crut comprendre : « Elle m'a dit de chercher à vous voir... »

Puis, tout à coup, elle entendit une sourde exclamation de terreur, elle vit la tête blonde disparaître précipitamment. Un pas ferme, accompagné d'un cliquetis d'éperons, résonnait sur le sol durci de l'allée. À un détour de celle-ci se montrait M. de Rochelyse, suivi de Hôl et de Finna.

– Monseigneur ! dit joyeusement Bérengère.

Vivement, elle alla au-devant de lui. Wennaël lui tendit ses deux mains et les referma sur les fins petits doigts qu'elle lui abandonnait.

– Je viens te tenir compagnie dans ta promenade, mignonne... Mais tes mains sont bien froides ! Pourquoi ne mets-tu pas de gants ? Et que faisais-tu là, sans marcher ?... Il me semble que je t'entendais parler...

La teinte rose que l'air vif avait amenée aux joues de Bérengère se fonça légèrement. Toutefois, les beaux yeux sincères ne se détournèrent pas du regard qui interrogeait. Bérengère répondit loyalement :

– Oui, c'est vrai, monseigneur. Mais permettez que je ne vous dise pas à qui ?

– Vraiment ? Pourquoi donc ?

– Parce que... on me l'a demandé.

Wennaël eut dans le regard une rapide lueur d'ironie presque cruelle. Puis, aussitôt, ses lèvres, ses yeux sourirent au délicieux visage, aux prunelles veloutées, d'une si chaude douceur, qui lui apparaissaient dans l'ombre légère du capuchon du fourrure blanche.

– Bien, bien ! Peu importe... Tu as toutes les permissions, ma petite Bérengère... Il paraît que tu as reçu tout à l'heure la visite de M. de Sorignan ?

– Oui, monseigneur. Ah ! comme il est malheureux ! Quelle méchante femme que cette demoiselle d'Erbannes !

M. de Rochelyse eut un léger rire de raillerie.

– Et quel aveugle que ce Sorignan ! Il s'est fait berner par elle comme un écolier !

– Oh ! monseigneur, n'ayez pas tant l'air de vous moquer de lui ! Il est tellement à plaindre ! dit Bérengère d'un ton de reproche.

– Je ne dis point le contraire, enfant... C'est un très bon garçon, qui a encore besoin des leçons de la vie.

– Vous parlez comme Mme de Trégunc tout à l'heure, dit Bérengère.

Ils avançaient d'un pas flâneur, entre les parterres dépouillés par l'hiver. M. de Rochelyse avait laissé aller une des mains de Bérengère, mais il conservait l'autre étroitement serrée entre ses doigts gantés de peau de daim parfumée... La jeune fille, après un court silence, ajouta pensivement :

– Et moi, je dois en avoir besoin aussi, de ces leçons-là ?

– Toi ?... Oh ! ce n'est pas la même chose ! Tu es une chère petite fille que je veux très heureuse et qui n'a rien à craindre sous ma protection.

Ils atteignirent à ce moment la serre – une nouveauté et un grand luxe à cette époque. M. de Rochelyse en ouvrit la porte en disant :

– Allons voir les pêches. Tu cueilleras celles que tu voudras, puisque c'est ton fruit de prédilection.

Les arbustes et les fleurs alors réputés comme des raretés se trouvaient réunis là, formant le plus charmant décor. Aux espaliers mûrissaient des pêches magnifiques. L'une d'elles fit jeter un cri d'admiration à Bérengère.

– Voyez, monseigneur, celle-ci est énorme !... Et quelle couleur !

– Elle paraît mûre à point... Tiens, ma Bérengère, la voici.

D'un geste vif, M. de Rochelyse cueillait le fruit superbe et le tendait à la jeune fille.

– Oh ! pas pour moi ! protesta Bérengère. Nous la porterons à Mme de Trégunc.

– Ma tante sera bien plus charmée de savoir que sa petite Bérengère l'a mangée que si elle y avait goûté elle-même... Débarrasse-toi de ce manteau, qui est trop chaud ici...

Lui-même dégrafait le vêtement, le jetait sur un des bancs de marbre garnis de coussins. Sur ce banc, il fit asseoir Bérengère et prit place près d'elle.

– ... Voyons, raconte-moi ce que t'a dit Sorignan.

Tandis qu'elle obéissait à cette invitation, Wennaël jouait distraitement avec l'un des gants qu'il venait de retirer. Quand Bérengère mentionna l'idée qu'avait Gaspard d'entrer au service du roi de Navarre, il approuva de la tête, en ajoutant :

– Je le lui avais déjà conseillé.

– Mais ne vous ai-je pas entendu dire un jour, monseigneur, que le roi Henri était pauvre et avait grand-peine à payer la solde de ses officiers et de ses soldats ?

– Très grand-peine, en effet.

– Alors, comment fera M. de Sorignan, qui est tout à fait sans ressources ?

Du geste, le duc témoigna de sa complète indifférence à ce sujet. Il avait repris entre ses doigts la main de Bérengère et paraissait lui accorder infiniment plus d'intérêt qu'aux malheurs du pauvre Gaspard.

Pendant un moment, Bérengère sembla hésiter, les lèvres entrouvertes... Puis elle pencha légèrement sa charmante petite tête vers M. de Rochelyse, en disant d'un ton de prière :

– Voulez-vous bien que je vous demande quelque chose, monseigneur ?

Il leva les yeux, vivement, et rencontra un timide et suppliant regard.

– Comment, si je le veux ? Mais je crois bien, mignonne ! Demande

Chapitre 15

tout ce que tu désires, et je te l'accorderai si c'est une chose possible.

– Je crois que c'est très possible... Est-ce que vous ne pourriez pas aider un peu ce pauvre M. de Sorignan ?... lui faire donner une situation ?

La physionomie de Wennaël changea subitement. Les sourcils rapprochés, une sorte de lueur un peu dure dans le regard, il interrogea d'un ton bref :

– Pourquoi t'intéresses-tu tant à lui, enfant ?

– Mais, monseigneur, oubliez-vous ce qu'il a fait pour moi ? Et vous-même dites qu'il est très bon. Alors, il me semble que ce serait si bien de votre part de le protéger un peu !

Puis, avec un air de confusion, de délicieuse humilité, elle ajouta en baissant légèrement ses paupières aux beaux cils tremblants :

– Pardonnez-moi d'oser vous adresser cette requête... Mais vous avez été pour la pauvre petite que je suis si admirablement généreux... Pardonnez-moi si je vous ai fâché...

– Voyons, ma Bérengère, que vas-tu imaginer là ?

M. de Rochelyse étendait son bras, en entourait les épaules frémissantes et penchait son visage vers la petite figure émue, aux lèvres un peu tremblantes, comme celles d'un enfant prêt à pleurer.

– ... Fâché, contre toi ? Vraiment, je ne sais comment je m'y prendrais ! Petite charmeuse, je ne puis rien te refuser. Puisque tu le désires, je protégerai M. de Sorignan.

– Oh ! monseigneur !

Quel remerciement il trouvait dans cet admirable regard, qui, toujours, lui disait la fervente reconnaissance dont était pénétrée l'âme de Bérengère... ce regard dont il avait la hantise, dès qu'il ne le rencontrait plus !

Les boucles soyeuses, les merveilleuses boucles aux chauds reflets d'or tombaient sur son épaule, sur sa poitrine, se mêlaient à la fourrure de martre qui ornait son pourpoint de velours. Les lèvres de Wennaël touchaient cette chevelure au discret parfum de fleur... Et elles s'y appuyèrent tout à coup, dans un ardent baiser.

Il sentit qu'un frisson léger parcourait tout l'être de Bérengère. Puis, vers lui, se levèrent les yeux violets. Ils conservaient leur candeur confiante, leur lumière sans ombre. Mais la fervente et encore enfantine adoration de la petite créature sauvée par le duc de Rochelyse s'était, peu à peu, muée en une autre expression qui, en ce moment, éblouissait Wennaël comme une enivrante révélation.

– Tu m'aimes, ma Bérengère ? dit-il tout bas.

– Oh ! oui !

Dans ces deux mots, dans le regard qui les accompagnait, elle mit toute son âme... Et pourtant, Wennaël comprit qu'il n'avait entre ses bras qu'une enfant, qui l'aimait passionnément sans savoir encore ce qu'était l'amour, un être candide et confiant qui, en toute innocence, reposait sa tête sur l'épaule du plus beau, du plus séduisant gentilhomme de France.

Doucement, il écarta son bras, tandis qu'il éteignait sous ses paupières demi baissées l'ardente chaleur de son regard. Et, souriant, il dit avec gaieté :

– Voyons, mange vite cette pêche, et puis nous retournerons près de ma tante, qui trouvera bientôt que nous nous sommes un peu trop attardés.

– Si vous voulez bien le permettre, je la prendrai à la collation ?

– Comme tu voudras. Je permets tout à une bonne petite fille comme toi.

Il l'aida à mettre son manteau. Quand il souleva les boucles soyeuses pour les glisser dans le capuchon, ses doigts frémirent à ce contact. Mais rien, à ce moment ni plus tard, lorsqu'il se retrouva avec elle dans le cabinet de Mme de Trégunc, rien ne parut changé dans ses manières à l'égard de sa protégée. Seule, l'excellente observatrice qu'était Adrâni pouvait y découvrir une certaine réserve, une sorte de contrainte, et remarquer l'ardent regard qui, parfois, se glissait vers la jeune fille.

Bérengère, très gaie, servit la collation, joua du luth sur la demande de Mme de Trégunc. Après cela, elle devint tout à coup songeuse. Assise près de sa protectrice, elle caressait machinalement la biche qui était venue s'étendre près d'elle.

Quand M. de Rochelyse se leva pour prendre congé de sa tante, elle s'approcha pour lui baiser la main, comme elle en avait coutume. Mais Wennaël, retirant les doigts vers lesquels s'inclinait la tête aux boucles dorées, dit avec impatience :

– Ce sont là des manières de petite fille, ma mie, et tu ne l'es plus.

Des yeux surpris, inquiets, se levèrent sur lui. La charmante petite bouche tremblait, comme tout à l'heure dans la serre... Wennaël eut un fugitif sourire et murmura avec une douce ironie :

– Si, si, tu l'es bien encore... Tiens, voilà ma main, enfant... chère petite enfant que tu es !

Quand la portière du cabinet d'Adrâni fut retombée derrière lui, M. de Rochelyse éleva cette main et mit un rapide baiser où venaient de se poser les lèvres de Bérengère.

– Et maintenant, plus que jamais, il faut que je connaisse le secret de ce Pelveden ! dit-il d'un ton de dure résolution.

Chapitre 16

Trois jours plus tard, à la tombée de la nuit, un page de la reine mère se présentait chez Lorenzo Calmeni et remettait au parfumeur un billet contenant ce seul mot : « Viens à l'instant. »

Giulia, qui se trouvait près de son père quand il ouvrit cette missive, demanda :

– C'est un message de Sa Majesté ?

– Oui... J'ai parlé à la reine de cette pâte nouvelle que nous avons reçue et elle désire en essayer. Sors-en une boîte, pendant que je m'apprête.

– Quoi, elle la veut donc sur l'heure ?

Lorenzo riposta sèchement :

– Les reines veulent toujours être servies sur l'heure, tu le sais aussi bien que moi.

Giulia dissimula un sourire moqueur. Elle savait fort bien que les soins de coquetterie n'avaient pas une telle importance, aux yeux de la reine Catherine, pour qu'elle fît quérir aussi précipitamment son parfumeur. Mais quand Lorenzo avait résolu de se taire, rien ne pouvait le faire changer d'avis... C'est ce qu'elle répétait humblement à M. de Rochelyse, quand il lui reprochait son manque de zèle. Pourtant, combien elle eût voulu le contenter ! Depuis quelque temps, elle le trouvait plus froid, plus dur encore... La dernière fois qu'elle l'avait vu, il semblait distrait et à plusieurs reprises l'avait regardée avec un si profond mépris qu'elle en avait frissonné jusqu'au fond de l'être. Aussi aurait-elle voulu, plus que jamais, répondre à son désir de connaître ce qui se disait entre la reine mère et Calmeni, car peut-être, alors, ne la traiterait-il plus avec ce dédain du maître pour l'objet inutile ?

Au Louvre, Lorenzo fut aussitôt introduit dans le retrait où se trouvait seule la reine mère. Assise dans un fauteuil à haut dossier, Catherine avait les deux mains étendues sur ses genoux. Dans l'une d'elles tremblait une feuille de parchemin... À l'entrée du parfumeur, elle se redressa brusquement, montrant, à la lueur des cires enfoncées dans les candélabres d'argent, un visage bouleversé.

– Arrive, Calmeni ! dit-elle d'une voix basse et sifflante. Viens apprendre ce qui m'arrive... Ah ! tu n'as pu savoir qui était cette petite fille à laquelle s'intéressait si fort le duc de Rochelyse ? Eh bien ! je le sais maintenant, moi !

Elle frappa sur le parchemin, de ses doigts légèrement déformés par la goutte.

– ... M. de Pelveden a été frappé de paralysie, au moment où son écuyer lui apportait la nouvelle que M. de Rochelyse prenait sous sa protection un M. de Sorignan, neveu dudit Pelveden, une demoiselle d'Erbannes, fiancée de celui-ci... et une fillette que le baron avait recueillie, il y a tantôt quatorze ans...

– Une fillette ! bégaya l'Italien.

– Tout ce monde-là s'était enfui ensemble, pour différentes raisons qui nous importent peu. À la suite de je ne sais quelle aventure, – Pelveden ne s'explique pas sur ce point, – ils se sont trouvés en rapport avec Rochelyse. Comment ce démon a-t-il soupçonné la vérité au sujet de l'enfant ainsi tombée entre ses mains ? Je l'ignore... Mais ce soupçon, – je veux espérer qu'il ne possède pas de certitude ! – ce soupçon, il l'a certainement, car pourquoi aurait-il enlevé cette enfant à Giulia et la conserve-t-il chez lui ?

– Oui, pourquoi ? dit Lorenzo d'une voix rauque.

Il était blême et la sueur perlait à son front.

– ... Il a une idée là-dessus, à n'en pas douter !... Mais enfin, il ne doit pas avoir de preuves ?

– Il n'y a plus au monde que moi, Pelveden et toi qui pouvons dire ce que sont réellement ces enfants.

Sur ces mots, la reine demeura un moment immobile, le front appuyé sur sa main. Devant elle, Lorenzo croisait et décroisait ses mains, en un geste familier chez lui dans les moments d'émotion.

Catherine releva enfin la tête et, baissant la voix presque jusqu'au murmure, dit lentement :

– Lorenzo, il faut la « lui » reprendre.

L'Italien tressaillit et son regard témoigna d'un tel effroi que la reine dit âprement :

– Tu as peur de lui ?... Oh ! je le comprends, va ! Mais il le faut ! Nous ne pouvons laisser un tel danger suspendu sur nos têtes... Car maintenant qu'il tient la sœur, qu'il sait que Pelveden était dans le secret, il aura peut-être l'idée de chercher « l'autre », là-bas... où il est... Et ce serait pire encore, s'il le trouvait !

L'angoisse, la peur blêmissaient le visage de la reine, troublaient le regard qu'elle attachait sur l'homme bouleversé, debout devant elle.

– ... Songe que, si tout se découvrait, tu expierais dans les supplices ta participation à l'œuvre accomplie par Pelveden ! Et moi, je perdrais tout... je verrais mon fils chassé du trône... Car je connais Rochelyse ! Une telle vengeance ferait ses délices... et son infernale habileté, son énorme richesse lui donneraient tous les moyens de l'accomplir.

L'Italien était devenu verdâtre.

– Mais si... si on lui enlève la jeune fille, il devinera aussitôt d'où cela vient... Et le premier, je serai frappé... moi qu'il a condamné à mort, il y a cinq ans... à qui il a dit alors : « La sentence sera exécutée peut-être bientôt, peut-être plus tard... Tiens-toi toujours prêt, Calmeni, car ma justice t'atteindra quand tu y penseras le moins. » Or, ce serait là une belle occasion pour... en finir avec moi.

Pendant quelques secondes, le visage de Catherine fut convulsé par une expression de haine et de fureur.

– À moi aussi, il a osé adresser des menaces terribles ! dit-elle sourdement. Pourtant, je n'hésite pas à les braver, cette fois ! D'ailleurs, ton intervention se bornera à recevoir la jeune fille chez toi.

– Chez moi ?... Mais Votre Majesté ne songe pas...

– Je songe que tu as en ton logis une chambre secrète dont, m'as-tu dit, l'existence n'est connue que de toi et de ta fille ?

– En effet, madame... Et c'est là que Votre Majesté voudrait... ?

La reine inclina affirmativement la tête.

– Ce ne serait pas impossible... Mais il faudrait mettre Giulia dans le secret. Or, quelque confiance que j'aie en elle, mon principe est toujours de me méfier d'une femme amoureuse... amoureuse surtout d'un être aussi dangereusement habile et aussi terriblement séduisant que M. de Rochelyse.

Un mauvais sourire glissa entre les lèvres pâles de Catherine.

– Eh bien ! moi, je connais le moyen de faire de ta fille la meilleure geôlière possible pour cette jeune personne... Hier, je suis allée voir Mme de Rochelyse. Depuis des mois, elle n'avait osé rien tenter pour avoir quelques renseignements sur l'existence actuelle de la protégée de son beau-fils. Enfin, elle s'était décidée à agir, plus encore, je crois, par haine personnelle pour le duc que pour me contenter. Le petit Claude avait été engagé par elle à surveiller, au cours de sa récréation, ce qui se passait dans le jardin voisin, à l'aide d'une échelle oubliée là par le jardinier. L'autre jour, il aperçut la jeune fille. Mais ce maladroit se laissa voir par elle et M. de Rochelyse surgissant sur ces entrefaites, tout se trouva découvert. L'enfant fut condamné au fouet et mis au cachot, au pain et à l'eau... Il avait dit auparavant à sa mère que la jeune fille vue par lui était très jolie, qu'elle était toute vêtue de blanc et avait l'air d'une vraie petite princesse. Avec de tels éléments, Lorenzo, un homme adroit comme tu l'es doit arriver à rendre férocement jalouse une femme amoureuse du duc de Rochelyse.

Les yeux de Calmeni brillèrent.

– Oui, oui, je comprends ! C'est en effet le plus sûr, pour être certain de son silence... et de son zèle. Quant à l'origine de la fillette, je ne lui dirai pas la vérité, naturellement. Mais je trouverai une histoire à lui conter... Toutefois, Votre Majesté a-t-elle songé à la difficulté de... l'entreprise ? Si M. de Rochelyse, a les soupçons que nous lui supposons, il doit la faire garder de près...

– En effet. Elle sort fort rarement, en compagnie d'une vieille Bretonne, avec deux valets armés suivant à courte distance. Car j'ai ma police, qui surveille les alentours de l'hôtel de Rochelyse... Et j'ai aussi l'homme qu'il me faut pour tenter et réussir le coup. Ne t'occupe que de préparer le nid de l'oiseau ; on t'apportera celui-ci un beau soir, et bien malin sera le cher duc, s'il la découvre dans ta cachette !

Elle eut un sourd ricanement et ajouta d'un ton d'âpre triomphe :

– Après cela, qu'il se doute d'où vient le coup, c'est très probable ! Mais des preuves, où en trouvera-t-il ?... Aucune, pas plus qu'il n'en peut trouver pour attester l'origine de cette petite fille qu'on appelle Bérengère... et qui restera Bérengère...

Entre ses dents, elle acheva :

– Tant qu'il me plaira de la laisser vivre !

Calmeni réfléchissait, un pli au front. Il fit observer :

– Mais la jeune fille disparue, rien n'empêchera M. de Rochelyse de faire quand même des recherches en Bretagne... et d'autant plus qu'il verra que sa protégée était un objet d'importance, puisqu'on la lui enlève ainsi.

– Oui, oui, j'ai bien songé à cela. Mais chaque chose en son temps. Pour le moment, je ne puis supporter de penser que cette petite... cette petite est entre ses mains. Il faut que je la lui enlève... que je la fasse disparaître ! Je ne veux plus en entendre parler !

Très pâle, les yeux étincelants de haine mal contenue, elle crispait ses mains aux accoudoirs du fauteuil.

Lorenzo dit en un murmure :

– Quand Votre Majesté voudra...

Elle tressaillit, serra les lèvres, puis répliqua à mi-voix :

– Non, pas encore... Tu sais bien que je ne peux pas, Lorenzo... Je t'ai appris la prédiction qui me fut faite...

– L'astrologue a dit : « Prends garde de ne pas faire périr deux jumeaux... » Mais peut-être, si l'un des deux mourait... d'épuisement, de privations...

Plus bas encore, Catherine répondit :

– Alors, j'aimerais mieux que ce fût « l'autre »... Il est le plus dangereux.

Lorenzo eut un geste d'impuissance.

– Pour celui-là, je ne puis rien. Il est trop loin de moi.

– Alors, n'en parlons pas, dit la reine avec un air de soudaine lassitude. La jeune fille sera bien chez toi, Lorenzo, elle aura tous les soins désirables dans sa situation... et je suis persuadée qu'elle ne me donnera plus d'ennuis.

– Dès qu'elle sera dans cette jolie petite chambre secrète, je pourrai en effet assurer à Votre Majesté qu'elle ne lui en donnera plus.

Ces derniers mots, accentués à dessein, laissèrent la reine impassible. Étendant la main, elle prit une bourse posée près d'elle et la tendit à son confident.

– Tiens, voilà pour tes premiers frais et pour la peine que te donnera ta prisonnière... Maintenant, autre chose. Ce M. de Sorignan qui a enlevé la jeune fille à Pelveden, qu'est-ce au juste ?

– Un assez sot petit jeune homme, neveu de M. de Pelveden, qui s'est amouraché de la nièce d'une voisine, Mlle d'Erbannes, et s'est enfui avec elle parce qu'on ne voulait pas les laisser se marier...

– Oui, oui, tu m'as déjà raconté cela. Mais que fait-il, maintenant ?

– Giulia m'a dit que son cousin, le comte de Lorgils, ne sachant qu'en faire, l'avait mis dans une compagnie d'arquebusiers. Il est pauvre comme Job et sa fiancée – une très belle fille, assure Giulia – paraît l'avoir laissé en plan.

– Les renseignements de Giulia ne sont pas toujours excellents, dit la reine avec quelque sécheresse. Qui donc lui avait raconté que ces gens-là venaient des environs d'Angers ?

– C'est Mme de Lorgils, madame.

La reine eut une moue de mépris.

– Ah ! c'est Mme de Lorgils, je ne m'étonne pas ! Elle est connue pour tout confondre et parler à tort et à travers... Tu disais donc, Calmeni, que la demoiselle lâchait son fiancé, parce qu'il est pauvre ? Cela veut dire qu'elle est quelque peu ambitieuse ?

– Très ambitieuse. Giulia la voit assez souvent, depuis qu'elle est fille d'honneur de Mme la duchesse de Montpensier, et cause avec elle, parfois, en attendant que Mme la duchesse ait terminé avec son secrétaire. Eh bien ! elle la juge comme une très habile coquette, ne connaissant guère les scrupules, n'ayant que le désir de satisfaire à tout prix son goût du luxe, du plaisir, de la vie brillante.

– À tout prix ?... Cela peut servir, dit songeusement la reine.

– Ah ! j'oubliais d'ajouter ceci : Giulia la croit très éprise de M. le duc de Rochelyse, qu'elle voit parfois à l'hôtel de Lorraine... et qui n'a pas l'air de se soucier d'elle le moins du monde.

La reine eut un petit rire sardonique.

– Il serait fort étonnant qu'elle aussi n'eût pas la cervelle tournée par ce terrible homme ! Mais là encore, on peut trouver à l'occasion un utile moyen d'action... Je réfléchirai donc, à son sujet. Quant au jeune Sorignan, je vais le faire mettre en un lieu où je serai sûre qu'il ne trouvera personne pour parler de la petite fille recueillie par Pelveden et protégée par M. de Rochelyse.

– Celui-ci le fera peut-être rechercher, s'il a conservé quelques relations avec lui ?

– Eh bien ! qu'il le cherche donc ! Il y a, au Petit Châtelet, des cachots assez profonds pour que cet imprudent jeune homme y soit si bien au secret que jamais ce démon de Rochelyse lui-même ne puisse le découvrir !

Chapitre 17

Dans la matinée du lendemain, comme M. de Rochelyse revenait de jouer à la paume avec MM. de Joyeuse et quelques autres gentilshommes, un de ses serviteurs lui remit un mot qu'on venait d'apporter. C'était un grossier parchemin, scellé d'un épais cachet. Quand Wennaël eut brisé celui-ci, il lut ces mots : « M. de Sorignan a été arrêté hier soir, conduit au Petit Châtelet et mis au secret. »

Un éclair de triomphe passa dans le regard de M. de Rochelyse.

« Allons, l'affaire est engagée ! murmura-t-il avec un sourire de sauvage ironie. À nous deux, Madame Catherine ! Vous ne connaissez pas encore toute ma puissance, et comment, partout, il se trouve des yeux, des oreilles pour me renseigner. »

Au début de l'après-midi, il se rendit au Louvre et gagna les appartements du roi. Tandis qu'un des gentilshommes de la chambre allait informer Henri III que le duc de Rochelyse demandait à lui parler, Wennaël se vit entouré par les favoris du souverain, les deux Joyeuse, dont le cadet, Henri, nature loyale et sérieuse sous ses dehors frivoles, était de sa part l'objet d'une certaine sympathie, Jacques de Maugiron, Saint-Luc et l'arrogant

Épernon, qui se faisait aimable et souple devant l'homme dont il savait que toute son existence la plus secrète était connue, dont il redoutait la mystérieuse puissance tout en le haïssant du plus profond de l'âme.

Mais presque aussitôt, M. de Rochelyse fut prévenu que Sa Majesté allait le recevoir à l'instant... Le duc de Joyeuse, en le regardant s'éloigner, fit observer :

– Il ne pourra jamais se plaindre, en tout cas, que le roi le fasse attendre ! Parmi les plus importants personnages, aucun n'a vu les portes plus vite ouvertes qu'elles le sont devant lui.

M. d'Épernon ricana :

– Ce n'est pourtant pas qu'il jouisse d'une sympathie très chaude de la part de Sa Majesté !

– Ni de la tienne, Nogaret ! dit Henri de Joyeuse en lui jetant un coup d'œil ironique. Mais précisément, ceux-là qui le détestent davantage sont ceux qui s'empressent le plus près de lui.

L'orgueilleux Nogaret serra les lèvres, puis dit entre ses dents :

– Que la peste l'étouffe !... Voilà ce que je lui souhaite !

L'objet de ce vœu pénétrait en ce moment dans le cabinet du roi. Près de la cheminée où des bûches se consumaient, Henri III était assis, tenant un petit singe sur ses genoux. Autour de lui étaient couchés ses petits chiens, au cou entouré de riches colliers... À l'entrée de Wennaël, il leva son visage dont les beaux traits, bien que le fils chéri de Catherine eût de peu dépassé trente ans, étaient déjà flétris par une vie de désordre et l'usure précoce de la santé, qui devait si tôt donner au dernier Valois l'aspect d'un vieillard. Mais ce visage était fardé comme celui d'une femme, et le costume du souverain pouvait rivaliser, en folle élégance, avec ceux des plus extravagants de ses « mignons ».

– Viens, Rochelyse... assieds-toi. Quel bon vent t'amène ?

Le roi tendait à l'arrivant une main garnie de bagues. En même temps, il glissait vers lui un regard où se mêlaient l'inquiétude, la gêne et une sournoise malveillance.

– Je crains que Votre Majesté ne le juge pas excellent, dit Wennaël d'un ton calme, légèrement mordant, en prenant place sur le siège que lui désignait le souverain.

Chapitre 17

Henri eut un tressaillement et l'inquiétude de son regard s'accentua.

– Que veux-tu dire ?

– Voulez-vous m'apprendre, Sire, si c'est par votre ordre qu'hier soir on a conduit au Petit Châtelet et mis au secret un jeune homme : M. Gaspard de Sorignan ?

Le roi leva les sourcils, en signe de surprise.

– Certes non ! Voilà bien la première fois que j'entends prononcer ce nom.

– Alors c'est la reine mère qui a usurpé l'autorité de Votre Majesté.

Henri sursauta sur son siège, en regardant son interlocuteur avec une sorte d'épouvante.

– Rochelyse, comment te permets-tu ?... Mme ma mère a tous les droits...

– Pour le malheur du royaume.

– Tais-toi, Rochelyse !

Mais avec le même calme hautain, Wennaël poursuivait :

– Vous ne m'empêcherez jamais de dire ce que je pense, Sire... et vous savez bien que si la reine était ici, je parlerais de même.

– Oui, je sais, murmura Henri.

Ses yeux se baissaient, sa main trembla sur le poil lustré du petit singe qui somnolait.

– Ainsi donc, la reine mère, de son propre chef, a fait arrêter ce jeune homme, tout à fait innocent du moindre crime, je m'en porte garant. Comme je m'intéresse à lui, Votre Majesté, je n'en doute pas, signera en sa faveur un ordre de liberté ?

Le roi leva les yeux, montrant un regard troublé, anxieux.

– Mais c'est impossible ! La reine a des raisons pour faire incarcérer ce garçon, et je ne puis... du moins, il faut que je lui en parle auparavant...

– Les raisons de la reine, je les connais, moi... et je sais qu'elles ne valent rien. Au reste, Sire, vous n'ignorez pas qu'il suffira, pour calmer son mécontentement, de lui dire ces seuls mots : « M. de Rochelyse me l'a demandé. » Elle comprendra.

Les lèvres d'Henri tremblèrent et, de nouveau, son regard se baissa, comme s'il ne pouvait supporter l'impérieux et dur éclat de ces yeux fauves.

– Je ferai ce que tu veux, Rochelyse... Je... je suis toujours heureux de te faire plaisir, tu le sais bien...

Un sourire de mépris se dessina sur la bouche ferme et volontaire, qui venait de prononcer des paroles pour lesquelles un autre homme eût été conduit au supplice.

Le roi mit à terre le petit singe, se leva et alla s'asseoir à une autre table. Il écrivit quelques mots, puis revint à Wennaël qui, debout maintenant, s'accoudait nonchalamment au dossier haut du siège qu'il venait de quitter.

– Voilà l'ordre, mon ami... T'en vas-tu déjà ? Je voulais te demander si tu ne pourrais pas me céder un peu de cette martre qui fait si admirablement sur ton pourpoint. Jamais je n'en ai vu d'aussi belle !

Une admiration, une envie presque enfantine luisaient dans le regard du roi. C'était un des traits caractéristiques de la nature d'Henri III, cette puérilité mêlée à une intelligence que les contemporains s'accordaient à mettre au-dessus de l'ordinaire. Spirituel, lettré, artiste, il avait annihilé tous ces dons, toutes ces qualités en s'abandonnant aux pires désordres, dans l'atmosphère empoisonnée de cette cour où s'était perdue aussi sa sœur Marguerite. Sa mère, de plus en plus, dominait son esprit affaibli, nonchalant, son caractère où elle pouvait retrouver quelques-uns des traits de sa propre nature : l'hypocrisie, la dissimulation, la subtilité cauteleuse. Et sous son nom, comme sous celui de Charles IX, autrefois, elle régnait, intriguait, divisait pour le plus grand malheur du royaume.

– Certainement, Sire, je vous en enverrai quelques peaux. Mais Votre Majesté me permettra de les lui offrir, en remerciement de la bonté qu'elle veut bien témoigner à mon protégé.

Si le roi sentit l'ironie presque impertinente de cette dernière phrase, il n'en laissa rien paraître. En serrant la main de Wennaël, il le remercia avec effusion. Après quoi, M. de Rochelyse prit congé du souverain qui l'accompagna jusqu'à la porte, une main posée sur son épaule, comme s'il eût été l'un de ses plus chers amis. Avec la même aisance altière qu'il avait conservée pendant tout cet entretien, Wennaël s'inclina et sortit de ce cabinet où il venait de traiter en maître le roi de France.

Henri referma lentement la porte. Alors, sa physionomie changea subitement, se contracta sous la poussée de la rage contenue jusque-là. Et tendant le poing, il rugit sourdement :

« Oh ! comme je le hais ! »

Chapitre 18

Dans l'une des basses-fosses du Petit Châtelet, le malheureux Gaspard cherchait désespérément quel crime avait pu lui attirer pareil traitement.

Ni l'officier commandant les hommes venus pour l'arrêter à son hôtellerie, ni le lieutenant du gouverneur qui l'avait reçu à son arrivée ici, n'avaient répondu à ses questions angoissées. Pourtant, ce crime devait être terrible, si l'on en jugeait par le traitement de choix infligé au nouveau prisonnier : l'une des pires geôles du Petit Châtelet et une nourriture telle que le pauvre garçon se disait : « À ce régime-là, je m'en irai à petit feu, si on le continue. »

Bientôt, il y aurait vingt-quatre heures qu'à la tombée de la nuit, il avait été conduit ici... À demi couché sur l'ignoble grabat, la tête entre ses mains, il cherchait à percer l'énigme et ne voyait toujours que d'affolantes ténèbres, aussi épaisses que celles dont la nuit toute proche allait bientôt l'envelopper.

Un bruit de pas, puis de verrous tirés et de clef tournant dans la serrure le fit tout à coup se redresser.

La porte s'ouvrit, le geôlier se montra sur le seuil, en dirigeant sa lanterne vers le prisonnier.

– Suivez-moi, monsieur, dit-il.

Gaspard se leva, en demandant :

– Où me conduisez-vous ?

– Chez M. le gouverneur.

Un vif espoir fit battre le cœur de Gaspard. Sans doute avait-il été la victime d'une erreur et allait-on le lui faire savoir.

À la suite du geôlier, il monta de lugubres escaliers, longea des couloirs, traversa des salles et enfin fut introduit dans un vaste cabinet où se trouvaient assis le gouverneur du Petit Châtelet, vieillard à mine martiale, au regard dur et perçant, et un homme d'une quarantaine d'années, grand, sec, portant un élégant et sobre costume noir et vert.

À l'entrée de Gaspard, tous deux se levèrent. Le gouverneur annonça :

– Vous êtes libre, monsieur de Sorignan. Voici M. de Lesbellec, capitaine des gardes de monseigneur le duc de Rochelyse, qui vous attend pour vous emmener avec lui.

Le regard stupéfait de Gaspard allait du vieillard à l'officier, qu'il se rappelait avoir aperçu pendant son séjour à Rochelyse.

– Je suis libre ?... Mais pourquoi ai-je été arrêté ?... Sans doute était-ce une erreur ?

– J'ignore le motif de votre arrestation, monsieur, dit le gouverneur. J'avais hier un ordre d'incarcération que j'ai fait exécuter, comme c'était mon devoir, de même qu'aujourd'hui j'exécute cet ordre d'élargissement, signé du roi...

Sa main désignait un parchemin posé sur la table.

– Signé du roi ! répéta Gaspard avec ahurissement. Mais si le roi me rend maintenant la liberté, c'est donc lui qui m'avait fait arrêter hier ?

Le gouverneur ne répondit pas. M. de Lesbellec s'avança et mit la main sur l'épaule du jeune homme.

– Venez, monsieur. Monseigneur le duc vous attend et peut-être trouverez-vous près de lui les éclaircissements que vous souhaitez.

– Je vous suis, monsieur. Mais du diable si je comprends aussi pourquoi M. de Rochelyse est mêlé à cette affaire-là !

Et il suivit le gouverneur et Lesbellec, sans avoir remarqué le léger sourire d'ironie que tous deux avaient eu, à cette réflexion.

La formalité de la levée d'écrou se trouva fort simplifiée, par le fait que Gaspard, objet d'une mesure exceptionnelle, avait été mis au secret sans inscription sur le livre d'entrée. On lui remit son épée, sa dague et quelques autres objets confisqués. Après quoi, le gouverneur accompagna jusqu'à la porte son ex-prisonnier et le capitaine des gardes, auquel il dit à mi-voix :

– Mes respects à M. le duc, je vous prie.

Près du cheval de Lesbellec, un page tenait en main une autre monture destinée à M. de Sorignan. Les deux hommes se mirent en selle et s'éloignèrent de la sinistre prison. En peu de minutes, ils furent à la porte du petit palais, qui s'ouvrit aussitôt à l'appel du capitaine des gardes. Les cavaliers mirent pied à terre dans la cour dallée de marbre, de chaque côté de laquelle s'élevait une loggia aux colonnettes délicatement sculptées, que Gaspard ne fit qu'entrevoir à la lueur des torches tenues par des valets, de même que la façade, dans la pierre de laquelle une main d'artiste avait ciselé des merveilles dignes d'être comparées à celles des châteaux d'Anet, de Blois et autres demeures royales ou princières.

M. de Lesbellec prit congé du prisonnier délivré dans le vestibule aux murs de porphyre, décoré d'admirables vases de faïence persane et de statues dont les formes harmonieuses se dressaient dans la lumière répandue par les cires parfumées, placées dans de hauts candélabres d'argent ciselé. Un valet conduisit M. de Sorignan à travers des salles dont le jeune homme vit comme en un rêve le somptueux décor, jusqu'à une antichambre où se tenait un garçonnet au visage bronzé, vêtu en Hindou. Sans un mot, celui-ci leva une portière et fit signe à Gaspard d'entrer.

Des tapisseries de Bruxelles rehaussées d'or et de soie, un plafond de cèdre dont chaque caisson, sculpté, doré, était une merveille et d'où pendait un de ces incomparables lustres de Venise formé de fleurs de verre alternativement bleues, roses, jaunes et blanches, dans chacune desquelles brûlait une cire de la même nuance. Des tapis de Perse et d'Arabie, sur lesquels étaient jetées des peaux de tigres, de lions et d'ours blancs, des meubles d'ébène et de cèdre incrustés d'argent et d'ivoire, chacun d'eux chef-d'œuvre des plus célèbres artistes français et italiens, des marbres, des émaux limousins, des tableaux de Giorgione, de Raphaël, du Titien, tout cela apparut aux yeux éblouis de Gaspard comme une fantasmagorie, comme un songe féerique.

Mais aussitôt, il ne vit plus que l'homme assis près d'une cheminée de chêne sculpté, où brillait un feu vif. Une voix s'éleva, ordonnant :

– Approchez, monsieur.

Il obéit. Ses jambes vacillaient, un vertige lui montait au cerveau... La lumière, la tiédeur parfumée de cette pièce l'étourdissaient, autant que la faiblesse due à son quasi jeûne de vingt-quatre heures et les émotions qui se succédaient pour lui depuis la veille.

– Asseyez-vous, dit encore la voix impérieuse.

Comme un automate, il prit place sur le siège désigné, un fauteuil de frêne fouillé d'admirables sculptures, œuvre d'une imagination de génie et d'un de ces patients cerveaux qui, depuis plusieurs siècles, créaient dans le bois, les métaux et la pierre les plus précieux joyaux.

Il voyait en face de lui, comme à travers un voile, M. de Rochelyse légèrement renversé dans son fauteuil, les jambes croisées, le bras appuyé à l'accoudoir en forme de col de guivre auquel s'enroulaient des feuillages fantastiques. Il sentait sur lui la force pénétrante de ce regard qu'il n'avait jamais pu soutenir sans un frémissement de gêne et de crainte.

– Je crois, monsieur, que vous avez besoin de quelque réconfort.

En parlant ainsi, le duc étendait la main et frappait sur un timbre dont le son argentin se répandit à travers la pièce.

Gaspard balbutia :

– Je vous demande pardon, monseigneur... Je ne sais quelle faiblesse me prend...

– Vous êtes tout excusé, car je me doute qu'au Petit Châtelet, vous avez été mis à un régime de choix, fait pour vous envoyer le plus promptement possible là où il n'y a plus d'indiscrétions à craindre.

– Quelles indiscrétions ?... Je ne comprends rien à ce qui s'est passé...

– Vous allez comprendre – en partie du moins.

S'adressant au petit Hindou, entré silencieusement, M. de Rochelyse lui donna un ordre. L'enfant reparut peu après, apportant sur un plateau une buire en cristal de Murano et une petite coupe d'or ciselé, où il versa un vin couleur de topaze foncée.

– Buvez, monsieur, dit le duc.

Et Gaspard obéit encore. Presque aussitôt, il sentit le pénible vertige diminuer, puis disparaître... Le petit Hindou s'éloigna, emportant la coupe, et M. de Sorignan se trouva seul en face de son hôte.

– Vous sentez-vous mieux maintenant ? demanda M. de Rochelyse.

– Un peu mieux, je vous remercie, monseigneur.

– Eh bien ! écoutez-moi... Je viens de vous dire que vous

Chapitre 18

comprendriez en partie seulement la cause de votre incarcération. Il existe en effet dans cette affaire un important secret que je ne puis vous dévoiler. Sachez donc que vous avez été arrêté par ordre de la reine mère...

Gaspard sursauta, les yeux écarquillés par la stupéfaction.

– La reine mère ? balbutia-t-il.

Sans accorder d'attention à cette interruption, M. de Rochelyse poursuivit :

– Pour des raisons qu'il vous importe peu de connaître, la reine est fort irritée contre celui qui a enlevé au baron de Pelveden la jeune Bérengère et très désireuse que le coupable soit à jamais empêché de bavarder au sujet de cette enfant. Aussi, avertie seulement avant-hier de la fuite de Bérengère, a-t-elle trouvé aussitôt ce moyen très expéditif de se débarrasser d'un homme qui pouvait devenir gênant.

– Je ne comprends pas ! dit à nouveau Gaspard, visiblement ahuri. En quoi donc, moi, pauvre gentilhomme inconnu, puis-je gêner la reine mère ?... Et quel rapport l'enlèvement de Bérengère...

M. de Rochelyse l'interrompit d'un geste impératif.

– Ceci, monsieur, entre dans la catégorie du domaine interdit dont je vous parlais tout à l'heure. Apprenez encore ceci : le répit de quatre mois dont vous avez bénéficié est dû à ce fait que votre oncle, en recevant la nouvelle que Bérengère, Mlle d'Erbannes et vous étiez entre mes mains, et que je refusais de vous remettre à son écuyer, est tombé frappé de paralysie. Depuis peu seulement, il est de nouveau capable de parler, d'écrire à peu près lisiblement. Aussitôt, il a averti la reine de votre fuite avec Bérengère. Et dès le lendemain du jour où fut reçu le message de M. de Pelveden, vous étiez arrêté, incarcéré, mis au secret, comme un dangereux criminel d'État.

Gaspard restait sans parole. Pour lui, l'énigme subsistait presque complète.

– Il me reste encore à vous avertir d'une chose, reprit M. de Rochelyse, je vous ai sauvé cette fois, mais la reine essayera d'avoir sa revanche. Très probablement, d'ici à quelque temps, elle ignorera votre délivrance. Mais elle l'apprendra quand elle fera prendre des nouvelles de la santé du prisonnier.

À ces mots, que le duc accentua d'une façon particulière, Gaspard frissonna.

– ... Je vous conseille donc de quitter Paris... Bérengère m'a dit que vous songiez à demander du service chez le roi de Navarre ?

– Oui, monseigneur, j'y étais presque résolu.

– Faites-le donc. Mais là encore, méfiez-vous beaucoup. La reine, je le sais, a des intelligences dans le camp protestant. Si, comme c'est chose fort probable, elle apprend que vous vous y êtes réfugié, vous ne serez pas là non plus à l'abri de sa vengeance.

Le pauvre Gaspard eut un geste de découragement.

– Que puis-je faire, cependant ? Pour moi, il n'existe pas de meilleure ressource.

– En effet... à moins d'entrer à mon service. Là seulement, vous seriez à l'abri de tout danger de ce genre, car personne n'oserait s'attaquer à ceux qui m'appartiennent. Voyez donc s'il vous convient d'entrer dans mes gardes. Les avantages sont considérables, car, outre la forte solde et l'équipement payé, ces jeunes gens, à trente ans, reçoivent l'autorisation de se marier et, dès lors, quittent mon service, mais en conservant la demi-solde jusqu'à la fin de leurs jours.

« Est-ce que je continue de rêver ? » pensait Gaspard, tombant d'ahurissement en ahurissement.

Il murmura :

– Monseigneur, je serais trop heureux...

– Un instant, monsieur. Je vous ai fait connaître les avantages, mais il faut maintenant que vous appreniez ce que j'exige en retour.

Un des chiens étendus à quelques pas de là se leva, s'approcha d'un pas souple, presque félin, et vint poser son fin museau sur la botte du maître, en levant vers celui-ci un regard de craintive soumission.

La voix nette, froide, reprit après un silence de quelques secondes :

– Avant toute chose, je veux autour de moi la discrétion la plus absolue. Comprenez-moi bien, monsieur de Sorignan : la discrétion dans les plus petites choses. Tous les êtres humains qui habitent ici, qui dépendent de moi, depuis le plus humble marmiton jusqu'à mes officiers, ont l'interdiction formelle de prononcer au dehors le propos même qui leur paraît le plus insignifiant, dès qu'il a trait aux faits et gestes de qui que ce soit en cette demeure. Et cette interdiction est faite sous peine de mort.

Gaspard tressaillit et jeta un regard d'inquiétude, presque d'effroi, sur l'impassible visage aux yeux d'énigme et d'inflexible domination. L'homme qui prononçait de telles paroles avec un calme implacable conservait la même attitude d'aisance à la fois hautaine et nonchalante qu'il avait eue dès le début de l'entretien ; sa main fine, admirablement soignée, caressait la tête du chien appelé d'un geste près de lui. Mais de même que cette main était une terrible broyeuse quand elle le voulait, de même, sous l'apparence du grand seigneur souverainement élégant, épicurien et raffiné, se cachait un être redoutable et mystérieux, que Gaspard percevait obscurément, avec un frisson d'angoisse.

M. de Rochelyse ajouta, après un court silence que son interlocuteur, oppressé par l'émotion, ne songea pas à rompre :

– Les jeunes gens qui entrent dans mes gardes font préalablement ce serment de discrétion absolue. Jusqu'ici, deux seulement y ont manqué. L'un parce qu'il s'était laissé enivrer, l'autre pour contenter la curiosité d'une femme. Ils ont parlé de ce qu'ils avaient juré de taire. En elles-mêmes, leurs indiscrétions n'avaient pas de gravité. Mais « toutes » les indiscrétions, fussent-elles les plus légères, sont passibles de la mort, car je ne pardonne jamais.

Gaspard eut un plus long frisson. Les derniers mots étaient tombés des lèvres de M. de Rochelyse avec une intonation brève et glacée qui leur donnait une terrible portée.

– Voyez ce que vous choisissez, monsieur, ajouta le duc. En entrant à mon service, vous savez à quoi vous vous engagerez. Si vous aimez mieux vous rendre à l'armée du roi de Navarre, je vous donnerai pour celui-ci un mot qui vous préparera le meilleur accueil. Bérengère, très reconnaissante de ce que vous avez fait pour elle, m'a demandé de vous aider, après votre récente visite. Pour lui complaire, – et, je dois l'ajouter aussi, parce que vous m'êtes sympathique – je suis disposé à vous accorder cette protection.

En toute autre occasion, Gaspard aurait été comblé de joie par la bienveillance dont témoignaient ces paroles, prononcées d'une voix qui n'avait plus les intonations terriblement significatives de tout à l'heure. Mais il venait de frémir, au nom de Bérengère et à ces mots : « Pour lui complaire. » Le souvenir de l'idéale créature, plus tout à fait enfant, pas tout à fait jeune fille encore, qui lui était apparue dans le retrait aux parois de santal, ne l'avait plus quitté depuis ce jour. Il la revoyait sans cesse, avec sa pure et délicate beauté, le charme profond de ses yeux admirables, la grâce discrète de ses attitudes, de ses moindres mouvements... Et il revoyait aussi la robe de damas blanc, la ceinture byzantine aux gemmes éblouissantes, la précieuse perle ornant une main dont la finesse, le modelé étaient incomparables, tout ce qui donnait à l'enfant sans nom l'apparence d'une petite princesse, tout ce qu'elle tenait de la munificence du haut et puissant seigneur qui daignait s'intéresser à elle. Il s'imaginait, près de la jeune fille innocente et sans défense, cet homme d'une si redoutable séduction, qui devait exercer sur les âmes de femmes un empire absolu, faire d'elles les dociles esclaves de ses volontés. Par un raffinement de blasé, il se plaisait sans doute à jouer avec cette candeur, cette ardente gratitude, cette fervente admiration du jeune cœur dont il était certainement déjà le maître, depuis longtemps, sans que la pauvre petite Bérengère eût encore compris où la menait cette prétendue bonté dont elle était si reconnaissante.

Et chaque fois que ces pensées revenaient à son esprit, Gaspard sentait bouillonner en lui la colère, la compassion, le désir de sauver l'enfant charmante du sort qui l'attendait.

Or, les paroles de M. de Rochelyse venaient d'évoquer à nouveau ce souvenir. Et tout aussitôt le jeune homme songeait :

« Si j'habitais sous le même toit que Bérengère, peut-être trouverais-je le moyen de la soustraire au danger ?... En tout cas, j'essaierais.. Et d'ailleurs, qu'est-ce que je risque à faire ce serment ? Je suis discret par nature, je ne me grise jamais ; quant aux femmes, je saurai m'en méfier. En revanche, j'aurai une bonne situation, je servirai un maître qui a l'air de ne craindre personne au monde et paraît bien disposé à mon égard... Oui, en vérité, pourquoi hésiterais-je ? »

De nouveau, la voix au timbre charmeur s'éleva :

– Il vous est loisible de réfléchir jusqu'à demain, monsieur de Sorignan. La décision est d'importance, car c'est onze années de votre vie que vous engageriez à mon service ; quant au serment que vous devriez faire, son action s'étendrait jusqu'à la fin de votre existence.

– Monseigneur, je crois qu'il ne m'est pas nécessaire de réfléchir davantage...

Pâle tout à l'heure, Gaspard, maintenant, sentait le sang revenir à son visage, sous la double influence de la chaleur de cette pièce et de l'émotion violente qu'il essayait de dominer. Tout le poussait, en ce moment, à l'acceptation du sort que lui offrait M. de Rochelyse... tout et jusqu'à un certain goût de l'aventure qui sommeillait en lui, mais qu'il sentait s'éveiller sous l'attrait du mystère pressenti dans l'existence de ce grand seigneur sybarite, qui avait de tels secrets à cacher que, seule, la menace de mort lui paraissait capable de les préserver. Puis aussi, et sans en avoir conscience, Gaspard subissait l'influence dominatrice de cet homme, l'attrait énigmatique de ces yeux fauves dont l'étrange beauté le frappait, aujourd'hui, plus que jamais, peut-être parce qu'il pensait à Bérengère, qu'il se la figurait éblouie, fascinée par eux, grisée, pauvre petit être innocent, par le charme singulier de cette voix, victime promise au caprice de celui qui ne l'avait sauvée que pour la perdre plus complètement. Mais, par-dessus tout, l'ardent désir de protéger la jeune fille si terriblement menacée pesait sur la détermination de Gaspard.

– ... Les conditions que vous venez de me faire connaître ne m'effrayent pas et je suis prêt à les accepter sur l'heure.

– Soit. Je vous vois avec plaisir entrer dans ma maison, monsieur, car je vous crois brave et loyal gentilhomme. Approchez-vous.

Gaspard obéit. M. de Rochelyse, écartant son chien, prit entre ses doigts le sphinx d'émeraude qui étincelait sur le velours sombre de son pourpoint.

– Vous voyez cette figure ? Elle représente une pensée mystérieuse, elle est l'énigme même, telle que l'ont imaginée les anciens Égyptiens. C'est sur elle, monsieur de Sorignan, que vous allez me faire le serment après lequel vous pourrez dire : « Je suis au duc de Rochelyse. »

Une dernière hésitation fit frémir Gaspard, des pieds à la tête. Ses yeux allèrent de la gemme éblouissante, de la figure mystérieuse à cette autre figure vivante, celle-là, et plus impénétrable encore, dont le regard semblait le scruter jusqu'au fond de l'âme.

– Vous êtes encore libre de vous retirer, monsieur, dit froidement le duc.

Une vive poussée de sang monta au visage de Gaspard. Le jeune homme pensa : « Bérengère ! » Et mettant un genou en terre, il prononça le serment demandé, d'une voix qui ne tremblait pas, non plus que la main étendue vers la pierre dont les ardentes lueurs vertes semblaient l'éblouir, car ses yeux se baissaient comme s'il n'en pouvait supporter l'éclat. Mais quand il se releva, son visage était pâle et ses mains glacées.

– Je vais vous présenter à votre capitaine, monsieur, dit le duc en laissant négligemment retomber le sphinx sur son pourpoint.

Il frappa sur le timbre et donna un ordre au petit Hindou. Comme celui-ci quittait la pièce, M. de Sorignan fit observer :

– Ma religion, monseigneur, ne sera pas un obstacle ?...

– Aucunement. Certes, je souhaite que vous reveniez à la croyance qui fut celle de vos aïeux et celle même de votre mère. Mais vous serez entièrement libre à ce sujet et personne ici ne songera à vous molester... Du reste, vous avez d'excellents compagnons, presque tous Bretons, cadets de bonne famille, et qui me sont fort dévoués. Vous prendrez possession dès ce soir de votre logement ici, et demain vous pourrez faire chercher aux « Écus d'argent » ce qui vous appartient. Quant à votre bien, que détient votre tuteur, j'aurai le moyen de vous le faire rendre dans quelque temps.

Gaspard remercia, tout en songeant : « Me voilà décidément en faveur ! Sans doute dois-je tout cela à Bérengère... ma pauvre petite Bérengère à laquelle il veut bien accorder le plaisir de me voir protégé par lui ! »

De nouveau péniblement ému par cette idée, il répondit avec effort à quelques questions que lui adressa M. de Rochelyse sur sa famille, sur son existence chez M. de Pelveden. Il avait hâte de quitter ce cabinet somptueux, parfumé d'une étrange et subtile senteur, et cet homme au regard d'énigme, qui maintenant était son maître. Un vertige le prenait, comme à son entrée ici. Fort heureusement, M. de Lesbellec parut presque aussitôt. Après un court échange de paroles, il emmena le nouveau garde pour le faire équiper.

Chapitre 19

Wennaël, resté seul, se leva et allait quitter la pièce quand, sous une tenture soulevée, apparut la tête brune de Mme de Trégunc, enveloppée de ses voiles blancs.

– Je ne vous dérange pas, mon enfant ?

– Certes non, madame.

Il allait à elle, lui prenait la main et l'emmenait jusqu'à un fauteuil.

– M. de Sorignan est-il délivré ?

– Oui. Il sort d'ici avec Lesbellec, car je viens de l'engager dans mes gardes.

– Ah ! Bérengère en sera bien contente. Elle a grande hâte de savoir que ce pauvre garçon est libre.

– Pourquoi ne vous a-t-elle pas accompagnée ? demanda Wennaël.

Il se rapprochait de la cheminée et appuyait ses épaules au manteau de chêne où se trouvaient sculptées les armoiries de Trégunc : deux faucons posés sur une épée.

– Parce que j'avais à vous parler.

– D'elle, sans doute ?

M. de Rochelyse regardait sa tante avec un demi-sourire. Elle répondit gravement :

– Oui, vous avez bien deviné.

– Comment ne serais-je pas certain qu'une femme aussi observatrice, aussi réfléchie que vous l'êtes, a compris que l'amour était enfin entré dans un cœur qui s'y croyait complètement insensible ?

Mme de Trégunc sourit à son tour.

– Nous ne pouvons guère nous rien cacher l'un à l'autre, Wennaël.

– Mais je n'avais pas du tout l'intention de vous cacher les sentiments que m'inspire notre petite Bérengère. Il y a peu de temps que j'en ai moi-même clairement discerné la nature, et j'attendais une occasion de vous en parler, bien assuré d'ailleurs, comme je vous le disais tout à l'heure, que votre habituelle clairvoyance ne s'était pas trouvée en défaut... Oui, la vive impression de pitié que cette enfant produisit sur moi, d'abord, s'est peu à peu transformée en amour quand, au lieu de la petite fille que nous voyions en elle, s'est révélée une jeune fille, chaque jour plus ravissante, pourvue de tous les dons de l'esprit et du cœur. Je l'aime profondément, comme je me serais cru incapable d'aimer jamais, moi qui tiens les femmes en si grand dédain et méfiance. Mais Bérengère est un être incomparable, une âme de droiture, de pureté, de rare élévation. Aussi sera-t-elle la seule au monde qui pourra dire que le cœur de Wennaël de Rochelyse lui aura appartenu.

– Mais, mon fils, comment l'entendez-vous ?

Wennaël, croisant les bras, répéta d'une voix vibrante et ferme :

– Comment je l'entends ? Comme doit le faire un homme qui respecte profondément la candeur, la confiance, l'amour innocent de cette enfant très chère, et qui aimerait mieux mourir que d'y porter atteinte. Bérengère sera ma femme, madame, et je saurai la rendre heureuse, je vous l'affirme.

– De cela je ne doute guère. Si vous êtes terrible pour vos ennemis, pour les fourbes et les lâches, les quelques privilégiés objets de votre affection savent ce que vaut celle-ci... Je vous approuve pleinement, Wennaël, moi qui connais les trésors contenus en l'âme de Bérengère, ma petite compagne de chaque jour. Mais avez-vous réfléchi que peut-être vous n'arriveriez jamais à établir légalement son origine ?

Une lueur jaillit des yeux de Wennaël.

– Si, j'y arriverai ! Il faut que j'y arrive... quand je devrais les mettre tous à la torture, y compris cette femme, cette misérable reine. Mais quand même n'obtiendrais-je pas cette certitude légale, je resterai assuré maintenant que Bérengère est bien celle que nous cherchions. Tout m'y incite : son âge, car nous voyons aujourd'hui qu'elle n'est pas la petite fille que nous pensions ; l'importance que donne à sa fuite M. de Pelveden puisque en l'apprenant il est tombé frappé de paralysie et, à peine remis, envoie un message à la reine mère ; la promptitude avec laquelle celle-ci fait disparaître en une basse-fosse M. de Sorignan, dans la crainte, probablement, qu'il ait des soupçons au sujet de l'origine de la jeune fille enlevée à son complice Pelveden... cette complicité, surtout, quand on sait, comme nous, que Pelveden haïssait le roi Charles, qu'il avait aimé la comtesse d'Auxonne et s'en était vu repoussé avec mépris, et qu'en outre il avait été depuis des années le confident de la reine Catherine, celui qu'elle chargeait des besognes souterraines, des vengeances sournoises. Retiré à Rosmadec, après l'éclatant affront que lui infligea le roi, cet homme était resté en relation avec elle sans que mon oncle s'en doutât. C'est lui qu'elle a chargé de tuer Mme d'Auxonne et sa fille, d'enlever les enfants, de les emporter en Bretagne, la petite fille du moins, car pour son frère, nous n'avons pas encore le moindre indice. Toutefois, il paraît certain que Pelveden a eu besoin d'un complice pour cette besogne, et Calmeni me paraît tout indiqué, lui, autre louche confident de Catherine et qui procura le poison dont mourut le roi Charles.

Mme de Trégunc, les mains jointes sur ses genoux, écoutait Wennaël avec un ardent intérêt.

– Oui, je crois que vous êtes maintenant sur la voie ! Et si cet homme est revenu de là-bas pour commettre ce crime, ne pensez-vous pas que, prévenu par la reine aussi, il ait pu se trouver là le 24 août 1572 pour assouvir sur mon mari sa vengeance et celle de Catherine ?

– Je le pense en effet. Mais là, je n'ai encore obtenu aucun indice.

– Ah ! trouvez-moi le lâche qui le tua, et livrez-le à mes Hindous ! Ils sauront en faire ce qui convient !

Elle se redressait un peu, les mains crispées maintenant l'une sur l'autre, ses larges yeux sombres animés d'une colère farouche.

Wennaël, décroisant ses bras, vint à elle et posa une main sur son épaule.

– Point n'est besoin d'eux, madame. Ma justice ne sera pas plus douce pour le coupable, vous pouvez en être assurée... Il est possible, d'ailleurs, que la poursuite de l'affaire concernant les enfants du roi nous amène en même temps à découvrir ce coupable, surtout s'il est bien le baron de Pelveden.

Mme de Trégunc murmura âprement :

– C'est lui ! Un instinct me le dit ! Il s'est vengé ainsi de ce que je l'ai fait chasser d'ici, comme un misérable, le jour où il a osé y pénétrer ainsi qu'un voleur, pour m'adresser une odieuse déclaration... Oui, il a été chassé à coups de bâtons par mes serviteurs. Et il s'est vengé quelques années plus tard, en me tuant mon mari.

Elle prit entre ses mains son visage bouleversé, en répétant :

– Il s'est vengé... C'est lui qui a tué mon mari.

Wennaël, accoudé au dossier du fauteuil qu'occupait Mme de Trégunc, gardait un sombre silence. Il le rompit en disant :

– Nous voici en pleine action. Que va tenter la reine, pour parer le coup qu'elle vient de recevoir ? S'attaquer ouvertement à moi, elle ne le peut. Quelles manœuvres souterraines va-t-elle imaginer ?

– Wennaël, ne pensez-vous pas que Bérengère soit en danger ?

– Non, puisqu'elle est sous ma protection. Catherine sait bien qu'on ne touche pas à ceux qui m'appartiennent.

– Cette femme est un tel abîme de fourberie et de ruse !... Mais vous disiez tout à l'heure, Wennaël, que, quoi qu'il advienne de vos recherches, Bérengère deviendrait votre femme ?

– Quoi qu'il advienne, répéta-t-il avec décision. Pour moi, elle est sans conteste la fille de Charles IX et de Marguerite d'Auxonne. Mais me fût-il prouvé que je me trompe, je l'épouserais quand même, car la noblesse de la race est inscrite en tout son être, et elle possède au plus haut degré celle du cœur.

– Mon fils, comme il faut que vous l'aimiez pour que, orgueilleux tel que vous l'êtes, il vous paraisse possible de prendre pour femme une jeune fille sans nom, sans famille !

Elle levait la tête pour regarder Wennaël. Il se pencha légèrement en disant avec un accent grave et ardent :

– Oui, je l'aime... depuis que je la connais, une singulière impression de fraîcheur et de joie est entrée en moi. Cette enfant est toute lumière, et elle a éveillé un foyer de chaleur en mon cœur desséché par la défiance et le mépris, durci par mon œuvre de justicier. Dès le premier instant où j'ai rencontré son regard, là-bas, à Rochelyse, une sensation inconnue m'a pénétré. Sous la pitié que m'inspirait cette pauvre et charmante petite créature demi-mourante, peut-être déjà y avait-il les prémices de l'amour ?... Je la veux donc près de moi, ma douce Bérengère, avec son amour fervent, avec sa pure confiance d'enfant. Je la veux ignorante du but que je poursuis et qui effrayerait son âme trop sensible, trop portée à la compassion... Mais elle m'aime sans le savoir encore et mieux vaut qu'il en soit ainsi, car je désire attendre pour l'épouser d'avoir fait parler Pelveden et Calmeni.

– Y arriverez-vous ? soupira Mme de Trégunc.

Le regard de Wennaël étincela d'une lueur presque sauvage.

– Je veux y arriver, et j'emploierai tous les moyens. Singar connaît un supplice auquel personne ne résiste. Il est effroyable... mais si d'autres tourments ne peuvent arracher la vérité à ces misérables, je leur ferai subir celui-là.

Mme de Trégunc n'eut pas un frisson. Elle approuva :

– Oui, certes oui !... Ainsi donc, mon enfant, nous ne dirons encore rien à notre petite Bérengère sur le bonheur qui l'attend ?

– Non, rien encore, madame.

Soudainement, le regard de Wennaël s'adoucissait et ses lèvres devenaient souriantes.

– ... Laissons-la à sa candeur d'enfant, si délicieuse, si rafraîchissante pour un homme obligé de côtoyer des abîmes de vice et de corruption. Avec Bérengère près de moi, j'éprouve comme une sensation de lumière qui m'environne où je trouve l'oubli de tout le reste.

Pendant un instant, ils gardèrent le silence. Puis Mme de Trégunc fit observer, avec un léger sourire :

– Ce pauvre M. de Sorignan m'a paru, l'autre jour, assez frappé par la transformation de Bérengère.

Les sourcils de Wennaël se rapprochèrent :

– Vraiment, il vous a semblé ?

– Oui. Cela n'a rien d'étonnant. Elle est assez charmante pour lui faire oublier cette Mlle d'Erbannes, je suppose ?

Wennaël eut un rire sardonique.

– Oh ! ne comparons pas cette créature... et ma Bérengère ! Au reste, il n'importe peu que Sorignan la trouve à son goût. Ayez soin seulement qu'elle ne le voie jamais seule et espacez beaucoup ces entrevues... supprimez-les même bientôt, car il ne conviendrait pas que la future duchesse de Rochelyse reçût ainsi un de mes gardes.

Avec un sourire d'ironique dédain, Wennaël ajouta après un court silence :

– Ce sera d'ailleurs rendre service à ce garçon, car il sort d'une déception sentimentale et n'a pas besoin, pour l'achever, de connaître un amour comme celui que peut inspirer Bérengère.

Chapitre 20

Giulia, inactive, se tenait assise près d'une des deux fenêtres profondes par lesquelles un jour assombri entrait dans la grande chambre tendue de damas vert, meublée de chêne, décorée de quelques pièces d'orfèvrerie, d'ivoires sculptés, de vases en faïence italienne. La belle Florentine, le menton appuyé contre sa main, considérait d'un air sombre un coffret de cèdre posé sur ses genoux. Le couvercle soulevé laissait voir quelques riches bijoux : une agrafe de pierreries, une ferronnière d'or sertie de saphirs, un collier ciselé supportant un trèfle en diamants. Tout cela, comme les bagues qui ornaient ses doigts, lui avait été donné par le duc de Rochelyse. C'était, ainsi qu'elle se le répétait en ce moment avec une rage mêlée de désespoir, le prix dont il payait « l'espionne », quand elle lui communiquait un renseignement d'importance... Et chaque fois, Giulia avait l'impression d'être traitée comme le chien à qui son maître jette un os pour le récompenser d'avoir bien rabattu le gibier.

Oui, une femme profondément méprisée, l'humble servante de ses volontés, l'esclave tremblante courbée sous une menace de mort, voilà ce qu'elle était pour l'homme à qui elle avait sacrifié jusqu'à son devoir filial lui-même, quand il lui avait dit, avec son air de froide domination : « Tu m'appartiens, et tu m'obéiras aveuglément, fallût-il pour cela trahir ton père lui-même ».

Elle s'était ainsi donné un maître redoutable, auquel, même si elle l'eût voulu, il lui aurait été impossible d'échapper maintenant. Mais elle était bien loin de le vouloir ! L'esclavage ne lui pesait pas et elle l'eût accepté plus dur encore, pourvu que ce maître idolâtré ne lui témoignât pas constamment une telle indifférence glacée, pire que la colère, que la violence, si bien que parfois il lui prenait envie de crier : « Ah ! frappez-moi, foulez-moi aux pieds, brisez mes membres, si vous le voulez !... mais ne me regardez pas comme si j'étais pour vous l'objet quelconque, l'instrument dont vous vous servez quelques jours et que vous rejetterez demain, quand il ne vous agréera plus ! »

Pourtant, elle savait bien qu'elle n'était que cela pour lui !... rien que cela !

Chapitre 20

Le bruit de la porte qui s'ouvrait l'enleva à ses réflexions. Lorenzo Calmeni entra, du pas félin qui lui était particulier. Il vint à Giulia, en demandant :

– Eh bien ! à quoi rêvons-nous, ma belle ?... Et pourquoi cet air sombre ?

Il considérait sa fille avec tendresse. Car cet homme à l'âme fourbe et criminelle était bon père. La beauté de Giulia, son intelligence souple et rusée comme la sienne, les manières élégantes apprises dans la fréquentation des plus grandes dames l'enorgueillissaient. Il accumulait pour elle des richesses, il rêvait à son sujet de hautes destinées. Dépourvu de toute morale, il lui importait peu de quelle façon se réaliseraient ses désirs et, depuis longtemps, il avait donné à sa fille cette même conscience fort large, dominée par l'ambition.

Comme Giulia tardait à répondre, il reprit avec un sourire quelque peu railleur :

– Te voilà en contemplation devant les présents de ton bien-aimé seigneur ? Cette vue ne paraît pas te donner des pensées couleur de rose !... Peut-être songes-tu que bien d'autres ont eu l'honneur d'en recevoir autant de lui ?

Un peu de sang monta au visage de Giulia. Elle riposta avec quelque âpreté :

– Me croyez-vous assez sotte pour m'imaginer que je suis la seule dont daigne s'occuper le duc de Rochelyse ?

– Non, non, tu es trop avisée pour cela... Mais devinerais-tu qui est l'objet de sa plus récente fantaisie ?

– Qui donc ?

Elle redressait, les yeux animés d'une curiosité à laquelle se mêlait de l'angoisse.

– Eh bien ! cette petite créature qu'il t'a enlevée si cavalièrement...

– Bérengère ?... Ce n'est pas possible ! Une enfant !

– Pas une enfant du tout, mais une jeune fille, dont le développement avait été sans doute arrêté jusqu'ici par les mauvaises conditions d'existence où elle se trouvait. En ces quelques mois, la transformation s'est produite. Elle est, paraît-il, admirablement jolie. M. de Rochelyse la pare comme une princesse et semble en être momentanément fort amoureux.

Le digne Calmeni brodait sans vergogne sur les quelques mots dits par la reine mère à ce sujet. Ne fallait-il pas exciter la jalousie de sa fille ?... Et il constata qu'il avait bien réussi en voyant trembler les lèvres de Giulia et briller de colère ses beaux yeux sombres.

– Où avez-vous appris cela ? demanda-t-elle d'une voix que la fureur rendait un peu rauque.

– Mme de Rochelyse l'a raconté à la reine mère. Elle a aperçu à plusieurs reprises la jeune personne et, paraît-il, a été tout à fait frappée de sa beauté, non moins que de la splendeur de son ajustement. Par une servante, elle a appris que le duc était des plus aimables pour elle et se plaisait fort en sa compagnie.

Giulia, devenue blême, dit sourdement :

– Cette petite !... Cette odieuse petite, pour laquelle il m'a traitée si durement, quand je la punissais de sa maladresse !

Elle se leva brusquement, sans souci du coffret qui tomba à terre, en laissant échapper son contenu.

– Tu la détestes, Giulietta ?

Lorenzo se rapprochait de sa fille et posait la main sur son épaule.

Elle tourna vers lui son visage contracté, où les yeux luisaient d'une sorte de fièvre.

– Si vraiment elle est pour lui ce que vous dites, oui, je la hais !

– Veux-tu te venger de cette petite misérable ?

– Me venger ?... Comment ?

– Écoute, je vais te confier un secret... Cette Bérengère est une enfant de grande famille, que pour des raisons inconnues de moi on a abandonnée autrefois et que maintenant on juge dangereux de laisser aux mains du duc de Rochelyse. La personne qui s'occupe de cette affaire va la faire enlever ; mais la voulant confier à un homme sûr, elle m'a demandé de lui trouver une bonne prison, où M. de Rochelyse n'aurait pas l'idée de venir la chercher. J'ai songé à la chambre secrète... et je me suis dit que tu serais heureuse de m'aider à soigner une captive de cette sorte.

– La personne dont vous parlez, c'est la reine mère ? dit à brûle-pourpoint Giulia en regardant son père dans les yeux.

Lorenzo se troubla légèrement.

– Quelle idée as-tu là ? Qu'est-ce qui te donne à penser ?

Chapitre 20

– Une idée, en effet... Peu importe, d'ailleurs. Mais avez-vous songé au risque terrible, que vous courrez en vous mêlant à une affaire dirigée contre une protégée de M. de Rochelyse ? Un homme tel que celui-là sait se venger implacablement.

Lorenzo ne put contenir un frisson.

– Je le sais, dit-il sourdement. Mais je ne m'occuperai en rien de l'enlèvement. Pour le reste, toutes les précautions seront prises de façon que la prisonnière passe inaperçue à son entrée ici. Réellement, je crois que nous ne courons aucun risque... Et tu auras le plaisir de tenir en ton pouvoir une rivale qu'on te préfère, car je devine bien, ma fille, que tu te sens délaissée, que tu n'es pas aimée comme tu voudrais l'être.

L'astucieux Calmeni n'avait pas en vain escompté l'effet de ces paroles sur l'âme bouillante de passion déçue, de jalousie, de haine contre l'enfant déjà instinctivement détestée auparavant. Une ardente rougeur monta au visage de Giulia, une flamme s'alluma dans son regard. Elle dit brièvement :

– Soit, je vous aiderai... Quand cela doit-il se faire ?

– Aujourd'hui sans doute. C'est dimanche et temps de Pâques. La jeune fille va habituellement à l'office de l'après-midi, à Saint-Merri. Elle est accompagnée d'une vieille femme et à courte distance viennent deux valets armés. Tu vois, par ce détail, comme « on » la traite en précieuse princesse ?

Giulia serra les lèvres et la lueur mauvaise de son regard s'accentua.

– ... Pour se rendre de l'hôtel de Rochelyse à l'église, elle passe par une petite rue presque toujours déserte, bordée de vieilles maisons dont les porches, les murs en retrait, donnent d'excellents endroits pour se dissimuler. Il fera nuit quand elle sortira de l'église. Des hommes postés là feront leur affaire aux valets, à la vieille femme, et emporteront la jeune personne jusqu'à une litière arrêtée à cet endroit. Puis, directement, on l'amènera ici.

– Et si les valets ont le dessus ?

– Deux contre six ? Voilà qui est peu probable !... Au reste, cela n'aurait pas d'importance pour nous. Dans cette affaire-là, nous n'avons aucune participation. Mais le coup réussira, car il est monté par un homme habile entre tous pour ce genre de besogne, et qui sera là en personne pour le diriger, avec des gens dont il est complètement sûr... Réellement, Giulia, à moins d'être devin, je ne vois pas comment M. de Rochelyse pourrait nous chercher noise à ce sujet !

– À moins d'être devin ! répéta-t-elle. Je me suis demandé parfois s'il ne l'était pas, devant son extraordinaire clairvoyance.

– Tu ne m'as jamais parlé de cela ! dit Lorenzo d'un air soupçonneux.

Giulia leva les épaules.

– Ce don est connu de tous, et, rassurez-vous, M. de Rochelyse n'a pas cherché à l'exercer sur moi de façon particulière.

– Enfin, que décides-tu ? Pour mon compte, je suis persuadé que nous n'aurions rien à craindre. Mais enfin, si tu as peur, j'irai prévenir la... personne qu'elle ne compte pas sur nous. L'affaire sera donc contremandée... jusqu'à ce qu'on trouve un asile à la charmante Bérengère.

Ce nom parut faire, sur Giulia, l'effet d'un fer rouge.

– Qu'on l'amène ici, dit-elle brusquement. Je me charge d'elle.

– Très bien... Il faudra, cet après-midi, éloigner nos serviteurs. Puis tu prépareras la chambre secrète.

– Comment ?

– Mais comme tu voudras, Giulietta, comme tu voudras ! Traite cette jolie petite d'après les sentiments qu'elle t'inspire. Personne ne viendra de faire de reproches à ce sujet, je te le garantis !

Avec un sinistre sourire, il ajouta :

– Même s'il arrivait, par malheur, que sa frêle santé ne supportât pas cette réclusion... oui, même cela, ma Giulia.

Rien ne frémit sur le visage de Giulia.

– C'est bien. Tout sera prêt si on l'amène.

– Parfait, mon enfant... Et ne crains rien, M. de Rochelyse ne soupçonnera jamais que sa jolie Bérengère est cachée ici, dans ce lieu que toi seule et moi connaissons !

Il embrassa Giulia et sortit, sans s'apercevoir que la jeune fille venait de tressaillir, de pâlir et qu'un peu de sueur perlait ses tempes.

Soudainement, elle se rappelait « qu'un autre » connaissait le secret de la chambre dérobée !... Un jour, – il y avait près d'un an de cela – M. de Rochelyse, pendant une absence de Lorenzo, avait voulu qu'elle lui fît visiter la maison. Et elle lui avait obéi, comme toujours trop heureuse de contenter une de ses fantaisies... elle lui avait tout montré... « tout » – même cette chambre secrète !

« Si jamais il a idée de venir la chercher ici, nous sommes perdus ! » songea-t-elle avec un frisson de terreur.

Mais cela, elle ne pouvait le dire à son père car ce serait lui dévoiler qu'elle trahissait les secrets qu'il lui confiait. Ainsi donc, le sort en était jeté maintenant. Au reste, si l'affaire était conduite comme le disait Calmeni, lui-même homme prudent et avisé, il y avait lieu de supposer que M. de Rochelyse ne connaîtrait jamais le sort de sa protégée.

Mais en se répétant cela, Giulia ne cessait de frissonner. Car elle savait bien qu'il n'était pas semblable aux autres, cet homme dont elle pressentait la mystérieuse puissance et qui paraissait toujours si étrangement renseigné sur toutes choses, cet homme énigmatique dont, avec une ardente soumission, elle avait accompli jusqu'ici toutes les volontés, sans avoir un instant l'idée de manquer à la parole qu'elle lui avait donnée de le servir fidèlement, sans réserve, de ne rien lui cacher... sous peine de mort.

Et c'était cela qu'elle avait un instant oublié, dans la fureur de sa jalousie contre Bérengère... C'était « cela ». Non seulement elle ne lui apprendrait pas où était la jeune fille, mais encore elle allait préparer la prison de celle-ci, elle se ferait sa geôlière... et quelle geôlière, avide de se venger sur la petite misérable qui plaisait à M. de Rochelyse ! Oui, elle allait oser cette chose terrible... et, tout en tremblant d'angoisse, elle se répétait avec une résolution passionnée : « Je veux en courir le risque !... Je veux tenir en mon pouvoir cette Bérengère et la faire mourir à petit feu ! Peut-être y trouverai-je un apaisement à la souffrance qu'il m'inflige ! En tout cas, je la lui aurai enlevée, car je ne peux pas... je ne peux pas supporter l'idée que cette misérable petite créature jouisse de sa faveur, tandis que moi... moi !... »

Et, saisie d'un accès de rage, la Florentine se mit à piétiner les bijoux tombés sur le tapis.

La nuit était venue depuis quelque temps déjà quand, sous la pluie fine qui tombait sans interruption, une litière entourée de cavaliers armés s'arrêta devant le logis du parfumeur.

L'un de ces hommes descendit de cheval, souleva les rideaux et enleva entre ses bras une femme immobile.

À ce même instant, la porte de la maison s'ouvrit doucement. L'homme entra avec son fardeau, tandis que litière et cavaliers s'éloignaient aussitôt.

La porte se referma et quelqu'un fit de la lumière. Sous cette vague clarté apparurent les visages pâlis de Lorenzo et de sa fille, le masque noir dont était couvert celui de l'étranger, la tête aux boucles échevelées de Bérengère dont un bâillon serrait la bouche.

– Voilà l'objet, dit l'homme d'une voix rude. Où faut-il mettre cette jeune personne ?

Giulia ouvrit une porte et montra un divan sur lequel fut étendue Bérengère, qui semblait inanimée.

– Vous ferez bien de lui enlever son bâillon tout de suite, dit l'inconnu. Je crois que j'ai serré un peu fort et que ça l'étouffe. Bonsoir, la compagnie.

Il tourna les talons et sortit, reconduit jusqu'à la porte par Lorenzo.

Quand son père revint, Giulia lui dit :

– Portons-la aussitôt à la chambre secrète, cela vaudra mieux.

Un instant plus tard, Bérengère était étendue à terre sur un lit de paille, dans une pièce étroite, sans meubles, à peine éclairée par une petite ouverture grillée. Giulia avait défait le bâillon, mais laissait les liens qui retenaient les pieds et les mains. Son regard, étincelant de haine, examinait le délicieux visage aux yeux clos, la robe de velours gris garnie de renard bleu, la chevelure éparse sur les épaules de la jeune fille... Près d'elle, Lorenzo murmura avec admiration :

– Quelle beauté ! quelle beauté ! Mme de Rochelyse avait raison... Et pour la toilette, une vraie petite reine !... Cette fourrure est magnifique !... Et cette perle, à son doigt ? Vois, Giulia...

Sans une parole, Giulia continuait de regarder la jeune fille.

– ... Incomparable ! Je ne m'étonne pas qu'elle plaise à M. le duc, qui a si bon goût... Et, dis, ma Giulietta, n'auras-tu pas regret de voir cette jolie enfant s'étioler, mourir entre ces murs ?

Giulia tourna vers lui des yeux sombres, dont l'expression devenait presque sinistre.

– Regret ? Vous voulez dire joie, délices... Tenez, vous allez voir comme je la traite...

Elle se pencha et frappa violemment Bérengère au visage. Le corps de la jeune fille eut un tressaillement, ses paupières se soulevèrent. Et les beaux yeux apparurent, un peu vagues d'abord, puis se remplirent d'effroi à mesure qu'ils reconnaissaient la figure convulsée penchée vers eux.

– Oui, c'est moi, Giulia Calmeni, dit la Florentine d'une voix rauque. C'est à moi que tu appartiens, maintenant. C'est moi qui te frapperai quand je voudrai, car « il » ne sera plus là pour m'en empêcher, pour prendre ta défense... Ah ! ah ! tu te croyais sauvée, parce que M. le duc de Rochelyse te protégeait ! Mais non, la belle, c'est fini pour toi, cette agréable existence, ces belles robes et ces bijoux précieux ! Demain, je t'enlèverai tout cela, je te mettrai des haillons, la seule tenue qui convienne à une enfant trouvée. Tu vivras de pain et d'eau, tu n'auras pas d'autre lit que cette paille... et jamais tu ne sortiras d'ici... jamais, entends-tu ?

Peu à peu, Bérengère reprenait conscience, se rendait compte qu'elle ne rêvait pas, mais que c'était bien une épouvantable réalité, ces liens qui lui serraient les chairs, cette femme au visage démoniaque, ces paroles d'atroce menace... Et elle murmura :

– Oh ! que signifie cela ?... Qu'est-ce donc ?

Giulia ricana :

– Tu es prisonnière, petite... et personne ne viendra te chercher ici. Je ferai de toi ce qu'il me plaira. Je te couperai les cheveux, d'abord, puis je t'abîmerai un peu ce visage qui me déplaît. Oui, oui, tu sauras ce qu'il en coûte d'être détestée de Giulia !

– Non, vous ne le ferez pas ! dit Bérengère avec énergie. Vous ne le ferez pas, car si M. le duc le sait, il vous punira !

– Si M. le duc le sait ?... Ah ! ah ! c'est que justement il ne le saura pas ! Et puis, crois-tu qu'il s'intéresse tant à toi ? Va, dans quelques jours, il t'aura bien oubliée, petite créature de rien, petite présomptueuse, qui s'imagine – c'est risible ! – avoir quelque importance aux yeux d'un homme comme le duc de Rochelyse ! Attends, je te ferai passer ton orgueil !... Veux-tu bien ne pas me regarder avec cet air de défi ?... A-t-on vu !... A-t-on vu !

Et, atteignant au paroxysme de la rage jalouse, cédant à la violence de ses instincts déchaînés devant l'admirable et fier regard levé sur elle, Giulia frappa la jeune fille au visage avec le flambeau de cuivre qu'elle tenait à la main.

Le coup atteignit le front. Bérengère laissa échapper un gémissement de douleur... Vivement, Lorenzo saisit le bras de sa fille qui s'abaissait de nouveau.

– Allons, c'est assez pour le moment ! Il ne faut pas l'assommer, cette petite. Nous en aurons raison d'autre manière.

Férocement, Giulia contemplait la pâle petite figure, le front blanc d'où coulait un filet de sang.

– Nous lui retirons ses liens ? demanda Lorenzo.

– Non pas ! Ce sont de charmants bracelets, très agréables à porter, dis, ma petite Bérengère ?

Les paupières de la jeune fille s'abaissèrent sur les yeux voilés par la souffrance et la détresse.

Giulia eut un rire sourd.

– Allons, repose-toi bien, ma belle enfant. Ce soir, tu resteras à jeun, cela te sera favorable... Et demain, tu me distrairas en me racontant ce que te disait M. de Rochelyse. Ce sont des choses qui m'intéressent énormément !

Le père et la fille sortirent tous deux et, la porte refermée, ce fut la nuit la plus obscure autour de la malheureuse enfant glacée de froid et d'épouvante, qui gémissait tout bas :

« Oh ! monseigneur !... monseigneur, venez me sauver encore. »

Chapitre 21

Vers cette même heure, dans son cabinet, M. de Rochelyse s'entretenait avec M. de Harlay, le premier président.

– J'ai appris enfin quelque chose, disait le magistrat. Il y a peu de temps, on arrêtait une bande de faux monnayeurs. Par hasard, causant avec le juge qui instruisait leur procès, j'appris qu'en août 1572 leur chef, un nommé Dampierre, cordonnier de son état, logeait en face de l'hôtel de Rochelyse. Il me vint à l'idée d'aller interroger cet homme dans sa prison, au sujet de ce qu'il avait pu voir le jour de la Saint-Barthélemy. D'abord, il prétendit s'être renfermé chez lui et n'avoir rien su que par les récits qu'il entendit ensuite. Mais comme je le pressais, il finit par m'avouer qu'il avait vu une bande armée pénétrer chez M. de Trégunc, puis, peu après, un homme masqué était sorti en courant, l'épée à la main, et s'était précipité chez lui, Dampierre.

« – Cache-moi, lui avait-il dit impérieusement, et je te donnerai une fortune.

« Le cordonnier l'avait aussitôt introduit dans un recoin, où il était resté jusqu'à la nuit. Au moment du départ, se croyant seul, il avait un instant retiré son masque pour essuyer la sueur qui couvrait son visage et Dampierre, qui le guettait curieusement, avait reconnu le baron de Pelveden qu'il avait vu une dizaine d'années auparavant escortant la reine mère alors qu'elle se rendait à un office chez les Cordeliers.

« Le lendemain, il reçut une grosse somme. Et comme il n'était pas bavard, comme il craignait en outre de s'attirer des ennuis, il garda toujours le silence sur cet incident.

– Pelveden !... Ah ! j'en étais sûr ! dit sourdement M. de Rochelyse. Et ce misérable cordonnier qui, à cette époque, me jura qu'il n'avait rien vu, rien entendu !... Mais, bien que trop tardivement, justice sera faite pour le meurtrier de mon oncle !... Et, très probablement, il aura à répondre d'autres forfaits.

La noble et loyale physionomie de M. de Harlay s'assombrit.

– Monseigneur, je ne vous ai jamais caché que je n'approuvais pas vos vengeances, votre justice expéditive. La vengeance appartient à Dieu, la justice est entre les mains de quelques hommes délégués par l'autorité légitime...

M. de Rochelyse l'interrompit avec un rire sardonique.

– Pensez-vous, monsieur, que la reine laisserait juger par vous son complice ?... Pourquoi ce mouvement de protestation ? Vous savez comme moi qu'il l'a été... Et je sais qu'il l'est toujours.

– Je ne conteste pas la valeur de vos informations, monseigneur ; je reconnais aussi que notre action, à nous autres magistrats, s'est trouvée plus d'une fois entravée par des influences qui nous désarmaient à l'égard des coupables. Mais je ne persiste pas moins à dire que vous, pas plus que d'autres, n'avez le droit de vengeance ni de justice.

Ces mots tombèrent fermement des lèvres d'Achille de Harlay.

M. de Rochelyse riposta avec un calme hautain :

– Nous ne sommes pas du même avis, monsieur. J'estime que j'ai non seulement le droit, mais le devoir de rechercher le meurtrier de mon oncle, de le punir, de châtier d'autres coupables que je connais, parce que je sais qu'ils échapperaient à la justice régulière. Si je suis bien assuré que Pelveden a assassiné M. de Trégunc, il sera jugé par moi et exécuté. Après quoi, monsieur le premier président, vous pourrez me juger à votre tour, si bon vous semble.

– Je me verrais dans l'obligation de le faire, monseigneur, si l'on m'en apportait des preuves, répondit gravement M. de Harlay.

Le duc sourit, en regardant son interlocuteur avec sympathie.

– Vous êtes l'un des hommes que j'estime le plus, monsieur, et je regrette que nous ne nous entendions pas sur ce sujet... Poursuivez donc l'affaire contre M. de Pelveden, si vous avez les moyens suffisants pour tenter une action judiciaire. Mais, de mon côté, je continuerai mes recherches, et celles qui ont trait à l'assassinat de la comtesse d'Auxonne et de sa fille, à l'enlèvement des enfants du roi. Sur ce point, la voie semble s'éclairer, depuis peu.

– Je souhaite sincèrement que les auteurs de ces crimes soient découverts, si haut soient-ils placés. Mais je voudrais, monseigneur, que votre œuvre de justicier s'arrêtât à ces recherches et laissât les coupables à la justice légale.

– Voilà une chose que je ne puis vous promettre, car je sais que la justice légale n'est trop souvent qu'un vain mot.

– Eh ! monseigneur, ne croyez-vous pas qu'en ce cas Dieu supplée à ses défaillances par sa propre justice, plus terrible encore ?

– Monsieur, je ne discute pas la justice de Dieu, je sais qu'elle aura son heure. Mais, en attendant, j'ai décidé depuis dix ans de faire agir la mienne et je m'en trouve fort bien ; car, grâce à elle, il est des coupables qui passent des nuits d'angoisse, pires que la mort, dans l'attente d'un châtiment que je suspends sur leurs têtes. Ah ! vous autres juges, vous punissez les pires criminels par un supplice de quelques moments qu'ont précédés les angoisses de quelques jours, de quelques semaines ! Mais qu'est-ce que cela, pour certains crimes !... Moi, j'ai dit à l'homme qui a donné le poison par lequel mourut lentement Charles IX : « J'ai la preuve... Je te condamne

Chapitre 21

à mort. Mais j'ajourne l'exécution de la sentence. Le jour qu'il me plaira, je t'enlèverai ta misérable existence. » Et depuis lors, cet homme vit dans les affres... et quand il me voit, il tremble d'épouvante, en songeant : « C'est peut-être aujourd'hui ! »

M. de Rochelyse fit une courte pause, puis continua d'une voix nette et froide :

– De même, la reine mère... Elle sait que j'ai des preuves contre elle, des preuves terribles. Elle est avertie qu'à ma mort – celle-ci même semblât-elle naturelle – des amis à moi, des fidèles les produiront, puis feront eux-mêmes justice, si les juges ne l'osent. Elle aussi tremble devant moi et elle vit dans la terreur de me voir mourir. Ah ! ma précieuse vie est bien garantie. Et on me choie, on m'encense, on va au-devant de mes désirs, cependant que la rage, la haine impuissante s'ajoutent à l'angoisse pour torturer cette âme de ténèbres... Voilà, monsieur, comment l'on châtie les grands criminels. Et ce qu'endure cette femme me paraît encore peu de chose, près des souffrances physiques et morales du malheureux roi Charles mourant, obsédé par le remords de cette Saint-Barthélemy dont sa mère fut le véritable auteur, et qu'il connut, lui, quand il fut trop tard pour rien empêcher –, de ce pauvre roi dont la femme bien-aimée avait été assassinée deux ans auparavant, les jumeaux enlevés, et qui, environné par la reine Catherine d'espions et de courtisans corrompus, malade, découragé, essayait d'oublier dans le plaisir de la chasse qu'il n'était roi que de nom et que son fils légitime, le petit Henri de Valois, demeurait introuvable.

M. de Harlay dit sourdement :

– Oui, il y eut là d'affreuses choses... Mais je persiste dans mon opinion, monseigneur. Où irons-nous donc, si chacun de nous s'érigeait en vengeur ?

– Chacun de nous, non. Mais qu'il y ait certains êtres pourvus de dons particuliers, grâce auxquels ils peuvent démasquer le vice et le crime, et d'une énergie inflexible pour châtier l'un et l'autre, cela, je le crois, j'en suis persuadé. De ce fait, ils se trouvent investis d'une mission... Et j'ai l'intention de remplir celle-ci jusqu'au bout, quoi qu'il puisse m'en coûter.

– Vous êtes de bonne foi, monseigneur. Ceci est affaire entre Dieu et vous, répliqua simplement M. de Harlay.

Il prit peu après congé de son hôte. Wennaël, demeuré seul, parcourut un message arrivé tout à l'heure. Il était du roi de Navarre, qui demandait à son « bon ami et cher cousin », comme il qualifiait M. de Rochelyse, de s'informer près de la reine Marguerite, sa femme, si elle serait disposée à le venir retrouver en son château de Pau.

Le duc sourit avec quelque raillerie, en repliant le parchemin aux armes royales. Ce ménage, désuni dès les premiers jours, ne lui semblait avoir aucune chance de mieux réussir à l'avenir... et, en tout cas, l'excellent Henri de Navarre témoignait d'une singulière inconscience – ou d'une insouciance parfaite – en choisissant comme messager près de l'inflammable Marguerite un homme qu'il savait avoir été l'objet de ses plus pressantes avances.

À ce moment, on gratta à la porte. Éloguen, le vieux majordome, parut, annonçant :

– Riquet le Roux demande à parler à monseigneur.

– Fais entrer, ordonna le duc.

Un instant après, au seuil de la porte, se montrait un homme de petite taille, roux, trapu, solidement campé sur des jambes courtes et vêtu de haillons. Bien des gens eussent été fort étonnés en reconnaissant dans ce personnage un cul-de-jatte qui rôdait toujours entre Saint-Merri et l'hôtel de Rochelyse.

– Eh bien ! qu'y a-t-il ? demanda le duc en enveloppant d'un rapide coup d'œil l'homme essoufflé, comme s'il venait de courir.

– Monseigneur, une troupe d'hommes vient d'enlever la jeune fille qui revenait de Saint-Merri et a tué la vieille femme et les valets.

Wennaël bondit hors de son siège.

– Tu dis ?... Enlevée ?

– Oui, monseigneur. On l'a mise aussitôt dans une litière qui attendait. Moi, voyant que des hommes étaient échelonnés dans la rue pour empêcher les curieux d'approcher, j'ai filé par la double issue de la courette, où je me tenais avec mon chariot, et je suis arrivé juste à temps pour voir passer, dans la rue Saint-Martin, cette litière escortée de plusieurs cavaliers. Puis je l'ai suivie d'un peu loin – ce qui n'était pas très facile, car la nuit est bien noire – jusqu'à la rue du Petit-Musc.

– La rue du Petit-Musc ! répéta M. de Rochelyse. Et elle s'est

Chapitre 21

arrêtée devant chez Calmeni, le parfumeur n'est-ce pas ?

– Oui, monseigneur. Je me trouvais à ce moment-là trop loin pour bien voir. Une minute après, j'ai entendu le bruit des chevaux qui s'éloignaient par l'autre côté de la rue... Alors, je me suis rapproché, je me suis collé dans un petit renfoncement de la maison de Calmeni. Il n'y avait plus trace de litière ni de cavaliers. Mais je pensais bien qu'on avait dû laisser la jeune fille ici... Pas même cinq minutes après, la porte s'ouvre, un homme sort. Grâce à la lumière que tenait quelqu'un à l'intérieur, je vois qu'il est plutôt petit, les jambes un peu torses... Je n'ai pu remarquer autre chose, car il était vêtu d'un manteau et coiffé d'un chapeau qui lui retombait sur les yeux.

– Petit, les jambes un peu torses... Bien, dit M. de Rochelyse.

Sa physionomie, un instant bouleversée par une violente émotion, redevenait impénétrable.

– Tu n'as pas autre chose à m'apprendre, Riquet le Roux ?

– C'est tout, monseigneur... Si la nuit avait été moins noire, peut-être aurais-je pu mieux faire, dit l'homme avec un air d'humble regret.

M. de Rochelyse alla vers un cabinet italien incrusté d'argent et d'ivoire, y prit une bourse et fit signe à Riquet le Roux d'approcher.

– Tiens, voilà pour ta récompense. Je suis content de toi... et si je retrouve la jeune fille, comme j'en suis certain, je te ferai riche pour le restant de tes jours.

L'homme, ébloui, balbutia un remerciement en tombant à genoux. Mais un geste impérieux lui intima l'ordre de sortir. Et, quand Wennaël fut seul, il prit son front entre ses mains en murmurant farouchement :

« Ah ! elle a osé, quand même ! Eh bien ! elle va voir !... Son Calmeni d'abord... et elle, ensuite... quand j'aurai fait parler Lorenzo et Pelveden ! »

Quelques instants plus tard, le capitaine des gardes et le majordome, appelés par le duc, recevaient des instructions qui furent exécutées avec la plus extrême rapidité. Tandis qu'Eloguen partait avec plusieurs serviteurs armés pour rapporter les corps de dame Perrine et des deux valets, M. de Lesbellec réunissait une vingtaine d'hommes d'armes à cheval et les amenait dans la cour où se trouvaient prêtes deux litières. Presque aussitôt apparaissait M. de Rochelyse, dont le visage était couvert d'un loup de velours. Il sauta à cheval et prit la tête de la petite troupe qui s'enfonça silencieusement dans la nuit humide.

Chapitre 22

Dix minutes plus tard, des coups étaient frappés à la porte du parfumeur. Lorenzo ouvrit le judas et demanda :

– Qui est là ?

– Ouvre et tu le verras, répondit une voix dure qui fit tressaillir d'épouvante l'Italien.

– Monseigneur ! bégaya-t-il.

– Eh ! as-tu entendu ? reprit la voix, devenue menaçante. Ou aimes-tu mieux que mes hommes jettent bas ce vantail ?

– Voilà... voilà...

Et, de ses mains agitées de tremblements, Lorenzo tirait les verrous, puis ouvrait la porte toute grande.

Le duc, mettant pied à terre, entra, suivi des hommes d'armes, dont un seul demeurait pour garder les chevaux et les litières.

La lumière que tenait Lorenzo éclairait son visage blêmi, qu'il s'efforçait de maintenir calme... Car, pensait-il, rien n'était perdu. Si le duc venait pour Bérengère, il jurerait ne l'avoir pas vue et lui ferait visiter toute la maison. Ce terrible seigneur verrait bien ainsi que la jeune fille n'était pas cachée ici.

– Y a-t-il des serviteurs en ce moment chez toi ? demanda M. de Rochelyse.

– Non, aucun, monseigneur... C'est dimanche, ils sont...

– C'est bon. Conduis-moi là où tu as mis la jeune fille qu'on t'a amenée tout à l'heure.

– La jeune fille ? Je ne comprends pas, monseigneur... Quelle jeune fille ?

Lorenzo avait peine à se retenir de frissonner trop fort. Car c'était vraiment un effrayant regard que celui qui étincelait dans les trous du masque !

– Ah ! tu ne comprends pas ? Eh bien ! je te rendrai l'entendement plus prompt, maître Lorenzo ! J'ai un bourreau hindou qui se chargera de te faire conter tous tes petits secrets. Pour celui-ci, point n'est besoin de lui... Où est Giulia ?

La main de Lorenzo tremblait maintenant si fort qu'elle avait peine à maintenir le flambeau. Il bégaya :

– Je... je ne sais...

Wennaël se tourna vers les hommes qui se tenaient derrière lui et leur donna un ordre bref. L'un d'entre eux se saisit du flambeau, deux autres mirent la main sur l'Italien et, en un instant, l'eurent ligoté, bâillonné, puis jeté comme un paquet sur le sol.

Alors, suivi de l'homme qui tenait le flambeau, M. de Rochelyse alla à une porte qu'il ouvrit et entra dans une salle déserte.

Mais une portière se souleva, en face de lui, et Giulia apparut.

Elle avait entendu quelque bruit et, déjà inquiète, venait s'informer. À la vue de l'homme masqué dont la haute taille se dressait devant elle, la Florentine étouffa un cri d'effroi. Puis elle devint livide quand, le masque enlevé, elle vit le visage impassible et hautain, aux yeux étincelants d'une singulière et redoutable lueur.

« C'est fini ! Je suis perdue ! » pensa-t-elle.

Et ses jambes fléchirent, tandis qu'un frisson glacial parcourait ses membres.

– Giulia, où ton père a-t-il mis Bérengère ?

Elle essaya de reprendre contenance, de raffermir sa voix qui tremblait.

– Bérengère ?... Je ne comprends pas, monseigneur...

– Toi non plus ? Décidément, vous avez tous deux besoin qu'on vous éclaircisse un peu les idées. Ignores-tu donc que, tout à l'heure, on a amené ici Bérengère, que des inconnus venaient d'enlever en pleine rue ?

– Mais c'est impossible, monseigneur !... C'est impossible ! Qui donc vous a raconté cela ?... À ma connaissance, Bérengère n'est pas entrée ici, je vous l'affirme !

Elle se ressaisissait, faisant appel à toute sa force de volonté pour essayer de détourner l'épouvantable orage. Et pourtant, elle savait bien que cet homme ne se laissait pas leurrer ainsi ! Puisqu'il était là, c'est qu'il « savait », de source certaine, que Bérengère avait été amenée dans cette maison.

– Tant mieux pour toi si tu dis la vérité ! Mais ton père, lui, l'a reçue et cachée ici... Conduis-moi à la chambre secrète.

Un tressaillement parcourut le visage blêmi, dont les lourdes paupières se baissèrent comme pour cacher l'épouvante du regard.

– La chambre secrète ? Mais il n'y a personne... je puis vous l'assurer, monseigneur...

– Comment peux-tu l'assurer ? Ton père a fort bien pu y enfermer Bérengère sans que tu t'en aperçoives...

Elle bégaya :

– Mais non... parce que, pour y aller, il faut passer par la pièce où je me suis tenue tout cet après-midi...

– En ce cas, si Bérengère s'y trouve, j'en conclurai que tu as été complice de ton père... Plus un mot et fais ce que je dis !

Glacée de terreur, elle rentra dans la pièce voisine, qu'elle traversa, suivie de Wennaël et de l'homme qui portait le flambeau. Sa démarche était si vacillante qu'elle manqua de tomber deux fois, dans l'étroit couloir au bout duquel se trouvait la porte dérobée.

Sa main tremblait si fort qu'elle eut peine à trouver le ressort secret, dissimulé dans une boiserie... Enfin, l'étroite porte s'ouvrit. Alors, saisissant le flambeau, M. de Rochelyse écarta rudement la Florentine et entra dans la petite pièce obscure.

Tout d'abord, il ne vit qu'une forme vague étendue sur le sol. Posant le flambeau à terre, il s'agenouilla près d'elle, et le pâle petit visage lui apparut avec ses grands yeux qui s'éclairaient de bonheur...

– Ah ! je savais bien que vous me sauveriez encore ! murmura une voix tremblante.

– Ma Bérengère !... Ma petite Bérengère bien-aimée.

Il soulevait doucement sur son bras la tête de la jeune fille. Et il vit alors, au front, la blessure d'où coulait un filet de sang.

– Qui t'a fait cela ?... Qui t'a blessée ?

– Giulia m'a frappée avec le flambeau.

À ce moment, il remarquait les mains, les pieds liés... Il demanda, d'une voix où grondait la plus terrible colère :

– Qui t'a attachée ainsi ?

Chapitre 22

– Les hommes qui m'ont emportée.

– Et tu n'as pas demandé à Giulia de t'enlever cela ?

– Elle a dit à son père de me les laisser, que cela me ferait de charmants bracelets...

Déjà Wennaël reposait la tête de Bérengère sur le sol et, sortant sa dague commençait de couper avec précaution les liens enfoncés dans les chairs. Quand ce fut fait, il y avait un cercle violacé à chacun des poignets délicats. M. de Rochelyse gronda sourdement :

– Ah ! je t'en donnerai aussi, moi, de ces joyaux-là !... Je t'en comblerai, misérable fille !

De nouveau, il souleva la tête aux boucles éparses et ses lèvres se posèrent doucement sur le front blessé.

– Ma mignonne, je te ferai oublier ces angoisses !... Nous allons retourner au palais, où Mme de Trégunc ne se doute encore de rien, car, persuadé que j'allais te retrouver, je n'ai pas voulu lui donner cette inquiétude.

– Je ne sais pas si je pourrai marcher, murmura Bérengère. Les liens étaient si serrés que je ne sens plus mes pieds...

– Je te porterai, ma petite fille... Le Goen !

L'homme demeuré au-dehors entra et, sur l'ordre de son maître, reprit le flambeau. Wennaël enleva dans ses bras Bérengère et sortit de l'étroite pièce.

Giulia était demeurée dans le couloir, aplatie contre le mur, se soutenant à peine. La lumière que tenait l'homme éclaira au passage son visage décomposé par la terreur et le désespoir... M. de Rochelyse ordonna :

– Passe devant.

Elle obéit, en appuyant sa main contre le mur pour ne pas fléchir complètement sur ses jambes devenues sans force. Dans le regard du maître, elle venait de lire sa condamnation... Et lui emportait comme une précieuse proie cette Bérengère abhorrée, dont les bras entouraient son cou, dont le visage charmant reposait sur son épaule.

Dans la salle, le duc ordonna :

– Attends-moi ici.

Puis il alla déposer la jeune fille dans l'une des litières et lui dit :

– Je vais revenir dans quelques minutes, ma petite Bérengère, et nous partirons aussitôt.

Mais elle le retint par le bras.

– Vous ne vous fâcherez pas trop fort contre elle ? dit-elle d'un ton de prière. Elle m'a fait mal, mais je lui pardonne volontiers.

Il prit la petite main glacée et y mit un baiser.

– Toi, tu es une petite sainte. Ne me demande pas tant de mansuétude. Je serai juste, comme il convient, voilà tout.

Et il s'éloigna. Il rentra dans la maison et donna au passage quelques brèves instructions à deux hommes qui le suivirent dans la salle où était demeurée Giulia.

La Florentine, debout, s'appuyait des deux mains au dossier d'un fauteuil, pour soutenir son corps défaillant. À la vue de M. de Rochelyse, elle tomba sur les genoux, avec un râle d'épouvante.

– Grâce !... Miséricorde !

Elle étendait vers lui des mains suppliantes, elle levait des yeux terrifiés sur le visage impassible, dont les prunelles fauves avaient un éclat insoutenable.

– As-tu eu pitié d'une enfant innocente, créature de haine et de lâcheté que tu es ?... D'ailleurs, tu étais prévenue de ce qui t'attendait, si tu me trahissais. Et, comme tu le sais aussi, je ne pardonne jamais.

– Grâce !... Grâce !

Elle se tordait les mains, se traînait jusqu'à lui, sur les genoux. Il la repoussa du pied et fit signe aux deux hommes. En un clin d'œil, Giulia fut bâillonnée, ses pieds et ses mains liés. Avec un accent de glaciale raillerie, M. de Rochelyse ordonna :

– Serrez bien les cordes, mes garçons, « car je veux lui donner de charmants bracelets », les seuls qu'elle portera désormais.

Puis il quitta la maison du parfumeur, remonta à cheval et s'éloigna, précédant la litière de Bérengère qu'entourait une partie des hommes d'armes. Le reste, un instant plus tard, escortait jusqu'à l'hôtel de Rochelyse la seconde litière où se trouvaient Lorenzo et sa fille, réduits à l'immobilité et au silence.

Chapitre 23

Deux jours plus tard, M. de Rochelyse, un peu tardivement, arrivait au Louvre où ce soir-là avait lieu un bal.

Il alla d'abord saluer la reine Louise de Lorraine, la mélancolique épouse d'Henri III, peu entourée, car on la savait sans influence sur le roi et l'on n'ignorait point que la reine mère voyait d'un œil favorable le délaissement de la belle-fille qu'elle se plaisait elle-même à mortifier, à humilier, ajoutant des croix de plus à celles que la pauvre princesse trouvait du côté de son triste époux.

Wennaël, lui, ne craignait pas de se montrer ostensiblement le courtisan de la vertu et du malheur. La reine lui en témoignait discrètement sa gratitude et la reine mère feignait de ne pas s'apercevoir qu'aux yeux du duc de Rochelyse la première dame de France n'était pas elle, l'omnipotente Catherine, qui régnait sur le roi et gouvernait le royaume.

Henri III, resplendissant de satin et de joyaux, s'approcha de l'arrivant et lui prit familièrement le bras.

– Tu viens tard, Rochelyse ! On a déjà beaucoup dansé. Voilà une gaillarde qui commence... Cherches-tu maintenant une danseuse ?

– J'ai le temps, Sire. Tout d'abord, je vais saluer Sa Majesté la reine mère.

– Bien, allons... Il faut que tu me donnes un renseignement, mon ami...

Et, toujours tenant le bras de Wennaël, le roi se dirigea vers l'autre extrémité de la salle. Il chuchotait confidentiellement à l'oreille de son compagnon, comme s'il était question de quelque sérieuse affaire d'État. En réalité, il s'agissait de savoir où M. de Rochelyse se procurait l'incomparable point de Venise qui ornait si merveilleusement le brocart vert pâle tissé d'argent de son pourpoint.

Avec un ironique sérieux, Wennaël expliqua qu'il faisait travailler spécialement pour lui une dentelière vénitienne douée de façon vraiment unique et que cette femme ne reproduisait jamais pour personne les modèles qui lui étaient destinés.

– Elle n'y aurait aucun intérêt, ajouta négligemment le duc, car je lui donne une fortune pour son travail.

Henri jeta furtivement un coup d'œil jaloux sur son interlocuteur. Non, véritablement, d'aucune façon, personne ne pouvait rivaliser avec cet odieux Rochelyse !... En s'appuyant avec l'apparence de la plus vive amitié au bras du jeune homme, le roi répéta d'un ton où, quoi qu'il fît, la sourde envie perçait sous l'admiration :

– Incomparable !... Vraiment incomparable !... Il n'y a pas d'homme qui ait plus de goût que toi, Rochelyse !

Ils arrivaient près de l'endroit où la reine mère tenait sa cour. Au passage, dans un groupe de filles d'honneur, Wennaël aperçut Mlle d'Erbannes. Il savait déjà que, depuis deux jours, elle occupait cette situation près de la reine Catherine, qui l'avait fait demander par l'intermédiaire de Mme de Lorgils. Cette jeune personne, disait-elle, lui plaisait infiniment et elle s'informait près de « sa bonne sœur de Montpensier » si ce serait lui demander un trop gros sacrifice que de s'en séparer en sa faveur. La « bonne sœur » ayant répondu que ce ne serait pas un sacrifice du tout, ladite jeune personne étant une fieffée coquette uniquement occupée à se faire admirer, Françoise était entrée promptement dans le service d'honneur de la reine mère – nouvel échelon vers l'avenir rêvé qui lui apparaissait d'autant plus resplendissant que la souveraine lui témoignait une faveur marquée, en la comblant de cajoleries.

Pendant l'espace d'une seconde, les regards de Mlle d'Erbannes et de M. de Rochelyse se rencontrèrent : l'un chargé d'une admiration passionnée, l'autre impénétrable et fascinant... Puis Wennaël s'avança vers la reine mère.

Vêtue de noir, comme toujours puis la mort du roi Henri II, Catherine se tenait assise dans un large fauteuil, les pieds appuyés sur un coussin de brocart. Dès le moment où elle avait aperçu M. de Rochelyse, elle était devenue un peu plus pâle qu'à l'ordinaire et ses mains, croisées sur la jupe de velours, avaient eu pendant quelques instants un petit tremblement. Mais ces signes d'émotion n'existaient plus quand Wennaël s'inclina devant elle.

Avec un aimable sourire, elle lui tendit la main en disant :

– Comme vous arrivez tard, monsieur ! Nous commencions à penser que nous ne vous verrions pas ce soir.

– Je n'aurais eu garde de manquer à l'invitation du roi, madame. Mais je me suis attardé à causer avec un de ses amis, qui m'apprenait cette singulière nouvelle : Lorenzo Calmeni et sa fille auraient disparu depuis deux jours.

Rien ne bougea sur le visage de la reine.

– Mais oui ! C'est une étrange affaire, dit-elle avec tranquillité. Le grand prévôt s'en occupe et je ne doute guère qu'il arrive à tirer cela au clair.

– Il faut l'espérer... Auraient-ils, eux aussi, été victimes des truands, qui semblent fort actifs en ce moment ? Tout à l'heure encore, on me contait qu'un capitaine de bande, du nom d'Eustache Louisot, avait été trouvé égorgé au bord de la Seine.

Cette fois, les paupières de la reine battirent, s'abaissèrent légèrement et les mains se crispèrent l'une contre l'autre. Mais la même voix calme dit avec indifférence :

– Ah ! vraiment ?... Oui, ce doivent être les truands... Il serait bon que le grand prévôt y veillât de plus près.

– Bah ! madame, laissons les truands et amusons-nous ! dit le roi avec une pirouette. Viens-tu, Rochelyse ? Il faut que je te conte une mésaventure burlesque arrivée à Mme de Sauves... Tiens, la voilà précisément là-bas qui s'entretient avec son frère. Figure-toi...

En écoutant d'une oreille distraite le bavardage du roi, Wennaël jeta un coup d'œil ironique vers le groupe formé par une jolie femme en toilette d'une provocante élégance et le frère d'Henri III, François, duc d'Anjou. Celui-ci, sur son visage défiguré depuis plusieurs années par la petite vérole, portait les marques de la maladie qui devait l'emporter l'année suivante. Esprit brouillon et remuant, détesté de son frère, tour à tour cajolé et persécuté par sa mère, il s'entendait avec sa sœur Marguerite pour comploter, intriguer, puis échapper à la colère du roi. Au reste, un assez triste personnage, sur lequel l'habile sirène qui avait nom de Mme de Sauves exerçait une influence que la reine mère avait escomptée, lorsqu'elle s'était arrangée pour que son fils s'éprît de cette ancienne fille d'honneur, qui avait toute sa confiance.

Quand le roi eut quitté M. de Rochelyse, celui-ci dansa une pavane avec la duchesse de Joyeuse, Marguerite de Vaudémont-Lorraine, sœur de la reine Louise. Puis la reine de Navarre l'accapara. Magnifiquement parée, selon sa coutume, la belle Marguerite, ce soir, apparaissait dans tout l'éclat de sa trentième année. Quand M.

de Rochelyse, après quelques instants de conversation, lui eut fait part du message dont l'avait chargé pour elle le roi son mari, elle eut une moue de dédain, en secouant sa tête brune sur laquelle étincelaient des joyaux.

– Voilà une prétention à laquelle je n'ai aucune envie de céder !... Non, vraiment, je ne me soucie pas d'aller retrouver le roi à Pau !

– Je lui répondrai donc cela, madame ?

Elle parut réfléchir pendant quelques instants... Les musiciens commençaient de jouer une courante... Wennaël, tout à coup, rencontra un regard d'ardente prière...

– J'irai, si vous m'accompagnez jusqu'en Béarn, dit-elle à mi-voix.

– Je regrette de décliner cet honneur, madame ; mais j'ai d'importantes affaires qui me retiennent ici.

Il était impossible de mettre plus de froideur dans une réponse courtoise aux avances d'une femme.

Et sans doute la reine lut-elle plus que de la froideur dans les yeux de son interlocuteur, car, baissant un instant les siens, elle dit avec un frémissement dans la voix :

– Ne me regardez pas ainsi ! Vous avez l'air d'un juge... d'un juge qui méprise...

Wennaël garda le silence. La main de la reine trembla sur son bras. Puis, avec une gaieté forcée, Marguerite s'écria :

– Allons, dansons cette courante, monsieur de Rochelyse... et ne pensons plus au roi de Navarre, qui se passe fort bien de moi !

Déjà le remords fugitif s'éloignait de cette âme légère, pervertie par le milieu où elle avait vécu depuis sa jeunesse et n'ayant jamais trouvé en sa mère, qu'elle redoutait, le guide dont aurait eu besoin une nature portée vers le plaisir et devenue incapable de résistance à ses instincts désordonnés.

Mlle d'Erbannes, ce soir-là, eut une agréable surprise. Le duc de Rochelyse qui, jusqu'à ce jour, n'avait point paru lui accorder la plus légère attention, la choisit pour danser une pavane, après laquelle il s'entretint quelques instants avec elle. Pas un instant, il ne fit allusion à son passage à Rochelyse, ni à M. de Sorignan ou à Bérengère, et Françoise se garda d'amener la conversation sur ce sujet, bien qu'elle sût depuis peu que Gaspard faisait partie de la maison du duc. Elle était d'ailleurs trop grisée de joie orgueilleuse, trop occupée de plaire, de flatter, trop prise aussi, déjà, par la séduction dominatrice de son cavalier, pour ne pas oublier totalement son habituelle curiosité.

Un peu plus tard, Mme de Lorgils, la croisant, lui dit à l'oreille :
– Ma mie, vous avez fait bien des envieuses, ce soir !

Frémissante d'orgueil, Françoise pensa : « J'espère en faire encore bien plus dans peu de temps ! »

Et son regard, chargé de passion, alla chercher M. de Rochelyse qui passait, indifférent et d'une souveraine aisance dans son élégance raffinée, en s'entretenant avec Henri de Joyeuse dont il tenait familièrement le bras.

Chapitre 24

L'enlèvement de Bérengère et sa délivrance étaient demeurés complètement ignorés de Gaspard, comme, d'ailleurs, de la plupart des habitants du petit palais. Les hommes que le duc avait emmenés avec lui gardaient une inviolable discrétion, ainsi que ceux des serviteurs qui avaient vu leur maître emporter, de la litière à l'intérieur du logis, la jeune fille dont le front saignait. Pas davantage, il n'avait été question de l'assassinat des valets et du coup de dague qui avait blessé dame Perrine, heureusement hors de danger maintenant.

Non, Gaspard ne savait rien de Bérengère... et à peine, depuis quinze jours qu'il était dans cette demeure, l'avait-il aperçue de loin, deux ou trois fois, traversant quelque salle d'une allure légère, aérienne.

« Comment, pensait-il avec quelque amertume, n'a-t-elle pas demandé à me voir ? Elle sait pourtant que je suis ici, puisque c'est elle qui a demandé au duc de s'occuper de moi... Mais, probablement, ne le lui permet-on pas. On craint que je lui donne des conseils de prudence... que je l'adjure de ne pas croire à la prétendue bonté d'un grand seigneur qui se joue de son innocence et voit en elle l'occasion d'un nouveau caprice, sans pitié pour une malheureuse enfant qui a déjà tant souffert. »

M. de Sorignan se trouvait dans un état d'esprit assez complexe.

Il avait trop sincèrement aimé Françoise d'Erbannes pour que ce sentiment ne demeurât pas encore vivace en son cœur sérieux et fidèle. D'autre part, l'image de Bérengère avait commencé de se superposer à celle de l'oublieuse fiancée. Gaspard ne s'avouait pas encore amoureux de l'ancienne petite servante de Rosmadec, mais sa pensée, presque constamment, restait occupée de la ravissante vision qui lui était apparue dans le décor féerique de ce palais mystérieux, de la colombe sans défiance que fascinait l'impitoyable faucon.

Son caractère s'assombrissait quelque peu. Cependant, il ne trouvait qu'agrément dans sa nouvelle situation. Le duc lui témoignait une certaine bienveillance, ses camarades, bien que mettant dans leurs rapports avec lui quelque réserve qu'il attribuait justement à sa religion, se montraient aimables et serviables. Le plus sympathique était Molf de Lucignan, dont la nature à la fois rêveuse et gaie avait beaucoup de charme et qui semblait porté à lui donner son amitié.

Un après-midi que tous deux se trouvaient de garde, Gaspard, dont les yeux étaient machinalement tournés vers la porte ouverte sur une galerie voisine, vit passer une forme blanche et légère. Avant d'avoir pu réfléchir, il bondit jusqu'au seuil... Cette forme était une femme vêtue en Hindoue. Mais, à son allure, il reconnaissait Bérengère.

Une main se posa tout à coup sur l'épaule du jeune homme, une voix dit à son oreille :

– Prenez garde, Sorignan ! Si M. le duc vous voyait, vous seriez perdu !

Et M. de Lucignan prit son compagnon par le bras, pour le tirer en arrière.

Gaspard tourna vers le jeune Breton un visage contracté, des yeux sombres et pleins d'angoisse.

– Cette galerie, m'avez-vous dit, mène des appartements de Mme de Trégunc à ceux de M. de Rochelyse ?

Lucignan inclina affirmativement la tête. Sa physionomie était devenue grave et inquiète... Mais Gaspard résista à la main qui voulait l'entraîner. Il franchit le seuil de la galerie et vit la jeune Hindoue ouvrir une porte, à l'extrémité, puis disparaître.

Alors, il rentra dans la salle de garde. Brusquement, il demanda, en attachant sur Lucignan un regard d'angoisse :

– Que pensez-vous au sujet de la jeune fille que protègent le duc et Mme de Trégunc ?

– Je n'ai rien à penser, monsieur, répondit froidement Lucignan, et je vous engage à faire de même, si vous ne voulez vous perdre irrémédiablement.

Gaspard serra les poings, en ripostant avec colère :

– C'est que je suis responsable, moi, de cette enfant que j'ai sauvée d'un sort lamentable et dont M. de Rochelyse s'est arrogé insolemment la protection !

– Taisez-vous, malheureux ! dit Lucignan d'un ton bas et terrifié. Avez-vous donc assez de la vie ?

– Ah ! ma vie, je la donnerais de bon cœur, pourvu que je puisse lui enlever Bérengère ! murmura Gaspard en serrant les poings.

Il s'assit, de manière à avoir devant lui la porte ouvrant sur la galerie. Son inquiétude se calmait un peu tout à coup. Il venait de penser que le duc était sorti depuis plus d'une heure. Il ne pouvait donc se trouver dans son appartement pour accueillir Bérengère. Sans doute, celle-ci avait-elle été chargée par Mme de Trégunc de porter quelque objet, ou d'un message pour l'un des serviteurs hindous de M. de Rochelyse.

Une demi-heure s'écoula. Gaspard s'étonnait de n'avoir pas vu repasser la jeune fille... Et de nouveau il sentit l'inquiétude l'étreindre, quand le duc suivi de ses chiens apparut au seuil de la salle de garde.

– Lucignan, vois si M. de Lesbellec est chez lui et préviens-le de venir me parler dans une heure, dit au passage M. de Rochelyse.

Et il entra dans son appartement, tandis que Gaspard songeait avec un frémissement d'angoisse :

« Où est-elle ?... Où est-elle, ma pauvre petite Bérengère ? »

Cet après-midi-là, Mme de Trégunc s'était trouvée fort souffrante et demeurait étendue sur un divan, dans son retrait préféré. Bérengère, discrètement attentive, demeurait près d'elle, lisant à haute voix ou jouant du luth avec beaucoup d'agrément déjà, car elle avait de grands dons artistiques. Puis, cédant à une fantaisie de sa protectrice, elle se laissa habiller en Hindoue par les ayahs. Celles-ci la chaussèrent de petites mules de velours pourpre brodées de perles, drapèrent autour de sa taille svelte le sari de soie rose brodé d'argent, mirent un bandeau incrusté de rubis dans les cheveux aux chauds reflets, puis entourèrent de légers voiles blancs le délicat visage dont le teint, satiné comme une pure corolle de lis, s'avivait souvent maintenant de rose léger.

Sur l'ordre d'Adrâni, des cercles d'or où se trouvaient serties d'éblouissantes gemmes furent mis autour des bras de la jeune fille et de ses fines chevilles, selon la mode hindoue... Après quoi les ayahs demeurèrent dans une muette extase, et Mme de Trégunc dit avec un enthousiasme contenu :

– Je savais bien que tu serais délicieuse dans ce costume, ma petite Bérengère !

– Tant mieux si je vous plais ainsi, madame, répliqua gaiement Bérengère en s'agenouillant près d'elle sur le divan et en entourant son cou de ses bras. Mais je n'ai cependant pas le type de votre pays ?

Adrâni songea : « Non, mais ta beauté, dans mon pays comme dans celui-ci, serait proclamée incomparable. »

Et, tout haut, elle répondit en embrassant la jeune fille :

– Cela ne t'empêche pas d'être charmante, mignonne. Nous verrons ce qu'en dira M. de Rochelyse... Mais, à propos, n'oublie pas que tu dois aller le trouver dans son cabinet, où il veut te montrer quelques-unes des curiosités rapportées de ses voyages. Tu lui diras que je suis trop fatiguée pour t'accompagner... Quelle heure est-il ?

– Quatre heures, madame.

– Eh bien ! il est temps... S'il n'est pas encore là, attends-le, car il ne pourra tarder à rentrer.

Quelques minutes plus tard, Bérengère, par la galerie décorée de fresques et de tapisseries des Flandres, arrivait à l'appartement de M. de Rochelyse. Elle traversa une salle entièrement garnie de tableaux de l'école italienne et, s'approchant d'une portière en soie de Venise tissée d'argent, demanda :

– Monseigneur, puis-je entrer ?

Ne recevant pas de réponse, elle écarta la portière, puis pénétra dans la pièce déserte.

Elle y était déjà venue deux fois avec Mme de Trégunc ; mais son émerveillement restait aussi vif qu'au premier jour. La compréhension des œuvres d'art était innée chez elle, de même qu'une rare sûreté de goût qui, plus d'une fois, avait fait dire à M. de Rochelyse : « Cette enfant est douée de telle sorte que je connais peu de femmes pouvant lui être comparées. »

Mais, discrète jusqu'à la plus exquise délicatesse, la jeune fille s'abstint d'examiner autour d'elle, en l'absence du maître de céans. Elle s'approcha de la cheminée, où se consumait une bûche de chêne, et s'assit sur une peau de lion. Pendant un moment, elle considéra pensivement les braises qui s'écroulaient avec un bruit léger. Ses mains se croisaient sur la jupe de soie blanche et la vive lueur du foyer faisait briller les bracelets faits de maillons d'or qui entouraient ses poignets... M. de Rochelyse les avait attachés lui-même, au lendemain du jour où il avait ramené Bérengère de chez Calmeni, pour cacher la marque des liens qui avaient meurtri ces poignets si fins. Et, auparavant, il avait doucement baisé ceux-ci.

À quoi songeait la jeune fille, en considérant les braises incandescentes ? Quelle vision amenait en ses yeux cette pensive ardeur et sur son visage cette palpitation plus vive ?

Elle se remémorait son arrivée à Rochelyse et l'instant où elle avait vu paraître celui qui, dès ce moment-là, devenait le maître de son sort. Alors, déjà, il avait eu pitié d'elle et l'avait traitée avec bonté. Mais, depuis lors, il lui était impossible de compter ses bienfaits. Chaque jour augmentait la dette immense contractée par elle à son égard... et chaque jour la gratitude se faisait plus profonde, l'admiration plus fervente et plus absolue, chez elle, la petite étrangère qu'il daignait combler ainsi.

La gratitude, l'admiration, c'étaient les noms que Bérengère donnait au culte passionné que lui inspirait son bienfaiteur. Humble et candide, elle n'imaginait pas qu'un autre sentiment pût exister d'elle à lui, pas plus qu'elle n'eût osé concevoir la pensée que la très affectueuse bienveillance de ce grand seigneur, sa vive sollicitude et ses attentions dussent être attribuées à une autre cause qu'à la pitié, à une sympathie née de sa compassion pour une pauvre orpheline qui essayait, du mieux possible, de lui témoigner sa reconnaissance.

Elle se considérait encore comme une petite fille. À Rosmadec, elle était traitée comme telle et, ici, Mme de Trégunc et le duc semblaient ne voir en elle qu'une enfant, que tous deux chérissaient, protégeaient et dont M. de Rochelyse se plaisait à cultiver l'intelligence. Aucun gêne, aucun trouble n'avaient effleuré ce cœur innocent, jusqu'au jour où Wennaël avait emporté la jeune fille de chez Calmeni.

Depuis lors, il y avait eu dans leurs rapports un changement indéfinissable pour Bérengère : non qu'il y introduisît moins d'affection ou de sollicitude, bien au contraire !... mais il était rare maintenant qu'il caressât les cheveux soyeux ou la joue délicate, ainsi qu'il en avait coutume auparavant et, d'une main douce, il écartait la petite tête qui, avec une enfantine simplicité, s'appuyait parfois contre lui, quand Bérengère, assise à ses pieds, écoutait les leçons qu'il lui donnait. Parfois avec un singulier frémissement, elle baissait les yeux sous le regard qu'il attachait sur elle, un regard dont elle était éblouie et qui jetait en elle une mystérieuse et frissonnante joie. Chaque jour, elle attendait sa venue avec une étrange petite fièvre et les battements de son cœur devenaient plus vifs quand se faisait entendre le pas ferme bien connu et qu'apparaissaient l'élégante silhouette, le fier visage dont les yeux, tout d'abord, allaient passionnément chercher la petite figure palpitante, devenue toute rose à sa vue.

Mais ce trouble, cette émotion, Bérengère n'en cherchait pas le motif. Il lui semblait tout naturel de les éprouver, en face de celui qu'elle considérait comme un être supérieur en toutes choses, qu'elle admirait ardemment et qu'il lui eût paru très simple de servir à genoux, elle, pauvre petite fille sans famille, recueillie par charité, elle, si peu de chose en vérité, devant ce duc de Rochelyse doué de tous les prestiges, tout-puissant seigneur dont elle sentait confusément s'exercer autour d'elle le mystérieux pouvoir !

Et c'était à lui qu'elle songeait, en regardant s'effondrer les braises du foyer. C'était l'attente de sa venue qui faisait battre plus fortement le sang dans ses artères.

Mais le duc tardait et, peu à peu, la chaleur faisait tomber la jeune fille dans une sorte de somnolence. Maintenant, étendue sur la peau de lion, elle reposait sa tête sur la crinière du fauve... Et, bientôt, elle s'endormit tout à fait, le bras replié sous sa joue et un sourire heureux sur les lèvres, car le sommeil l'avait prise tandis qu'elle pensait toujours à M. de Rochelyse.

Ce fut ainsi que la trouva Wennaël, quand il entra dans son cabinet. Le bruit de la porte ne la réveilla pas... Contenant d'un geste impératif l'élan des chiens prêts à bondir vers la jeune fille qui avait gagné leur affection, Wennaël s'avança doucement. Les épais tapis et les peaux de fauves étouffaient le bruit de ses pas, le cliquetis des éperons. Il s'arrêta à quelques pas de Bérengère et la contempla ardemment... Sentit-elle, dans son sommeil, la chaleur passionnée de ce regard ? Un frémissement parcourut son visage, les cils battirent au bord des paupières qui se soulevèrent, montrant les yeux bleus souriants, éclairés d'une lumière soudaine quand la dormeuse vit celui qui se tenait devant elle.

Puis, aussitôt une vive rougeur monta au visage de Bérengère, s'étendit presque jusqu'au fin petit cou blanc d'un galbe si pur. En se soulevant, la jeune fille murmura avec confusion :

– Oh ! monseigneur, pardonnez-moi de m'être endormie ainsi !

– Tu as eu bien raison, puisque je te faisais attendre, ma mie.

Il lui tendait ses deux mains, pour l'aider à se relever. D'un bond souple, elle fut debout. Son regard, timide et souriant, cherchait celui de Wennaël qui l'examinait longuement.

– Mme de Trégunc dit que ce costume me va bien... Est-ce aussi votre avis, monseigneur ?

– Certainement, mignonne. Qu'est-ce qui ne t'irait pas, d'ailleurs ?

Si Bérengère avait été quelque peu coquette, elle aurait pu trouver l'approbation assez froide. Mais elle ne l'était pas... et, d'ailleurs, le regard de Wennaël démentait le ton presque indifférent de sa réponse.

– ... Mme de Trégunc est-elle encore souffrante ?

– Oui, quoique un peu moins que ce matin.

Je t'accompagnerai tout à l'heure près d'elle... Que désires-tu voir d'abord ? J'ai envie de te montrer de curieuses pierres gravées que mon oncle rapporta de Malaisie.

– Ce que vous voudrez, monseigneur. Tout m'intéresse, vous le savez... Mais, auparavant, permettez-moi de vous demander...

– Quoi donc ? interrogea-t-il, voyant qu'elle hésitait.

Ses mains brûlantes pressaient les tièdes et frémissantes petites mains qui s'y abandonnaient. Son regard contemplait avec enivrement la ravissante créature dont ce costume, ces voiles légers idéalisaient encore la beauté.

– J'aurais voulu savoir pourquoi on a cherché à m'enlever ainsi à vous... pourquoi cette Giulia Calmeni semblait tant me détester ?

Elle frissonna au souvenir de la scène qui s'était passée dans la chambre secrète.

– Je te le dirai peut-être bientôt, ma chère petite fille. Pour le moment, peu t'importe de rester dans l'ignorance à ce sujet, du moment où tu es sous ma protection.

– Oh ! oui, oui ! J'attendrai patiemment qu'il vous plaise de me renseigner, monseigneur. Vous savez mieux que moi ce qui convient et vous êtes mon maître... Je n'ai que le désir de vous obéir, de me montrer tous les jours de ma vie votre reconnaissante servante.

– Ma servante ?... Tu ne désires être jamais que cela ?

Les yeux couleur de violette s'emplirent d'une surprise mêlée d'inquiétude, sous le regard de Wennaël.

– Je serais trop heureuse si vous me le permettiez, murmura une voix tremblante.

– Non, certainement, je ne le permettrai pas. As-tu donc pensé, enfant, que l'existence pourrait toujours continuer ainsi, pour toi ?

Le sang, tout à coup, se retirait du visage de Bérengère. La détresse et l'épouvante paraissaient dans son regard, la faisaient frissonner des pieds à la tête. D'une voix que l'angoisse étouffait, elle balbutia :

– Elle... ne peut pas continuer ?... Vous ne voulez pas... que je reste près de vous ?

Un bras entoura ses épaules, l'attira contre la poitrine de Wennaël.

– Au contraire, je veux que tu y restes toujours, ma bien-aimée ! Je veux être ton maître pour la vie, mais non de la façon dont tu l'entends.

– Comment ? murmura-t-elle.

Ce reflet d'amour, qu'il avait vu plusieurs fois dans les yeux de Bérengère, il l'y retrouvait de nouveau, plus vif, plus éblouissant. Entre ses bras, il sentait frissonner de bonheur cette enfant qui se confiait à lui avec tant d'innocence – avec une si terrible innocence.

– Bérengère, s'il fallait, pour demeurer toujours près de moi commettre un acte défendu par les lois divines, le ferais-tu ?

Elle tressaillit, en le regardant avec une stupéfaction mêlée d'angoisse.

– Oh ! jamais ! cela, jamais ! Je vous aime beaucoup, monseigneur... je crois que je mourrais si je ne devais plus vous voir...

Ici, la voix s'étouffa, un frisson plus fort agita ses épaules...

– Mais offenser Dieu !... lui désobéir !... Jamais, jamais !

Et la voix tremblante, à ces derniers mots, prit un accent de singulière fermeté.

– Ne crains rien, enfant très chère, tu n'auras pas à choisir entre Dieu et moi. Je ne tiens pas moins que toi, crois-le bien, à voir se garder sans tache la belle petite âme qui m'est plus précieuse encore que ta beauté physique. Si tu savais, Bérengère, quelles sensations délicieuses elle me fait éprouver, à moi qui rencontre dans le monde des âmes si noires, si troubles !... Aussi veux-je la conserver comme un avare fait de son trésor. Bérengère, tu seras ma femme bien-aimée.

Comme elle restait sans parole, le considérant avec des yeux agrandis par la stupéfaction, il demanda en souriant :

– Eh bien ! que réponds-tu ?... Vas-tu refuser, ma chère mie ?

Elle balbutia :

– Mais... ce n'est pas possible !

– Pourquoi ? Parce que tu te crois une enfant sans famille, sans nom ? Mais moi, je sais qui tu es...

– Vous savez ?

– J'aime mieux attendre, pour te révéler tout, d'avoir les preuves à te donner. Toutefois, dès maintenant, sois assurée que tu es d'assez grande race pour qu'un duc de Rochelyse ne se mésallie pas en t'épousant.

Elle murmura :

– Je suis trop heureuse !

Et, pendant un instant, Wennaël crut qu'elle allait défaillir entre ses bras.

– Mon cher amour !

Il pressait contre sa poitrine la petite tête frémissante. Bérengère leva les yeux et dit tout bas :

– Je vous aime tant !

Les prunelles veloutées le reflétaient, ce pur et fervent amour dont tout à coup prenait un peu conscience la jeune fille... cet amour ingénu et cependant si profond, si absolu, qui enivrait le cœur de Wennaël.

– Bérengère, tes yeux sont ma joie !

Et, longuement, M. de Rochelyse appuya ses lèvres contre les paupières tremblantes.

À ce moment, l'un des chiens leva la tête, regardant vers la portière de soie vénitienne... Avec un sourd grondement, il se souleva, parut écouter, puis se recoucha paresseusement.

– Oh ! monseigneur, dis-moi que je ne rêve pas ! murmura Bérengère.

– Non, tu ne rêves pas, mignonne. Tu es bien ma fiancée... et nous allons l'annoncer tout de suite à ma tante, qui sait déjà combien tu m'es chère ! Viens, ma belle petite Hindoue, ma princesse aimée. Je vais mettre autour de ton cou charmant des perles que j'ai là, les plus belles que l'on puisse trouver. Je les ai rapportées de l'Inde et jusqu'à ta venue je jugeais qu'aucune femme n'était digne de les porter. Mais, toi, je te les donne et je te donne mon amour qui est chose plus rare encore, car avant toi nulle ne l'a connu.

Quelques instants plus tard, M. de Rochelyse et Bérengère entraient dans la galerie, pour gagner l'appartement de Mme de Trégunc. Wennaël demanda :

– Veux-tu dire quelques mots en passant à M. de Sorignan ? Il est seul en ce moment dans la salle de garde.

– Certes !... J'avais demandé à Mme de Trégunc l'autorisation de le recevoir et elle devait le faire demander un de ces jours.

Gaspard avait entendu le bruit des pas sur la mosaïque de la galerie. Quand M. de Rochelyse et la jeune fille apparurent au seuil de la salle, il se leva d'un brusque mouvement et se figea en une raide attitude, la main sur la garde de son épée.

– Bonsoir, monsieur, dit Bérengère en souriant. Je viens vous...

Chapitre 24

Mais qu'avez-vous ?... Êtes-vous malade ?

Ses yeux surpris et inquiets s'attachaient sur le pâle visage presque décomposé.

– Je... oui, en effet... je ne me sens pas bien...

La voix sortait difficilement de la gorge contractée, les yeux se baissaient, comme pour cacher l'angoisse et l'indignation qui s'y reflétaient.

– Qu'avez-vous ? demanda M. de Rochelyse.

– Je ne sais... Un malaise subit...

– Un malaise subit ?... Ah ! vraiment ?

En prononçant ces mots avec une singulière intonation, Wennaël fixait sur le jeune homme un regard d'une telle puissance de pénétration que Gaspard dut relever le sien. Tous deux se rencontrèrent... Celui de Gaspard se détourna aussitôt, plein de trouble, tandis que Bérengère disait avec compassion :

– Pauvre monsieur de Sorignan, je suis sûre que vous vous faites encore trop de souci à propos de cette demoiselle d'Erbannes ! Tâchez donc de l'oublier le plus vite possible.

– J'y pense très peu, je vous assure.

– C'est ce que vous avez de mieux à faire, dit M. de Rochelyse.

Tout en parlant, et sans quitter Gaspard des yeux, il prenait la main de Bérengère et la glissait sous son bras.

Les traits de Sorignan se crispèrent, une lueur s'échappa de son regard.

– J'espère que vous allez vous remettre, monsieur, dit Bérengère avec un doux sourire. Un de ces jours, nous causerons plus longuement.

Elle lui tendit sa main libre, qu'il serra de ses doigts froids et presque tremblants. Puis elle s'éloigna, au bras de M. de Rochelyse, lequel avait répondu au salut machinal de Gaspard en enveloppant le jeune homme de ce même singulier regard qui semblait lui pénétrer l'âme.

« A-t-il donc deviné ? pensa M. de Sorignan, a-t-il deviné que je les ai vus, lui et elle, tout à l'heure ?... et que mon âme déborde d'indignation, de douleur... presque de haine contre lui, ce lâche grand seigneur qui se cache sous une apparence de bienfaiteur pour perdre une pauvre enfant ignorante ? »

À suivre... dans la *Bérengère, fille de roi.*

ISBN : 978-3-96787-532-4

www.ingramcontent.com/pod-product-compliance
Lightning Source LLC
LaVergne TN
LVHW040056080526
838202LV00045B/3659